LE COMA DES MORTELS

MAXIME CHATTAM

LE COMA DES MORTELS

roman

ALBIN MICHEL

« La vie, c'est ce qui se passe pendant que nous sommes occupés à faire autre chose. »

John Lennon

« Les deux jours les plus importants de votre vie sont le jour où vous êtes né et le jour où vous découvrez pourquoi. »

Mark Twain

Préambule

Je ne veux pas vous mentir.

Pourtant, il faut que je vous l'avoue pour commencer : je vais le faire. Je l'ai même déjà fait.

Je ne vous dirai pas tout. J'en suis incapable. La vérité vraie, celle des faits, celle qui rassemble les hommes parce qu'ils *savent la même chose*, celle-là je ne vous la raconterai pas. Pas tout à fait. Ce serait comme de s'ouvrir délicatement la boîte crânienne pour exposer l'intimité de son cortex en guise de présentation de sa personnalité. Et dans mon cas ce serait s'injecter une bonne dose d'acide à même les deux hémisphères et les faire fondre lentement. Il ne faut pas sous-estimer la puissance corrosive de la vérité. Explosive, parfois.

Vous devez comprendre qu'il y a des choses qu'un être humain ne peut s'avouer, encore moins partager, sous peine de griller instantanément, de réduire son esprit en bouillie. On ne peut pas se voir tel qu'on est intrinsèquement, pas sans un minimum de fard, sans travestir un tant soit peu la réalité. Sous le soleil de la vérité crue, l'ego n'est qu'un glaçon glissant vers l'absolution primordiale du néant. Sans ego nous ne sommes que des épaves à la dérive. L'ego c'est la dignité. Le mensonge qu'on entretient avec soi-même est essentiel à l'équilibre de notre propre psyché. Trop de mensonges et on vire dans la folie, pas assez et on se fout en l'air. Tout l'équilibre est là : dans la petite compromission de chacun, et qui travestit notre société chaque jour depuis des siècles maintenant – particulièrement à l'ère de l'individualisme consumériste que nous traversons, où j'ai le sentiment que c'est encore plus vrai.

Tout ça pour vous avouer la vérité de cette histoire : il s'y cache un mensonge.

Je vous le dis pour qu'il n'y ait pas de malentendu, pas de déception. Si c'est la vérité pure qui vous intéresse, alors huilez bien vos synapses, faites reluire vos neurones, et ne comptez pas sur moi pour vous la livrer toute prête comme un plat surgelé qu'on n'a qu'à balancer dans le micro-ondes pour se donner l'illusion de bien bouffer un soir de flemme. Moi je rissole, je fais mijoter, je dresse.

La vérité est bien là, elle glissera sous vos yeux par moments, mais je ne vous la servirai pas sur un plateau. Je ne peux pas.

Je veux vous raconter toute cette histoire parce que j'en ai besoin, il faut qu'elle sorte de moi, comme une saloperie dont on doit se débarrasser pour aller mieux. C'est elle qui me commande de l'expulser à travers les mots. Chacun d'eux me soulage. Chaque page m'apaise. Et en vous présentant les faits, mes faits, vous saurez tout. Selon moi. Selon mon point de vue.

Vous aurez *ma* fin.

Si vous voulez *la* fin, la vraie, l'unique, celle des hommes, alors serrez l'accoudoir de votre fauteuil préféré, ne clignez plus des paupières et gardez l'esprit bien concentré sur ce qui suit. La vérité viendra, mais n'attendez pas que je la pointe du doigt, elle ne brillera pas comme l'entrée d'un casino à Las Vegas, oubliez les néons crépitant autour d'elle, vous n'êtes pas dans un de ces thrillers de gare où le héros balance la purée en fin de roman, juste avant le discours du grand méchant. Rien de tout cela ici. Là, maintenant, ce que vous allez prendre en pleine tête, c'est la vie, rien que ça. Poreuse, poisseuse, partielle et partiale.

La mienne. Elle va se mêler à la vôtre, vous allez l'assimiler peu à peu, comme un long baiser, vous en retirerez quelque chose qui va vous suivre ensuite dans votre existence, qui va se répandre dans votre cervelle et qui pourrait bien, soyez-en conscients, modifier à jamais ce que vous êtes. Parce que les mots, une fois qu'on les a lus, on ne peut pas revenir en arrière, ça se plante dans la matière grise, les mots sont les racines des arbres de nos pensées, et nul ne peut savoir jusqu'où ils vont grandir, et si un arbre ne donnera pas, un jour, une forêt.

C'est l'histoire d'hommes qui, autrefois, il y a longtemps, étaient des saints, et qui se sont perdus dans les plaisirs terrestres. L'histoire des hommes en fait.

Oh, une dernière chose : je vais commencer par la fin. Oui, je sais, c'est pas commun. Vous en saisirez la logique fondamentale au début de cette histoire, c'est-à-dire à sa toute fin.

Prêts ?

Le projecteur se lance, blanc aveuglant, l'image tressaute un court moment, parasites, taches noires à l'écran, ça va s'améliorer, devenir beau. Le son crépite, grésille, petit larsen, et c'est parti.

Trois. Bip.

Deux. Bip.

Un. Bip.

Logo anonyme. L'image et le son se calent.

Les lumières baissent.

Générique de fin.

Ça commence…

39.

La fin.

Ronde comme un point qui clôt une phrase, une histoire. La boule de feu qui coule sous l'horizon, embrasant toute la baie, est la fin de ce récit. Un crépuscule qui conclut un jour, comme une romance qui prend fin lorsque l'été touche à son terme, avec sa nostalgie, sa traîne de regrets.

Je suis sur une plage de sable à la douceur et à la tiédeur érotiques, les pieds enfoncés jusqu'aux chevilles, costumé d'une chemise hawaïenne vert et blanc comme on n'ose en mettre que lorsqu'on est loin de tous les gens qui nous connaissent, short en toile, et lunettes de soleil de branleur enfouies dans mes cheveux.

Je contemple le coucher du soleil dans ce lieu paradisiaque comme un pied de nez à l'enfer que je ne visiterai jamais, parce que je m'estime trop malin pour ça. Au-dessus même du concept. Pour les gens dans mon genre, il n'y a que le vide cosmique et la terreur d'une éternité sans conscience.

Je suis planté là, plus détendu que je ne l'ai été depuis

des mois. Je goûte de nouveau à la sérénité, et je sais que ma vie redémarre maintenant. Loin de tout et de tous.

Dans quelques heures une vague de touristes américains déferlera sur le bar près des palmiers, et nous boirons comme des frères, pour oublier leurs vies de sacrifices, de retenues, d'apparences, et moi pour noyer mes souvenirs. Je rencontrerai l'une de ces jolies bimbos aux dents trop blanches, aux seins trop généreux, et dans la brûlure des shots de tequila nous nous affranchirons de toute convenance. L'alcool nous créera un étroit passé commun : une histoire de trente minutes pleines de mimiques séduisantes, de rires trop appuyés, de mots bien choisis, avant d'aller s'ébahir sous la pluie d'étoiles filantes. On baisera, le coup de reins aussi désinhibé que la personnalité. Ce sera bon, et puis demain on s'éloignera, pour n'en faire qu'un souvenir agréable parmi d'autres, comme des vignettes qu'un gamin collectionnerait dans son album Panini, sans vraiment savoir pourquoi il les colle sinon pour le plaisir de pouvoir un jour, plus tard, se dire qu'il l'a fait, et en feuilleter les pages pour le souvenir.

J'ignore de quoi sera fait mon avenir, mais je sais que mon passé n'en fera plus partie. J'ai dissocié les deux. Une ablation méthodique et appliquée. C'est pour ça que je suis là.

Je me suis inventé un nouveau nom. William. Comme le dramaturge anglais. Celui sur lequel planera toujours un doute : est-ce lui qui a écrit ces chefs-d'œuvre ? J'aime l'idée d'endosser le nom d'un homme qu'on admire sans être certain qu'il est vraiment le génie que l'on croit.

Et plus qu'une identité, je me suis recréé tout entier.

Une nouvelle vie.

Parce qu'il n'y a que l'homme qui invente son passé qui peut choisir son avenir. Et je ne veux plus subir. Plus jamais.

Je souffre d'un mal qui m'a tout pris, une souffrance que d'aucuns caractériseraient de chimère, mais il est réel.

Je suis maudit. Ce n'est pas une métaphore.

Mais à défaut de vaincre le mal, je suis parvenu à le circonscrire, à l'enfermer à distance.

Mon avenir est là, sous ce crépuscule qui illumine toute l'île, comme si le paradis lui-même prenait feu. Et j'en aime chaque soupçon, chaque possibilité.

Je suis un homme neuf. Un nouveau-né.

Tout s'offre à moi. Je suis libre.

Vous voyez, commencer par la fin ça a du bon : maintenant vous savez au moins que mon histoire se termine bien.

Pour un homme maudit, ça tient du triomphe.

Mais j'entends d'ici les sceptiques, les rationnels, les cartésiens se gausser, j'entends leur colonne vertébrale craquer tandis qu'ils se raidissent sur leur siège, je devine leur bouche qui se relève en un rictus supérieur et suffisant.

Accordez-moi un peu de temps, quelques heures de votre vie pour que je vous expose quelques mois de la mienne, laissez-moi entrer en vous avec mon histoire, et vous verrez si vous n'y croyez pas. Tout est pourtant juste là, sous nos yeux.

C'est un récit de nos instincts les plus vils, de ce qu'il y a de pire en l'homme, et tout est dans la façon de le raconter.

Mal et diction.

38.

Vérité. Voilà un mot que j'ai longtemps regardé avec appréhension. La vérité dans nos rapports humains. Entre amis, membres de la même famille, au boulot.

La vérité dans le couple. Probablement la plus flippante.

Deux semaines avant de quitter mon univers cosy de trentenaire pour cette île perdue, j'ai découvert que mon amour avait été répandu sur les murs de mon appartement, étalé sans pudeur, avec rage.

J'ai été trahi. Sali. Vidé de l'intérieur. Enfin elle surtout.

Imaginez votre pire cauchemar, boostez-le aux amphétamines, ça n'est encore rien à côté de ce qu'on ressent dans ces moments-là.

Ma vie a basculé, une fois encore.

Mais pour que vous compreniez bien ce grand huit émotionnel, je dois vous dire un peu qui je suis.

Avant de devenir William au paradis, j'ai été Pierre au purgatoire.

J'habite Paris. Mais ça pourrait être Londres, New York ou Barcelone, peu importe. Ce qui compte c'est que ma vie a totalement changé il y a près d'un an.

J'ai fait ma crise existentielle avec presque dix ans d'avance sur la quarantaine, ou quinze de retard sur l'adolescence, à vous de voir. Ce truc des crises, ça m'a toujours intrigué. On flippe par paliers, nous les hommes, là où les femmes sont plus constantes, elles lissent leurs angoisses sur la durée. Les plus misogynes et caricaturaux diront que c'est ce qui les rend chiantes au quotidien et nous, mâles, globalement irresponsables. La linéarité féminine face aux à-pics masculins. On commence par la rébellion avant de devenir adulte, en se jurant qu'on ne deviendra jamais comme ces gros cons, pour mieux leur ressembler ensuite. Puis les mecs prennent de l'assurance avant d'être au bord du précipice au moment de devenir papas pour la première fois, lorsqu'ils atteignent la moitié de leur vie, et quand ils perdent leur dernier parent. Si vous voulez voir ce qu'un homme a dans le bide, voilà les instants qu'il ne faut surtout pas rater. C'est en tout cas ma conviction.

Vu que je n'avais pas véritablement manifesté le désir de tuer mes géniteurs à l'adolescence, et que je n'envisageais pas particulièrement de tromper ma femme avec sa sœur ou ma secrétaire pour mes quarante piges, j'ai transigé : à peine le cap de la trentaine passé, j'ai buggé. C'est un bon résumé de ce que je suis, ça : ni dans la convention, ni trop marginal. Je fais tout comme tout le monde mais pas au même moment, et avec une nuance personnelle qui fait mon charme.

J'avais atteint mes limites, à trop forcer, trop en faire, à me mentir, à jouer un rôle qui n'avait pas été écrit pour moi, pour faire plaisir à mes parents, pour m'adapter à la société, me couler dans le moule, gommer les aspérités… Et logiquement, à vivre sous pression, œillères en permanence et couvercle bien vissé sur la merde, à un moment ça a débordé.

Ce que j'étais avant me semble si lointain que ça n'est plus vraiment moi vu d'ici. Et pourtant. Petite école de commerce, petite vie de couple ponctuée de plats prêts à cuisiner, petite copine manager dans le prêt-à-porter, prête à porter la vie, portée sur le prêt-à-jouir – c'est-à-dire le rapport sexuel monotone d'un couple qui se connaît par cœur depuis six ans –, bref, rien que du classique, sans piment ni originalité, du prémâché d'existence noyé au milieu de toutes les autres. Et moi, tellement banal : mes stages étaient devenus un boulot, j'avais intégré l'univers de l'entreprise en désintégrant mon amour-propre, pour mieux jouer les hypocrites, pas faire de vagues, être apprécié du plus grand nombre, espérer les augmentations, guettant mon supérieur à la photocopieuse pour discuter de tout et de rien. J'étais en position pour sucer chacune de ses conneries pour peu qu'à trente piges je puisse jeter à la gueule de mes amis un « K » à cinq chiffres commençant par un 4 ou tout autre nombre supérieur. J'en étais à me rendre malade pour un job qui ne m'épanouissait plus depuis la signature de mon CDI. Rien que pour le garder. Rien que pour gravir les échelons.

Je vous épargne les détails, ce qui compte ici n'est pas là. Pour faire court je vais vous proposer ce que j'appellerai un résumé épileptique.

Trente et un ans. Crise. Pétage de plombs. Engueulades

familiales. Engueulades conjugales. Engueulades professionnelles. Professionnel de l'engueulade. Maîtresses (dans certains cas, la langue française devrait prévoir une marque de pluriel répétée, comme dans « maîtressessss », qui prendrait une profondeur subtile évoquant le grand nombre tout en induisant le degré de pourriture – ou de mal-être, c'est selon – du mec concerné). Licenciement. Rupture. Eloignement des amis, de la famille. Dépression. Alcool. Baise. Alcool surtout. Vide. Long vide. Psy. Et Roosevelt.

Je pense que chacun aura reconnu sinon un passage de sa propre vie, du moins des étapes tellement banales qu'elles ne méritent pas qu'on s'y attarde, mis à part peut-être la présence d'un Président américain. Ça pourrait ressembler à l'idée à la con d'un psy mais ce n'est même pas ça. C'est moi qui ai pensé à Roosevelt. J'étais en crise. Un effondrement total et sans précédent, et je me suis demandé comment j'allais bien pouvoir m'en sortir. Alors j'ai pensé à la Grande Dépression de 1929, et au New Deal de Roosevelt : actions radicales, mesures exceptionnelles, et le pays repartait…

Certains ne manqueront pas de rappeler qu'ensuite il y eut une guerre mondiale pour relancer pleinement la machine, mais je crois que l'analogie doit s'arrêter là, la plénitude d'une métaphore est dans les limites qu'on lui donne dès le départ. Exactement comme pour sa propre vie : en définir les contours, le cadre du bonheur, les frontières à ne pas transgresser, les zones à explorer de fond en comble et celles qu'il est préférable d'ignorer avec une neutralité bienveillante.

Il y a près d'un an donc, j'ai fait le ménage dans mon quotidien. Je suis devenu un mec neuf. J'ai pris le premier boulot que je trouvais : aide-ménager au zoo de Vincennes. En clair je ramassais la merde d'animaux que d'autres animaux passaient leur journée à observer, à la différence près que ces derniers avaient préalablement payé leur billet d'entrée. Quand on regarde objectivement ce qui nous place au sommet de la hiérarchie animale, c'est que nous avons le fric et pas eux. Filez un système monétaire aux gorilles avec plus de pognon que nous pourrions en avoir et nous serions à ramper dans la boue pour qu'ils nous en filent un peu.

Sur cet épisode professionnel je tiens à préciser que ce fut grandement enrichissant pour moi. D'abord, sur le plan des relations entre collègues, je dois dire que les lémuriens ont été bien plus accueillants que ne l'avaient été mes confrères dans le marketing, et la franchise des singes est sans pareille.

C'est en travaillant au zoo que ma vraie nature s'est révélée à moi. Lorsqu'un jour, excédé par les cris toujours plus énervés des babouins, je me suis surpris à verser quelques comprimés de Xanax dans leur abreuvoir. Nos rapports ont, dès lors, énormément changé. D'ailleurs, au zoo, très vite je suis devenu l'homme qui apaise les babouins. Je ne mentirai pas, le calme qui a ensuite régné sur leur enclos m'a forcément donné des envies.

Le panda par exemple, on l'ignore, produit une quantité de déjections proprement hallucinante. Des monceaux de merde à longueur de journée pour une peluche si mignonne, c'est cruel. A croire que la nature a concentré tout l'intestin du monde dans le cul des pandas. Il y a là une leçon à retenir pour vos relations personnelles : trop d'envie de câlins cache forcément un paquet de merde.

Quoi qu'il en soit, pour celui qui passe ses journées à nettoyer leur enclos, je peux vous dire que le joli panda, quand vous devez repasser toutes les deux heures pour ramasser cinq à dix kilos d'étrons, vous le prenez en grippe rapidement.

L'Imodium a considérablement amélioré nos relations.

Et Vincennes a gagné le premier panda régulièrement constipé de la planète. En tout cas les jours où j'étais de service.

Je pourrais m'attarder sur les fois où, pour vaincre mon ennui, je filais du Viagra aux marmottes et les regardais baiser comme si leur terrier avait été une succursale des Chandelles, et si vous trouvez que les lémuriens ont l'air cons avec leur regard immense, vous auriez dû les voir quand je leur donnais du LSD – bougeant au ralenti, raides défoncés tels des cosmonautes sur la Lune déguisés en singes –, mais vous avez compris où je voulais en venir.

Pour les pensionnaires du zoo de Vincennes, j'étais devenu une sorte de croisement entre le toubib de *Daktari* et Mengele, celui qu'on associe à des plaisirs extatiques ou que l'on craint comme la mort en personne.

Pendant quelques mois, le zoo s'est transformé en un théâtre d'expériences médicales comme je n'en avais jamais connu. C'était mon univers, j'y exerçais mon minuscule pouvoir, déversoir de mes frustrations passées, laboratoire de mes réjouissances journalières, bureau de mes ambitions à venir.

Je ne vous raconte pas ça pour passer pour un bourreau d'animaux : j'ai grandi au milieu de chats et de chiens qui me manifestaient plus d'amour que mes propres parents, alors l'affection des bêtes, je connais. Si j'évoque ces épisodes c'est pour illustrer ce changement d'attitude chez moi, cette absence grossière de culpabilité. A mesure que je sortais de la dépression, que je refusais ce que je n'étais pas, que je laissais une véritable place à ce moi qui avait été étouffé pendant si longtemps, je m'émancipais aussi d'un filtre de bienveillance inutile et exaspérant.

Je devenais moi, sans fard, sans fioritures. Mon sens moral n'était plus guidé par le diktat d'une société tout entière, mais uniquement par mon éthique personnelle, par ce que *moi* j'estimais être le bien et le mal, et cette frontière ne demandait qu'à être définie. On a voulu me faire croire que le politiquement correct était une forme de respect, alors que c'est le carcan de l'individu au profit d'une masse lisse donc plus façonnable. Les bergers ne veulent pas de moutons qui gambadent là où ça leur chante, ils œuvrent pour un troupeau qui file toujours dans la même direction sans trop lever la tête, parce que c'est plus facile à maîtriser. J'ai décidé de relever le menton. Pas pour contrarier mes congénères, juste pour brouter une herbe plus verte, moins piétinée, pour goûter ce qu'il y a sur le bas-côté, par curiosité, et parce que j'avais enfin le sentiment de ne pas faire ce qu'il *fallait* mais ce que je *voulais*.

Sans pour autant me métamorphoser en suppôt du diable je venais de prendre de la distance avec l'éthique lénifiante, et je ne m'en portais que mieux.

C'est à ce moment-là que la malédiction est apparue.

A peu près au début de ma nouvelle vie.

J'ignore si je l'ai toujours portée en moi, comme une tumeur, et qu'elle se développait lentement dans les replis de ma chair, attendant le bon moment pour se révéler, ou s'il s'agit d'une contre-mesure morale, implémentée dans notre inconscient durant l'enfance pour jaillir dès qu'on s'écarte du système. En tout cas elle s'est matérialisée au cours de ma première relation sincère avec un être humain depuis ma crise d'ado adulte. Une crise d'adulescence pourrait-on dire. Et cette malédiction a atteint son paroxysme deux semaines avant que j'abandonne tout derrière moi une nouvelle fois.

Un apogée abyssal.

J'ai écrit un peu plus tôt que mon amour avait été répandu sur les murs de mon appartement, ce n'était pas une métaphore.

Il y a quinze jours, j'ai découvert la femme que j'aimais – même si nous n'avions jamais fait l'amour, elle était *ma* femme, ma tendre, mon espoir – éviscérée et exposée jusqu'au plafond. Des giclées de son sang partout, Jackson Pollock n'aurait pas fait mieux. L'abdomen ouvert comme un sac à main béant, les entrailles à l'air. Je n'oublierai jamais cette image. C'était presque *construit*. Elle, nue sur le parquet, les bras le long du corps, la peau blanche, ouverte comme un fruit éventré par trop de soleil. Son beau visage impassible, presque pas concerné. Son regard bleu figé dans la contemplation du néant. Et tous ces traits pourpres au-dessus d'elle, sur la peinture crème des murs, ponctués de centaines de petits points rouges au plafond, comme autant d'étoiles sinistres veillant désormais sur ma morte.

Une explosion artistique. Une galerie d'art morbide. La constellation de la Vierge.

J'ignore ce que vous auriez fait à ma place. Foudroyés par la terreur, le désespoir et l'horreur, vous seriez restés paralysés, ou pragmatiques sous le choc, vous auriez appelé à l'aide.

Moi, j'ai vomi.

37.

C'est une sensation qu'on ne peut imaginer.

La relativité dans tout ce qu'elle a de plus concret. On se sent tour à tour léger, évanescent, totalement absent, sans consistance, un spectre qui assiste à la scène sans pouvoir y jouer le moindre rôle, puis chaque molécule de son être reprend sa place avec une vélocité douloureuse, la voracité de l'attraction sur celui qui croit échapper à sa propre substance, même un bref instant. On pèse alors si lourd que sa propre âme devient impossible à porter, au point d'en perdre la tête, de s'effondrer, écrasé par le poids de la réalité.

Constance est là, chez moi, massacrée. Partout il y a le fantôme de nos instants, ma présence derrière elle, nos mains qui se frôlent, nos bras qui se touchent, nos mots, nos échanges.

Je la vois morte sous mes yeux et pourtant je la vois encore vivante sous mes paupières. Un hiatus insoutenable.

La première chose à laquelle je pense alors est que nous n'avons jamais fait l'amour. Jamais.

C'est totalement inadéquat comme pensée. Pourtant c'est la mienne à cet instant. Notre relation s'est construite ainsi, sur le temps, la patience, l'apprentissage, la découverte. Lentement. Pour en savourer chaque parcelle, chaque nouveau fragment mis au jour par l'autre, pour l'autre. En bons archéologues de nos sentiments, nous voulions caresser du pinceau de notre bonheur les morceaux de notre histoire qu'un quotidien allait révéler progressivement.

Phrase longue, pompeuse. Niaise comme on peut l'être aux premiers jours d'une relation qui devient sérieuse. Mon cynisme flambant neuf tout recouvert du vernis pas encore sec des sentiments les plus naïfs, les plus doux, les plus fous. L'amour dans ce qu'il a de plus indomptable et puéril.

Partout dans ce minuscule appartement jaillissent des reflets de nous. De nos conversations, de nos baisers interminables – antichambre de nos désirs contenus –, de nos angoisses, de nos premières confrontations, de nous…

Il faut près d'une heure pour que deux flics en uniforme arrivent enfin, et encore une heure pour qu'un mec en civil de la PJ vienne s'asseoir en face de moi. Je suis emmitouflé dans une couverture, l'esprit quelque part entre Mercure et Fukushima, paumé dans des coins chargés d'histoire dont je ne sais véritablement rien, parce que c'est dans l'inconnu collectif que l'âme vagabonde le mieux.

– Vous êtes le propriétaire de l'appartement ? me demande-t-il.

Il ressemble à Olivier Marchal, l'ancien flic reconverti

en réalisateur-acteur, comme si la fiction devait obligatoirement rejoindre la réalité.

Je ne réponds pas encore, il y a une latence au démarrage des mots, alors il enchaîne :

– Et la fille là, vous êtes son…

J'acquiesce enfin :

– Locataire, oui.

Le flic croit que je réponds seulement à sa première question. Moi je pense que je réponds aux deux d'un coup.

– Je suis désolé.

Il a l'air vraiment sincère. Je peux presque lire de l'émotion dans son regard. Pourtant c'est son pain quotidien, des désespérés dans mon genre il en voit tous les jours, il offre ses condoléances plusieurs fois par semaine, comme on propose des chewing-gums à un collègue qui pue de la gueule. Malgré tout il me paraît crédible.

– Merci.

– Je sais que le moment est difficile, pourtant il faut que je vous pose quelques questions maintenant. Vous comprenez ?

J'opine du chef mollement, circonspect.

– Est-ce que vous pouvez me dire ce qui s'est passé ?

Rarement une question m'aura paru si profonde, si dense. Il y a le monde entier dans cette phrase. De l'attente d'une vérité à la culpabilité de toute l'humanité pour la connerie de Caïn, je la reçois avec le sentiment qu'elle pèse le poids d'un homme mort. D'une femme en l'occurrence.

– Non.

Je ne peux rien dire d'autre. Trop de réponses d'un coup, je n'en ai pas la force, pas le courage.

Olivier Marchal semble contrarié. Il inspire bruyamment par le nez, un sifflement agaçant quand l'air se prend dans les poils de ses narines, et me toise. Son visage s'est refermé. Cette fois il est dans la suspicion. Dans l'agacement aussi.

– C'est une dispute qui a mal tourné ? demande-t-il brusquement.

– Pardon ?

Je n'en crois pas mes oreilles. Si vite ? La question devait venir, forcément, mais je n'y suis pas encore préparé.

– Vous vous êtes engueulés, ça a dégénéré et vous avez perdu le contrôle de la situation…

Je secoue la tête.

– Non, non ! Pourquoi vous dites ça ? Elle a été tuée ! Constance a été assassinée !

– Je n'en doute pas. Les voisins disent qu'ils ont entendu des cris, une dispute ce midi. Vous ne vous êtes pas pris la tête tous les deux ?

Bouffée de panique. D'incompréhension. Saturation des émotions. J'ai envie de tout couper au disjoncteur principal, de plonger dans le black-out total, une pulsion de mort pour fuir.

– Non ! Je suis parti tôt ce matin ! C'est pas moi.

Puis l'étincelle de clairvoyance. Tout ça signifie que Constance a lutté. Elle s'est défendue, elle a su. Je la vois, terrifiée, en train de se battre pour sa vie. Je sens les coups de couteau qui lui ouvrent le ventre.

Un flot de bile tombe entre le flic de la PJ et moi. Un moyen supplémentaire de mettre de la distance entre nous. J'ignore si les haruspices pouvaient également lire dans la bile, si ça compte comme un prolongement des entrailles, mais à l'instant présent j'aurais bien envie qu'Olivier Marchal soit de ces devins, pour qu'il me foute la paix et qu'il trouve des réponses à ses questions ailleurs que dans ma conscience…

– Ecoute, garçon, dit-il, c'est le moment de te libérer. Tu peux y aller, je suis là pour ça. Tu peux tout me dire.

Le liquide jaunâtre qui nous sépare ne semble pas l'affecter. Il l'a plutôt pris comme une invitation à poursuivre. Maintenant qu'il m'a vu dégueuler il se sent plus proche de moi, sur le point de la confidence. Il doit y avoir quelque chose de fraternel entre deux hommes quand ils se voient vomir, un rituel préhistorique quelconque dont on a perdu le souvenir en ne gardant que le besoin chronique de passer par là au moins un jour dans sa vie. C'est la seule explication que j'ai au plaisir que prennent les mecs à s'imbiber d'alcool au point d'en être malades.

Aucun mot ne parvient jusqu'à mes lèvres. Elles sont scellées par la peur et le désespoir.

– Vas-y, insiste-t-il. C'est maintenant que tu dois te soulager. Personne n'est là pour te juger, on veut seulement comprendre, et t'aider du mieux possible.

Non, Olivier, tu l'as dans le désordre ton tiercé, tu veux

savoir pour comprendre afin de juger. Rien à voir. Me baratine pas.

Dans mes pensées le cadavre de Constance n'arrête pas d'apparaître. Je la vois hurler, courir, se débattre, pleurer, crier, souffrir, ne pas comprendre, être terrorisée. Ce connard de flic m'a mis toutes les images en tête.

Et pendant un court instant, j'en viens presque à songer que c'est vraiment moi qui l'ai fait. Que je suis l'assassin de Constance.

Après tout, pourquoi pas ?

Car elle n'est pas la première.

36.

Que d'heures perdues à dormir dans une vie.

Si vous faites une dépression, dormir devient *toute* votre vie. Les moments de lucidité : des instants perdus sur le néant salvateur de l'inconscience. On se réfugie dans la torpeur permanente parce que c'est le tour de chauffe de la mort, que c'est moins définitif, et que toute sa vie on s'est entraîné pour la rejoindre. Dormir ça fait moins peur que mourir. Mais au fond, c'est seulement parce qu'on manque de courage pour aller jusqu'au bout. Dans une dépression, on veut mourir sans avoir l'énergie ni la totale ambition de ses désirs. Certains, parfois, y parviennent, mais cela reste exceptionnel. Avec le recul, je considère qu'une dépression c'est une visite de courtoisie à la mort, mais de celles qui s'éternisent, où l'invité a du mal à repartir, et pas moyen de le renvoyer chez lui.

La mienne a duré environ trois mois dans le dur, précédés de trois mois de descente progressive, un moment de flottement terrifiant où tout bascule, on perd ses repères, ses bases, sa stabilité, sans pouvoir rien y faire. En même temps, c'est compréhensible. Le cosmos flotte dans le vide : la matière repose sur du vide. Il est logique que de temps en temps on prenne conscience de ce gouffre sidéral et qu'on s'effondre. La dépression c'est réaliser qu'on est des funambules en équilibre sur rien, absolument rien. Et puis soudain, on est tout au fond. L'effroi du vide cosmique se traduit par l'inertie de tout, même des émotions. Le vertige à l'échelle spatiale c'est l'apathie.

En sortir c'est réussir à avancer de nouveau dans ce numéro improbable d'équilibriste.

Je me suis extrait de ma léthargie en décembre de l'année dernière. Mon déclic ? Une énième rediffusion de la fraternité incarnée.

Friends. Une sitcom hollywoodienne pour défier les ivresses vertigineuses de la métaphysique planétaire. Ça, si Dieu l'avait prévu depuis le départ, moi je veux bien être damné.

Un épisode au détour d'une longue séance désespérante de zapping, et j'ai ressenti la notion de groupe comme jamais. L'idée d'être plusieurs. Leur humour, leur approche de l'existence. Ce jour-là j'ai moi aussi eu envie d'avoir des amis de ce genre, des problèmes comme les leurs, et de les traiter avec le même recul drôle et parfois cynique. S'impliquer sans se perdre, s'investir sans se sacrifier. Vivre sans se voir mourir à tout instant.

Je dois mon salut à NBC. Ma survie à Chandler Bing. Quand on est pathétique, il faut savoir l'être totalement.

A cet instant, j'ai eu envie de vie autour de moi. De me sentir vivre moi-même. Et j'ai aussi eu très envie de faire quelque chose de stupide, qui n'a pas de sens, rien que pour agir, sans raison, sans but. Etre, vivre, faire.

Pendant trois mois, l'unique occupation que je m'étais autorisée, et qui m'apportait un tant soit peu de plaisir, consistait à prendre mon déjeuner dans un restaurant en bas de chez moi où les clients enfilent un masque sur les yeux pour manger dans le noir total. Ce genre de restaurants à la mode qui cherchent à multiplier les expériences, à mélanger les sens. On y mange en aveugle, du début à la fin, absolument pas le droit de soulever le masque. Moi je déchirais la feutrine du mien pour pouvoir passer mon heure à observer les autres. Parce que la salle est un peu éclairée, pour les serveurs. Alors je matais.

Hommes et femmes qui tâtonnaient à la recherche de leurs couverts, de leur serviette, la tête souvent un peu penchée sur un côté, ou en arrière, le cerveau tentant de compenser l'absence de vue en glissant lui-même vers les zones du cortex liées aux sens ou aux déplacements. Chacun parlait sans voir l'autre, écoutait d'une oreille distraite – trop occupé à percevoir les sons, ceux qui pouvaient améliorer la compréhension de l'espace –, amputé d'une part de sa conscience.

Je les épiais, tous ces handicapés soudains, un peu gauches, amusés, embarrassés, mais rassurés par la certitude du provisoire de leur situation. Ce monde d'affamés qui alimentaient leurs sens sans savoir avec quoi, sans rien voir de ce qui se passait véritablement autour d'eux me rassurait. J'avais enfin l'impression de retrouver la vue. Que le monde tout entier était là, dans sa vérité, que je n'étais pas fou. Pourtant je ne ressentais pas ces émotions, j'y assistais sans les vivre. Le pathos du dépressif.

Trois mois de cette unique occupation m'avait frustré de rires, de plaisirs, du simple bonheur du divertissement. Alors je suis sorti dans ma rue avec une petite mallette de bricolage de chez Ikea, et en pleine nuit, j'ai fait le truc le plus inutile et idiot de mon existence : je me suis mis à dévisser tous les numéros d'immeubles, un à un, et je les ai inversés. J'ai commencé la rue en sens inverse, les numéros pairs du côté impair. J'ai semé la zizanie, en l'espace d'une nuit, j'ai déménagé tous les gens de mon quartier sans même les réveiller. Je ne dis pas que ça a été facile, il a fallu forcer, tirer, casser, creuser, coller, bidouiller, mais dans l'ensemble, j'étais plutôt content de moi lorsque les premiers passants ont commencé à affluer.

J'ai observé la déroute des livreurs, celle du nouveau facteur ou du type de chez UPS lorsqu'il parcourait les noms des boîtes aux lettres sans y trouver la bonne personne, le parent venant visiter son enfant fraîchement installé sans rien reconnaître, et au final la consternation des services de la voirie.

Un petit triomphe mesquin, presque méchant, mais qui, ce matin-là, me rendit le sourire. A défaut de changer la planète, j'avais semé un peu de confusion dans ma rue, pour qu'elle soit à mon image. Curieusement, je me sentais moins seul, plus intégré socialement. Cette rue pleine de surprises et déconstruite devenait un pont entre moi et le reste de la société, c'était comme se familiariser avec la pataugeoire avant de se jeter dans le grand bain.

Au début de la semaine suivante, je me suis métamorphosé en bon Samaritain d'un genre un peu spécial. Je n'étais pas guéri, loin de là, mais j'étais sur la bonne voie, je cherchais, je testais des méthodes. Je voulais entrer dans les zones d'ombre et les éclairer. Métaphoriquement, j'entends. Les non-dits de la civilisation me perturbaient et je voulais me rendre utile, retrouver cette émotion particulière qu'on éprouve en réalisant qu'on a une fonction, que notre présence sur terre n'est pas totalement vaine.

Alors je m'en suis pris à tout ce que je savais être tabou mais qu'il fallait transgresser pour l'améliorer.

Mes grands-parents, par exemple, m'avaient souvent parlé de leurs congestions intestinales. Oui, on a les ancêtres qu'on mérite. Quoi qu'il en soit, durant toute mon adolescence, j'étais terrorisé à l'idée de vieillir et de devoir passer des heures enfermé aux toilettes. Je voyais la vieillesse ainsi : plié en deux par un mal de bide permanent et assis des plombes dans une pièce carrelée, avec une pile de vieux magazines de déco amassés au pied de la faïence. Plutôt mourir jeune que ça.

Je me suis donc équipé d'une seringue hypodermique et j'ai parcouru les allées de mon supermarché pour y trouver ces biscuits secs un peu durs qui ont des visages de profil sculptés au milieu – il n'y a que les personnes âgées pour acheter ces petits camées immangeables qu'on achète par sachets de deux kilos. J'ai procédé avec application : un petit coup de seringue à travers l'emballage pour bien imbiber d'une dose de laxatif, opération rapide et sans effet dommageable sur la nourriture elle-même – ces gâteaux ne pouvaient pas devenir plus infects qu'ils ne l'étaient déjà.

Ça peut paraître complètement dingue de faire ça, mais sur le coup, ça m'a fait beaucoup de bien. Je me suis vu en sauveur du troisième âge de mon quartier. J'ai répété la manœuvre plusieurs fois, et j'ai ensuite guetté les visages des vieux que je croisais dans la rue, cherchant un air plus guilleret, un faciès libéré, un regard plus léger, en vain. En revanche, j'ai entendu que l'école primaire avait été le foyer d'une épidémie subite de gastroentérite et j'ai compris mon erreur : les grands-parents ne mangent pas eux-mêmes leurs satanés biscuits, ils les filent à leurs petits-enfants.

A défaut d'avoir soulagé la vieillesse, j'avais au moins réglé un problème de mon enfance : ces gamins-là rêveraient de vieillir constipés.

Le soir suivant, j'étais dans le petit cinéma indépendant du coin, à intervertir les pancartes en carton mentionnant les films à l'entrée des salles. Je savais que la plupart des spectateurs mettraient plusieurs secondes voire minutes avant de comprendre, une fois le film démarré, qu'ils n'étaient pas dans la bonne salle. Mais plongé dans le noir, devant la scène d'introduction, j'espérais secrètement que la plupart auraient la flemme de se lever pour partir à la recherche du bon film. Un moyen comme un autre d'élargir la culture des uns et des autres, de bousculer les goûts, les esprits. La vie par le chaos.

Il y eut encore quelques actes citoyens de ce genre visant

en réalité à combler mes propres vides, ou à me divertir, comme échanger les jaquettes plastifiées des romans de la bibliothèque municipale, pour que celle ou celui qui emprunte un roman historique lise en fait un récit de science-fiction, ou qu'un classique un peu suranné se transforme en histoire fantastique effrayante. J'avais passé tellement d'heures, enfant, à lire des livres obligatoires pour l'école que cela m'avait longuement dégoûté de la lecture. J'imaginais ce garçon de treize ans ouvrant, le poids du devoir sur les épaules, *Le Pain noir* de Clancier et découvrant en réalité *Treize histoires d'épouvante et d'érotisme*, les sourcils soudain crispés de surprise, s'assurant discrètement que personne ne lisait par-dessus son épaule, tournant les pages avec excitation, s'initiant ainsi au frisson de l'interdit et à celui d'une bonne érection inattendue...

Après plusieurs jours, j'ai fait un constat un peu alarmant : j'étais certes sur le chemin de la guérison, mais fallait-il se réjouir de sortir de la dépression pour s'incarner en un être sournois dont la principale source de plaisir était de parsemer le monde d'une petite touche de chaos ?

J'ai, je dois l'avouer, envisagé un instant la possession diabolique. La dépression n'est-elle pas, pour Lucifer, une porte d'entrée dans l'esprit fragile ? Seul obstacle à cette hypothèse : je ne crois pas plus au Diable qu'à Dieu. Même si, par prudence, et parce que je suis un faux-cul de première, je préfère leur mettre des majuscules – nul n'est jamais trop obséquieux quand il s'agit de trucs aussi importants que la vie après la mort…

Je n'éprouvais pourtant aucun sentiment de culpabilité. Je n'étais pas un criminel, mes occupations n'avaient que peu d'incidence néfaste sur autrui, et après tout, elles sortaient un homme de l'antichambre de la mort !

Et puis je me suis rapidement rendu compte que, dans ma nouvelle lubie, il était essentiellement question d'échanger des choses. Forcément, cela m'a interpellé. Voulais-je échanger ma propre existence avec n'importe laquelle de celles qui se présentaient à moi ? Non. Derrière ces actes potaches s'exprimait un désir plus profond, un besoin.

Ma vie ne me convenait plus. Je venais de passer trois mois à dormir après avoir somnolé pendant trente ans. La crise existentielle quoi, accompagnée d'un rejet total de tout ce qui m'avait fait jusqu'à présent.

Et cet épisode de *Friends* me renvoyait justement à l'importance d'avoir des amis avec qui tout partager, en particulier des sentiments sincères. Sauf que je ne voulais plus des miens. Je ne voulais plus rien de ce qui avait été moi *avant*. J'ignorais si c'était provisoire ou définitif, c'était ma nécessité du moment.

Une semaine après, je décidais donc qu'il était temps pour moi d'avoir de nouveaux amis.

Et pour bien commencer, j'ai cherché une activité ludique. Je me suis inscrit à des cours de théâtre dans le 11ᵉ arrondissement.

J'aurais dû me douter que redémarrer une existence par

un jeu qui consiste à feindre et manipuler des émotions n'était pas une bonne idée.

Ce qui devait arriver arriva.

J'y suis allé et, dès le premier soir, j'ai perdu le contrôle.

J'ai tué ma partenaire.

35.

La comédie c'est un peu comme l'écriture : une forme d'art dangereuse pour la santé mentale qui consiste à développer une schizophrénie contrôlée et à jouer avec en en testant la plasticité, la résistance et l'étendue.

La première chose qui m'a frappé aux cours de théâtre, c'est ma partenaire.

Mais laissez-moi vous dépeindre le décor avant d'entrer dans le vif du sujet. De prime abord, c'était une petite salle miteuse qui sentait l'humidité et le renfermé, avec des gens relativement insipides. Physiques passe-partout, personnalités normalisées, tous ici pour fabriquer des fragments de faux en dépeçant le vrai en eux. Il suffisait d'une soirée en leur compagnie pour en être convaincu : des gens chiants, c'est comme ça que je les ai perçus en quelques minutes, du haut de ma formidable estime de moi. Cependant, dès qu'ils montaient sur scène, certains se transfiguraient, la lumière s'allumait dans leur regard, endosser le rôle d'un autre leur permettait de ne plus avoir à être eux-mêmes, une libération qui les rendait intéressants, parfois passionnants, de temps à autre émouvants. Un amer constat d'échec en somme : ils n'étaient brillants qu'en n'étant pas eux.

Je me souviens le premier soir, après les avoir vus défiler pendant deux heures, assis sur un des bancs au fond de la salle, de m'être dit qu'il fallait venir ici pour ne plus croire en l'existence d'un destin. Car les gens ne sont jamais aussi pertinents que lorsque leurs dialogues sont écrits par un autre. Or si une aberration telle que le destin existait, cela impliquerait que nos actes sont préécrits, ainsi que leurs conséquences, et donc nos discussions aussi. Et à moins que le scénariste de l'humanité soit un véritable âne incompétent, il faut reconnaître que personne n'aurait laissé passer des répliques aussi fades que celles qui animent le monde chaque jour depuis l'origine des temps. Certes il y a quelques exceptions, mais pour un Clemenceau, un Churchill, combien de milliards de figurants balbutiants ? Peut-être qu'au tout début, vraiment au départ même du langage, ils avaient les bonnes lignes, les meilleurs dialogues – il faut alors imaginer les *punchlines* permanentes qui devaient rythmer la vie préhistorique, la repartie de chacun, la richesse des échanges, pas étonnant que l'homme n'ait pas eu besoin d'inventer la télé à l'époque pour passer le temps ! Mais depuis, le niveau s'est considérablement effondré. Non, je pense sincèrement qu'il ne peut y avoir qui que ce soit derrière tout ça, un pareil niveau d'incompétence ferait rendre leurs cartes de croyants à tous les adhérents religieux de l'histoire s'ils prenaient conscience de la nullité créatrice du bonhomme derrière l'Ecran Primal. Le Grand Scénariste a peut-être réussi un coup au tout début, mais depuis, les suites sont toutes plus ratées les unes que les autres et j'en viens à privilégier l'hypothèse athéiste plutôt que de croire en l'existence d'un destin mal rédigé, parce que le mec aurait donné tout ce qu'il avait au départ pour finalement perdre toute inspiration depuis.

Le premier cours touchait à sa fin quand le type qui faisait office de prof, aussi grand que maigre, avec un profil de côte normande (tout en excès, crêtes, falaises, et pics), a pointé son index crochu dans ma direction et m'a lancé un sortilège.

– Allez, hop, à ton tour, fut la formule tragique.

J'ai d'abord inventé un langage bien à moi, à base de bruits étranges, de déglutitions, de fragments de mots autrefois français, de bribes de syllabes étranglées par ma propre gorge, meurtrière de ma dignité.

Merlin l'Enchanteur a insisté :

– C'est pas un club de strip ici. Si tu viens mater, alors tu montes aussi sur la scène. Pour voir comment ça fait.

J'avais vu. Ça faisait mal. Et je n'avais pas du tout envie de *sentir* comment ça faisait.

Tous les regards étaient braqués sur moi, tous. Le mateur maté.

– Je… je ne connais aucun texte, suis-je parvenu à articuler.

– Pas la peine, improvise, n'importe quoi, dis ce qui te passe par la tête et joue-le. Mais joue-le avec les autres. Julia, monte avec lui.

Une petite rouquine s'est plantée au centre de la scène et a attendu en me fixant que je vienne la rejoindre.

Ce jour-là je me suis demandé si je ne préférais finalement pas l'humanité qui s'alimente à l'aveugle, sans véritablement se voir, plutôt que celle qui prend plaisir à se regarder singer une vie qui n'est pas la sienne.

Je me suis tenu face à Julia, et j'ai attendu à mon tour.

– Vas-y, a crié Merlin, lance-toi ! Dis ce qui te vient, ne réfléchis pas, laisse-toi porter !

J'ai regardé Julia, ses boucles rousses, ses grands yeux noisette, ses taches de rousseur, je l'ai trouvée mignonne, mais rien n'est venu. J'ai tenté un instant de me connecter avec le Grand Scénariste, aussi mauvais soit-il, pour qu'il me refile une réplique, même une de celles qu'il avait coupées au dernier moment, mais comme tout bon scénariste qui se respecte, avant midi il dort, après dix-huit heures il fait la fête, et donc rien n'est apparu.

Merlin, pourtant, ne perdait pas patience :

– Dis-lui ce que tu vis, offre-lui tes premiers mots, comme on donne la vie à une marionnette, et tu vas voir, la surprise de la vie, elle va te répondre, et te rendre la pareille, l'émotion va se transférer, se mélanger !

Alors j'ai fait un pas vers Julia et je lui ai dit :

– Tu es très jolie.

Comme venait de le pronostiquer Merlin, la vie a été surprenante et m'a répondu instantanément : elle m'a giflé.

Un claquement sonore plus que douloureux, mais inattendu. Et la surprise est un amplificateur de ressenti, du coup je me suis vraiment senti désemparé.

– Comment peux-tu me dire ça ? a aboyé Julia. Après ce que tu viens de faire ? Ce que tu *nous* as fait ! Espèce d'hypocrite ! Enfoiré !

Désagréable sentiment de déjà-vu.

Une pluie de coups de poing s'est abattu sur ma poitrine, j'ai reculé, sans rien comprendre, puis instinctivement j'ai arrêté ses petites mains en les prenant dans les miennes.

– Salaud ! Ordure !

Julia pleurait.

– Je… je suis désolé, ai-je dit platement.

Pour le coup, le Grand Scénariste venait peut-être de répondre à mes supplications, je reconnaissais bien là la banalité soporifique de son talent.

Julia, elle, s'est transformée en piment :

– Désolé ? T'es désolé ? Putain mais fallait y réfléchir avant ! T'as saccagé notre vie, merde ! T'as marché sur notre histoire !

Vulgaire et mélodramatique. Promesse d'une nuit torride suivie de lendemains à se pendre. A fuir. Ne surtout pas coucher avec. Jamais. Pas même un soir d'alcool.

Surtout pas un soir d'alcool.

Ses bras s'agitaient, enserrés dans mes mains.

– Calme-toi ! ai-je dit. Arrête de crier, tu me rends dingue à tout le temps gueuler.

Je me familiarisais avec la situation. Pas très difficile.

J'avais l'impression d'en sortir, d'être prisonnier d'un écho de ma propre existence.

– Oh, ça devait pas te déranger quand c'était l'autre pute, là, qui gueulait, hein ?

– Arrête !

– Mais pourquoi t'as fait ça ? Qu'est-ce qui te convenait pas chez moi ? Chez nous ? J'étais pas bien ? Je te soûlais pas quand tu sortais avec tes potes ! Je te laissais regarder la télé tout le temps, jouer à tes jeux vidéo, aller à tes après-midi de karting à la con, jamais je t'ai pris la tête ! Je faisais les courses parce que ça t'emmerdait, on allait plus tous les dimanches chez mes parents parce que t'en avais marre, c'était quoi le problème ? Même le cul, je t'ai jamais dit non ! Jamais ! Même pas une fois en cinq ans ! Alors c'était quoi, hein ? J'étais pas une petite nana cool ? Pas chiante ? J'étais là quand t'étais malade, quand tu déprimais, quand tu t'es embrouillé avec ta sœur. J'ai toujours été là, à pas faire de vagues ! Et toi, comment tu me remercies ? En sautant ma meilleure amie !

L'écho résonnait avec de plus en plus d'efficacité. Au point de se mêler à moi, de se superposer à la réalité.

Ses larmes coulaient tant que j'avais presque peur qu'elles lui effacent ses jolies taches de rousseur.

– Je sais pas quoi te répondre…

C'est vrai, j'étais dépassé par le jeu.

Et ça l'a encore plus énervée. Elle a arraché ses bras à mon étreinte, et a reculé pour que je puisse bien contempler l'explosion :

– Putain mais cherche ! Trouve ! Tu me dois une explication !

Tout son visage était devenu rouge, une pellicule humide lui voilait les yeux.

– Je… je sais pas. Je sais pas quoi répondre à tout ça, c'est pas moi…

– Pas toi ? a-t-elle hurlé. Pas toi ? Tu te fous de moi en plus ? C'était pas ta queue en elle non plus alors ? Et ça, c'est pas ma main peut-être ?

Nouvelle gifle, violente, sèche. Douloureuse.

– Arrête…

Encore une autre, sur l'autre joue, pour la symétrie des couleurs, Julia pensait à tout.

– C'est toujours pas toi ?

Coups du plat de la main sur le poignet, avalanche de coups.

– Hey !

J'ai fini par l'entourer de mes bras, obligé de la serrer contre moi pour qu'elle ne puisse plus frapper. Elle s'est débattue au début, mais très vite elle s'est laissé faire, s'est abandonnée. Son front s'est appuyé contre mon épaule et elle a pleuré. Cette fois sans la rage, juste le jus des larmes, un suc épais de désespoir chaud comme un cœur palpitant sur ma peau.

– C'est pas à cause de toi, ai-je alors répondu spontanément. C'est… c'est la vie. J'ai pas voulu tout ça. C'est juste que… je sais pas. Je suis pas heureux, et tu n'y peux rien. Je ne suis pas devenu celui que je voulais.

Les mots venaient tout seuls, alors j'ai laissé le flot se répandre :

– J'ignore même qui je suis vraiment. Je fais des trucs qui ne me remplissent pas. Je suis avec toi par habitude, parce que la monotonie de notre quotidien me rassure, même s'il m'emmerde. Je vois mes potes parce que c'est comme ça depuis des années, même quand j'ai pas envie de passer du temps avec eux. Mes parents croient que je suis quelqu'un d'autre, plus épanoui, plus stable, plus fiable, et j'ai jamais osé leur montrer mon vrai visage pour pas les décevoir, du coup je peux pas compter sur eux quand ça va mal. Ta meilleure amie, je l'ai sautée parce que je me suis souvent branlé en pensant à elle, et que j'en ai eu marre de pas le vivre. Parce que ton cul fait jouir ma queue, mais plus ma tête. Je sais : tout ça c'est moche, c'est injuste, mais c'est comme ça. Tu voulais la vérité vraie, la voilà.

Julia a alors poussé un cri bestial. Quelque chose d'ancestral, la bête blessée qui abandonne la vie dans un râle déchirant.

Puis elle m'a insulté en hurlant. Une bordée interminable. Sa voix perçante devenant de plus en plus agressive, jusqu'à me vriller les tympans. Elle me rendait fou.

J'avoue ne plus très bien me souvenir de tout ce qui s'est dit ensuite, mais nous avons crié, plus fort l'un que l'autre. Pendant un long échange, encore qu'on ne s'écoutait plus, on était chacun dans le déversement. On ne prononçait pas les mots pour qu'ils soient entendus, mais bien pour qu'ils sortent de notre esprit, de notre corps, qu'ils fuient notre chair. Le venin expulsé.

Ça a duré, je transpirais, je manquais de souffle, j'étais dans un état second, et la voix stridente de Julia m'arrachait des frissons de dégoût. Ma tête tournait, mes tempes battaient à m'écraser le cerveau.

Alors je me souviens d'avoir saisi l'un des accessoires qui traînaient sur une étagère de la scène : un revolver.

Et j'ai tiré en visant le cœur de Julia.

Je ne sais pas ce qu'ils avaient mis dans l'arme mais la détonation a résonné dans toute la salle, un rugissement sec et puissant. J'ai pressé la détente encore une fois, puis encore, et encore.

Julia a joué le jeu jusqu'au bout, elle a reculé au premier coup, le regard figé dans l'incompréhension. Elle a porté une main à son cœur, avec un réalisme stupéfiant dans l'expression de la surprise puis de la douleur. Pas la souffrance physique, celle de l'âme.

A chaque coup de feu elle reculait encore un peu plus, puis elle est tombée à genoux avant de se renverser complètement, les pupilles vides face au néant.

J'ai alors retourné l'arme contre moi et sans hésitation j'ai fait feu, canon sur la tempe. Le coup est parti, assourdissant, mais curieusement je suis resté debout. Quelque chose s'était pourtant écroulé à l'intérieur, mais physiquement, je ne pliais pas. La mort ne faisait pas l'unanimité en moi, certaines parcelles n'étaient pas d'accord pour s'évanouir ici, sur scène. La comédie jusqu'à un certain point. La métaphore de l'art plutôt que l'art du réalisme.

La fumée des amorces flottait autour de l'arme.

Mes jambes tremblaient.

Quelqu'un a applaudi dans la salle et tout le monde a suivi.

Julia s'est relevée et m'a regardé, un peu gênée, pendant que dans l'obscurité des bancs on célébrait le triomphe de notre drame.

L'un comme l'autre, nous étions vidés. Délivrés. Conscients d'avoir rejoué plus qu'une improvisation.

C'est alors que j'ai eu cette idée typiquement masculine : aller jusqu'au bout de la catharsis.

Sauter Julia.

C'était à n'en pas douter une très mauvaise idée. A vrai dire, c'était même bien pire que ça. Mais n'est-ce pas là le prix à payer pour la purgation de nos passions ?

Les miennes brûlaient de désir.

34.

Malédiction, disais-je au début de cette confidence.

Parce que toutes les personnes auxquelles j'ai tenu dans ma nouvelle vie, toutes sans exception, ont disparu ou sont mortes.

Et quand je dis mortes, je veux dire que leur cœur ne bat plus, que leur sang a pourri, que leurs organes se sont asséchés et que leur cerveau n'est désormais plus qu'un petit amas de matière racornie et cassante comme une éponge qui n'aurait plus vu une goutte d'eau depuis des années. De cette mort-là, intolérable, irrémédiable, sale et injuste.

En refaisant ma vie il y a un an, j'ai contrarié le cosmos, j'ai bouleversé une trajectoire bien ordonnée, la mienne, et je pense que, d'une certaine manière, j'ai dû perturber suffisamment la dynamique générale pour que l'existence cherche à me le faire payer, ou à me remettre dans le droit chemin. Avant je faisais partie du système, ça allait bien, mais je m'en suis exclu avec mon acte de rébellion, et maintenant j'ai l'impression que tout va mal s'emboîter en permanence pour m'obliger à revenir à ma place. Ou me contraindre à me saborder.

La première personne à laquelle je me suis attaché (dans tous les sens du terme) lors de mon nouveau départ, ce n'est pas Julia, mais sa meilleure amie.

Compte tenu de notre premier échange sur scène, c'est assez comique. Et cela dénote un sens de la compétitivité chez les femmes qui dépasse, et de loin, le sens moral.

J'assume cette remarque misogyne, tout comme je pourrais compenser en rappelant que l'homme, quand il s'agit de ses couilles, est un porc sans éthique qui ne vit que pour se les vider de toutes les manières possibles tant que ça le fait bander dur. Si vous avez un doute, ou qu'un relent de puritanisme vous étrangle à la lecture de l'affirmation précédente, regardez un instant le succès du porno depuis qu'Internet permet à chacun de mater sans se compromettre physiquement dans un sex-shop. Environ cinq cents millions de personnes consultent un site porno chaque mois. Cinq-cents-millions-d'individus-chaque-mois. Mis en regard du ratio d'êtres humains qui disposent d'une connexion Internet sur terre, les enfants et les vieillards qui éjaculent en poudre éliminés de l'équation, ça doit représenter pas loin de 90 % de la population masculine de quinze à soixante-dix ans. Alors pour le puritanisme on repassera… Finalement, si les femmes deviennent ce pour quoi la société leur bourre le crâne depuis la naissance avec le mythe du prince charmant, les mecs restent, eux, les animaux qu'ils sont depuis le début, à peu près éduqués. Une fois en couple, les femmes découvrent que leur véritable rôle va être de préserver cette éducation, de garder leurs mecs sociables et civilisés tandis que leurs instincts les pousseront sans cesse vers un comportement quasi primitif. Ce doit être pour ça que les hommes aiment avoir un chien dans leur famille : pour ne pas être seuls, ou pour avoir le sentiment d'exercer à leur tour un peu d'autorité sur la part animale qui veille sous leur toit. Chacun son influence au sein d'une maison, la femme au sommet de la pyramide de la civilisation, le chien tout en bas, l'homme au milieu, et le chat… ce pervers mate tout et s'en lèche les parties à longueur de journée.

Les femmes, disais-je, lorsqu'elles rencontrent un type qui remplit les critères, *sur le papier* (c'est là la nuance avec laquelle jouent tous les mecs du monde pour séduire), pour passer pour le prince charmant, sont prêtes à tout pour que ce soit à *leur* annulaire qu'il enfile le petit anneau si désiré. Mettez trois copines célibataires en présence d'un type qui a toutes les caractéristiques du « mec idéal », donnez-lui l'air de s'intéresser aux trois sans parvenir à se décider pour une, et n'oubliez pas de prendre du pop-corn pour bien profiter du spectacle. Ce n'est pas de leur faute, elles sont élevées dans cette optique, et plus elles grandissent, plus elles sont confrontées à ce terrible constat : si le monde grouille de crapauds, les princes charmants, eux, ne courent pas les rues. Elles se rendent vite à l'évidence : s'il en passe un sous leurs yeux, alors il ne faut surtout pas qu'il parte à la concurrence, que cette dernière soit incarnée par leur meilleure amie ou leur propre sœur. En période de disette c'est chacune pour sa gueule et la misère de finir catherinettes pour les autres.

Dix jours après la fin de ma dépression, deux cours de théâtre, et j'étais à nouveau apte au bonheur. Vous savez comment je l'ai su ? Parce que ce matin-là je me suis levé et j'ai mis de la musique joyeuse pour chanter en me lavant et en choisissant mes fringues, comme on le fait lorsqu'on est un ado bien luné. Réfléchissez un instant à la dernière fois que ça vous est arrivé.

Moi, j'ai mis « The Power of Love » de Huey Lewis et j'ai beuglé, avec ma brosse à dents, avec le manche de mon balai, avec une paire de chaussettes roulées en guise de micro, mon appart était ma scène. Le ridicule, la dignité, tous ces trucs-là, dans un instant comme celui-là, ce sont des notions d'adulte blasé, sauf si votre fenêtre est ouverte et que le voisin vous surprend : là, plaidez la démence, dans notre monde mieux vaut se faire choper en train de se masturber que d'avoir l'air heureux sans raison.

Le soir après le théâtre j'ai proposé à Julia d'aller manger un morceau à l'Hippopotamus de Châtelet.

– Je suis désolée, m'a-t-elle répondu avec sa voix toute douce qui contrastait avec la furie qui m'avait parlé la première fois sur les planches, ce soir je vais à l'anniversaire de ma meilleure amie. Tu peux venir si ça te tente.

Elle a scellé son humiliation ainsi.

Je me suis fait discret en entrant dans le restaurant, un

peu intimidé, plus trop à l'aise avec les mondanités et les codes de la vie des gens normaux – ou qui donnent l'illusion de l'être. Julia m'a présenté rapidement, et tant dans sa façon de le faire que dans la distance qui existait entre nous, personne n'a pu croire que nous étions ensemble. Du coup je me suis vraiment demandé ce que je foutais là.

Puis Julia a désigné l'invitée d'honneur : Ophélie.

Au moment où nous nous sommes approchés, Ophélie est partie d'un grand rire cristallin à cause d'une blague venue de sa droite ou de sa gauche, peu importe, un rire merveilleux, spontané et sonore, qui vient des tripes, gorge ouverte, dentition déployée, langue exposée. A cet instant j'ai eu envie de faire quelque chose avec cette fille. N'importe quoi. Du deltaplane, une promenade au musée, dîner sur les « bateaux moches », l'amour, se balader en Vélib, un pique-nique dans la Biosphère de Montréal, empailler son chien mort, bref, n'importe quoi du moment que ce soit en tête à tête, rien que nous deux.

J'ai tout aimé en masse et sans restriction quand elle a ri. Sa générosité dans l'émotion, ses boucles blondes, son regard franc, son nez pointu, son charme télégénique, ses yeux bleus, l'élégance de ses mouvements, sa bouche designée par Pininfarina pour un aérodynamisme de l'amour incontestable, en somme tout mon être a craqué pour elle, et puis j'ai vu son décolleté et j'ai eu envie de l'épouser sur-le-champ.

Elle s'est tournée vers moi, encore tout entière à son rire, et Julia m'a présenté :

– Ophélie, voilà Pierre, un ami du théâtre.

Ophélie m'a vu, et j'aimerais dire que j'ai senti un frisson passer sur sa peau mais ce serait mentir. Elle a juste maîtrisé les miettes de son rire pour me saluer.

– Ça fait longtemps ? a-t-elle demandé.

– Ah, euh, non ! a dit Julia, ou quelque chose dans ce genre. Pierre et moi on n'est pas ensemble.

Le voile du doute a glissé sur le beau minois d'Ophélie. J'ai compris qu'elle se demandait ce que je faisais là sinon que j'étais probablement une sorte de casse-croûte potentiel pour sa meilleure amie.

Il m'est apparu urgent de corriger l'impression sans tarder avant que des portes se referment définitivement.

– Je suis votre cadeau, ai-je dit bêtement.

C'était la première chose qui m'était venue à l'esprit.

– Pardon ?

Embrayer. Tout de suite. Avoir de la repartie. Briller devant cette fille sublime. Trouver une idée. N'importe laquelle.

– Julia ne savait pas quoi vous offrir, elle hésitait entre différents sex-toys, alors elle m'a pris moi. Il manque le ruban, mais je suis pratique, on me range où on veut et pas la peine de me nettoyer après usage, je le fais tout seul.

Ophélie était circonspecte. Je peux le comprendre, je l'étais moi-même. Puis elle a ri comme elle le fait si bien et je l'ai saluée de la tête avant d'aller m'asseoir en me répétant : « Non mais quel con ! » Je n'avais pas trouvé mieux. Un sex-toy ! Pathétique.

Julia ne m'a plus adressé la parole de la soirée.

Il a fallu attendre que le personnel du restaurant s'amasse près de la table pour nous faire comprendre qu'ils voulaient fermer, qu'une partie des convives se soit disloquée dans les rues de la ville pour que je puisse à nouveau approcher Ophélie.

En fait, c'est elle qui est venue vers moi. Je discutais de l'intelligence sociale des rats avec un type tellement alcoolisé que c'était finalement à moi que je parlais, quand elle a posé son bras sur mon épaule :

– Hello, mon sex-toy, elle a dit.

Rien n'est sorti de ma bouche sur l'instant, et si j'avais pu j'aurais couiné comme ces jouets débiles qu'on donne aux chiens.

Elle avait bu, son haleine sentait la vodka, et il y avait dans son intonation l'aisance et la proximité d'une femme soûle.

– Julia est partie ? a-t-elle demandé.

– Oui, il y a bien une heure. Elle avait un livre à finir pour demain je crois.

Le *Manuel pratique pour celle qui désire devenir lesbienne car tous les hommes sont des gros cons.*

– Et pas toi ?

– Non, pas moi.

– Tu t'es fait de nouveaux amis alors ?

– Non. On se parle parce qu'on est enfermés côte à côte et que la plupart sont ivres mais sinon non.

– Alors pourquoi t'es resté ?

– Pour faire ma propre réclame.

J'étais finalement décidé à m'enfoncer jusqu'au bout avec mon idée stupide. Quitte à passer pour un idiot, au moins que ce soit un idiot constant.

– Pardon ?

– Comme sex-toy. J'aspire à une place privilégiée, voire exclusive, dans votre tiroir de commode, pour les soirs de grande dépression, ou si un mec vous pose un lapin.

Ophélie a souri, si bien. Si belle.

– Commence par me tutoyer.

– Je n'y tiens pas.

Haussement de sourcils.

– Pourquoi ?

– Question d'ambition.

– Je ne te suis pas.

– Si je viens à entrer à votre service, je ne veux pas d'une promiscuité trop rapide. Je veux apprendre à vous connaître, qu'on se séduise, qu'on s'apprivoise doucement, qu'on savoure chaque instant de notre découverte mutuelle, car chaque étape franchie ne pourra jamais plus être dévoilée, et plus nous avancerons dans notre exploration de l'autre, moins il y aura de territoire à conquérir, jusqu'au jour où nous aurons fait tout le tour. Alors je ne veux pas aller trop vite. Il se pourrait que je finisse par vous tutoyer, mais du coup jamais plus nous ne nous vouvoierons, car ça n'aurait plus de sens, ce serait comme de se contenter de s'embrasser pour le restant de nos jours quand on a goûté à la volupté du coït. Donc je ne veux pas perdre cette étape-là trop vite.

Ophélie a penché la tête sur le côté, touchée.

– Je comprends, c'est joli. Mais très prétentieux. Qu'est-ce qui vous dit que nous allons franchir la moindre étape ensemble ?

– Votre rire.

Froncement de nez, incompréhension.

J'ajoute :

– Il s'emboîte trop bien à mes silences. C'est un devoir de nous assurer qu'il n'y a pas d'autres choses chez nous qui pourraient s'emboîter si parfaitement. Et je ne parle pas seulement de sexe.

Rire vaguement amusé.

– Citez-moi une de vos plus grandes passions, me demande-t-elle.

– Celle que nous allons vivre.

Facile.

– Et vous ?

– Je fais des tableaux avec des mouches mortes. Comme David Lynch.

Cette femme est faite pour moi.

– Epousez-moi.

Surprise.

– Il y a un instant vous vouliez être mon sex-toy, et à présent on se demande en mariage ? J'ai du mal à vous suivre…

– C'est parce que les femmes aujourd'hui n'ont plus assez de respect pour tout ce qui leur facilite l'existence.

Tenez, par exemple, il devrait être obligatoire de baptiser son godemiché.

– Le baptiser ? répète-t-elle, sceptique.

Je suis en train de la perdre.

– Oui. Enfin, pas religieusement, non, quoique ce serait amusant, rien que pour voir la tête du prêtre dans l'église… Mais lui donner un nom, voilà ce que toutes les femmes devraient faire. « Tiens, ce soir je sors Hubert du tiroir. » Ou : « Avec Etienne je ne suis jamais déçue », ça sonnerait bien. Tout comme : « Vite, les gosses vont rentrer, je ne voudrais pas qu'ils tombent sur Roger ! » Bref, personnifier son instrument, lui donner vie. Et le prolongement de tout ça, c'est moi, pour vous. Je serai votre Pierre, où vous voulez. Et puisque nous sommes si bien faits pour nous unir, allons directement à l'essentiel : marions-nous, comme ça vous m'aurez sous la main pour le restant de vos nuits.

– Vous ne vouliez pas savourer chaque étape ?

– On vivra par flash-back, ce sera plus énigmatique et ça facilitera le renouvellement dans le couple.

Là je pense que j'ai grillé toutes mes cartes. Cet aparté sur le prénom des godes était clairement de trop pour une première introduction. Je suis le roi des cons mais pas de celui que je convoite.

Il y a de l'alcool dans son cerveau, mais pas encore assez pour qu'elle perde le contrôle. Je m'attends à ce qu'elle me gratifie d'un sourire gêné et qu'elle s'en aille, pourtant elle hésite, fait la moue puis tranche :

– Commençons par un dîner. Vendredi soir, vingt heures, place de l'Odéon.

Ça s'est tout de suite bien emboîté avec Ophélie.

Mais bien entendu, rien n'a été aussi simple que ça pourrait le paraître raconté comme ça.

Je crois que c'est le moment de vous parler de mon psy.

33.

N'*existe*-t-il pas un rapport qui tient du religieux entre un patient et son psy ? Une croyance aveugle, une foi en la promesse d'une bonté suprême, l'espoir de sérénité en échange d'un dévouement réel, si l'on suit les bons préceptes qui pourraient se résumer ainsi : « Mes paroles sont la route qui mène à la félicité, au mieux-être. »

Mon psy à moi n'est pas du tout comme ça.

Mon psy, c'est une batterie de cuisine.

Il vous fait passer du froid au chaud, vous fait bouillir, vous fait mijoter, vous abaisse, vous réduit, vous lave de votre saleté pour mieux vous resalir ensuite, il vous fatigue, vous découpe, vous frappe, vous lamine, vous pétrit, vous casse, vous pèle à vif, il vous essore, vous enveloppe, vous étouffe, vous glace, vous bride, vous clarifie, vous habille, vous décante, et il vous lustre.

Au passage j'en profite pour m'interroger sur la proximité entre le lexique de la cuisine et celui des émotions humaines – n'y aurait-il pas là une volonté anthropophage de disséquer nos sentiments pour mieux les assimiler ?

Je pense que les psys sont des cannibales.

Le mien m'ouvre la tête pour se repaître de ma cervelle tiède.

Ils forment une tribu en marge de l'humanité, pour mieux l'observer, la savourer et en dévorer les maux. Je m'étais souvent demandé pourquoi les psys adorent se rassembler en colloques aux intitulés incompréhensibles, mais j'ai réalisé que ce sont en fait des réunions de leur tribu. Je ne comprenais pas ce qu'ils pouvaient bien se raconter à la sortie des amphithéâtres, agglutinés par petites grappes, maintenant je sais : ils se refilent des bonnes recettes. « Tu n'as jamais goûté le ragoût de dépressif ? Attends, je t'explique comment bien le préparer…

– Les femmes lâchées par leur mari volage à l'approche de la cinquantaine, c'est ce que je préfère ! Avec une bonne téléréalité le soir dans mon sofa, un régal !

– Non ! La veuve ! Il n'y a rien de plus délicieux qu'une veuve, surtout jeune, avec un gamin sur les bras, accompagnée d'un ou deux cas d'inceste, moi j'en ferais un gueuleton… »

Dans le cosmos il y a une règle élémentaire, la seule qui soit valide dans tous les domaines de la science, tous. Avec cette règle, quand on la connaît, beaucoup, beaucoup de choses s'expliquent d'elles-mêmes.

Dans le cosmos, rien ne se perd. Rien. Tout se transforme, s'échange, se combine, mais rien, absolument rien ne peut se perdre. Le mouvement se mue en énergie, la lumière en chaleur, l'eau en vapeur, etc. Et les mauvaises ondes émotionnelles en pulsions dévastatrices.

C'est pour ça que les psys ont été créés. Pour équilibrer la civilisation. Quand un beau jour les mecs, il y a longtemps, se sont rendu compte que tous les problèmes humains s'amassaient les uns sur les autres et qu'on n'en faisait rien, au risque d'un jour se voir étouffés par les maux des hommes, ils ont compris qu'il fallait trouver un moyen de les recycler. L'homme est dans le développement durable depuis bien plus longtemps qu'on ne veut bien le croire, par nécessité. On a d'abord mis en place le divertissement, les histoires qu'on se raconte, par la parole, la comédie, les livres et ainsi de suite, une méthode comme une autre pour mettre en scène les problèmes de la vie, les enfermer, les décortiquer, pour en rire, prendre du recul, mieux comprendre. Mais ce n'était que les répertorier et les étudier, le divertissement soulage, évade, il ne règle rien en soi. Alors des gens ont compris qu'on allait droit dans le mur si on ne s'occupait pas rapidement de traiter nos déchets métaphysiques avant qu'ils ne se transforment à leur tour en quelque chose de bien pire, compromettant l'avenir de l'humanité. Aujourd'hui on cherche quoi faire de nos matériaux nucléaires usagés, mais pour en arriver là il a fallu se charger d'inventer des usines de recyclage mental : les psys.

Les psys assimilent les déjections qu'engendre la civilisation. Ils furent inventés pour manger la merde spirituelle de notre société. D'où la proximité entre vocabulaire des émotions et cuisine si vous voulez mon avis.

Notre rapport aux psys est celui de la dépendance. Sans

eux, nous serions en train de nager dans la fange cérébrale, notre monde n'aurait pas pu se constituer comme il est, si vaste, si solide, même dans ses approximations. Pendant des siècles la religion a plus ou moins rempli ce rôle maladroitement, d'où le lien que je vois entre les deux, mais à l'ère du divertissement, de l'oisiveté célébrée, de la science toute-puissante, il a fallu moderniser ces catalyseurs à matière noire de nos émotions. Sans les psys, nous serions une planète d'êtres contrariés, dépressifs, contrits et contraints comme un mec qui ne serait pas allé aux toilettes depuis quinze jours, l'esprit flottant dans un liquide céphalorachidien vicié.

C'est leur prêter une bien grande importance, vous devez vous dire. Je l'assume, oui, dans nos sociétés actuelles je pense qu'ils ont joué, à leur manière, un rôle déterminant qui explique en partie l'ascension fulgurante de l'homme et sa pensée toujours plus créative ces cent dernières années. Les psys ont débarrassé l'intellect d'une partie de ses scories, pour nous rendre plus propres, mais surtout plus performants. Rien que ça.

Sauf que mon psy à moi est un rebelle. C'est le vilain petit canard de la tribu, celui qui a fait sécession, le responsable d'un schisme des cannibales.

Habituellement, et si on est normalement constitué, on va voir un psy pour aller mieux. Le mien se préoccupe de la survie de mon malheur. Comme s'il s'agissait d'une espèce menacée.

Mon psy c'est le WWF de la noirceur humaine.

Il s'en fait un devoir personnel. Que mon mal-être

perdure, que je lui fasse une place de choix dans les priorités de ma vie, que je prenne bien garde à ne surtout pas être trop heureux, sans états d'âme. Une question d'équilibre. Il n'a que ce mot à la bouche. *Equilibre*.

Vous pourriez me rétorquer que je suis un abruti de consulter un fou pareil, mais le problème c'est que j'ai justement cessé d'aller le voir. Au moment de mon grand changement de vie, de ma dépression et de mes nouvelles décisions, j'ai coupé les ponts avec tout ce qui constituait mon ancienne existence. Dont mon psy.

Tous ont compris, tous ont respecté mon choix, aussi difficile que ce soit. Ma famille, mes amis, tous. Sauf un.

Je suis harcelé par mon psy. Il m'appelle sur mon portable pour me demander comment je vais, pour m'inciter à revenir parler avec lui. J'ignore comment il fait, je ne lui ai jamais donné mon nouveau numéro de téléphone. J'imagine qu'un bon psy ça a des connexions avec des flics, un truc dans ce genre. Quoi qu'il en soit, ça ne faisait pas dix jours que je vivais ma nouvelle vie que mon portable a sonné, avec sa voix dedans. Une voix qui sait tout de vous, qui résonne un peu à cause du combiné, qui survient alors qu'elle ne devrait pas.

Comme si Dieu en personne vous passait un coup de fil.

Le premier jour j'ai raccroché direct. Trop de pression, pas envie, sentiment d'être emprisonné. Le deuxième, je l'ai l'écouté, sans répondre. Le troisième je lui ai dit de ne plus jamais rappeler. Il a continué. J'ai déposé une main courante chez les flics le soir même, ça n'a eu aucune conséquence.

Il me laissait des messages de deux plombes, plusieurs de suite parce que même la boîte vocale ne pouvait encaisser sa voix plus de trois minutes à chaque fois sans saturer. Des textos aussi, parfois.

Pierre, tu peux refaire ta vie, tu n'es pas un être différent pour autant. Repartir de zéro sans avoir réglé ses problèmes, c'est reculer pour mieux sauter… dans le vide. Tu n'as fait que balayer sous le tapis. Ressaisis-toi. Je compte sur toi. Il y a un espoir, tu sais. Ensemble nous pouvons y arriver.

Ce genre de connerie, encore et encore. Je savais que me ressaisir signifie chez lui faire remonter tout ce qu'il y a de pire en moi, pour y nager pendant des heures, pour s'assurer que rien n'allait bien, et que rien n'irait bien quoi que je fasse. C'était sa méthode à lui, perfide. Faire croire qu'on soigne en déterrant tous les vieux cadavres de son jardin secret. Et dans mon cas, à l'écouter, c'était plutôt un cimetière que j'avais à nettoyer. Ma tête, c'était le Père-Lachaise, Arlington et la Cité des morts confondus.

Mon psy me fait stagner dans le passé pour me pourrir le présent, afin que je n'aie pas d'avenir. Ce type est un phobique du futur je pense, je crois même qu'il n'a jamais conjugué une phrase au futur devant moi. Il cristallise la merde plutôt que de vous aider à la décomposer pour vous en débarrasser. Il en fait une sorte de galerie d'expo permanente dans votre tête, et son grand kif c'est de la visiter avec vous, de commenter chaque œuvre, encore et encore. Il doit voir ses patients comme de petits musées ambulants. Je l'imagine le matin en train de se frotter les mains devant son agenda : « Génial, aujourd'hui je me fais le Thomas, le Christine, et le Gérald avant le déjeuner. Ça faisait longtemps que je voulais retourner me balader au Gérald dis donc ! Je me demande s'il expose toujours autant de failles. Les jeux d'ombre sur sa paranoïa et sur son œdipe sont extrêmement bien travaillés. »

La veille de mon premier dîner en tête à tête avec Ophélie, mon portable s'est mis à vibrer. J'épluchais les petites annonces de boulot à la terrasse d'un café et comme il s'agissait d'un appel anonyme, j'ai bêtement décroché.

On ne devrait jamais, *jamais* décrocher quand c'est anonyme. Question de principe. Un individu qui frappe à votre porte en mettant son doigt sur l'œilleton, c'est louche.

J'ai tout de suite reconnu sa voix.

– Pierre, ne raccroche pas, c'est important.

– Vous me harcelez.

– Tu es malade, Pierre.

– Je sais, c'est votre grand truc ça, faire comprendre qu'on a besoin de vous. C'est un truc de secte ça, vous savez ?

– Pierre, cette fille n'est pas pour toi.

Un ange passe.

A vrai dire, tout le foutu paradis passe, version longue,

sur chariots immaculés, les uns derrière les autres, genre Gay Pride avec ailes au dos et auréoles dans les rues de Paris, procession interminable, hypnotisante.

– Pierre ?

– Comment vous savez ça ? Vous m'espionnez ?

– Tu n'es pas en état pour une relation avec une fille, tu…

– Non mais vous vous rendez compte ? Vous me suivez ! C'est vous qui êtes malade ! Un grand dingue ! Je vais prévenir les flics !

– Ne fais pas ça. Ensemble nous pouvons te soigner, trouver une solution. Aie confiance en nous.

– Je vais porter plainte.

– Non ! C'est toi que tu condamnerais ! Crois-moi, je veux t'aider ! Tiens-toi à distance de cette fille ! Pour ta sécurité, pour la sienne !

– Vous me menacez ?

– Je ne peux pas te laisser faire ça. Je suis là, je vais t'accompagner dans ta souffrance, pour te guider, je sais que si tu m'écoutes, nous pouvons nous en sortir.

Un détraqué. De tous les psys de Paris il a fallu que je tombe sur le seul qui sorte de Sainte-Anne. En tant que patient.

– C'est vous qui allez m'écouter. Si je vous aperçois quand je suis avec elle, et même quand je suis seul, je vous jure que je vous colle au mur et vous traîne chez les flics.

– Je veux te protéger, Pierre. *Vous* protéger.

Mon cerveau lance l'impulsion électrique à mon système

nerveux pour que mes doigts pressent le bouton pour raccrocher.

La puissance des mots, parfois, surpasse celle de l'électricité cérébrale, parce qu'il lui suffit d'ajouter une dernière phrase pour que je ne presse pas le bouton :

– Souviens-toi de ton enfance, Pierre, souviens-toi comme tu t'es senti seul. Cette fille ne compensera pas. Elle ne sera jamais en toi, elle ne pourra jamais *vraiment* te comprendre. Mais moi je le peux. Car je suis ta conscience, Pierre. C'est ça un psy, la conscience. Et la tienne est en train de te mettre en garde. Tous les signaux sont au rouge.

Jiminy Cricket me parle dans mon téléphone.

Et les fils de mon enfance apparaissent au-dessus de mes membres.

Je suis Pinocchio.

Je suis un pantin.

Sur quoi Jiminy Cricket ajoute d'une voix lente et sûre d'elle :

– Si tu sors avec cette fille, ça va mal finir. Très mal finir. Laisse-moi t'expliquer pourquoi.

32.

Pas un détail n'est laissé au hasard.

J'ai tout planifié pour ce premier dîner avec Ophélie. Ma tenue est décontractée, jean, chemise bleu clair – parce que blanc ça aurait fait trop lisse, et noir trop impliqué dans les émotions sinistres –, veste *casual*, grise, pas de chaussures en cuir qui donnent l'impression de sortir du boulot, mais des baskets pour souligner le côté détente de la soirée. Je lui apporte des fleurs, d'un mauve foncé parce que c'est élégant et que le violet plaît aisément aux femmes mais que les hommes choisissent rarement cette teinte. Ce sont des pensées, bien entendu. Je ne veux rien de trop symbolique comme pourraient l'être des roses. Juste une poignée de pensées rien que pour elle. Même le restaurant a été méticuleusement sélectionné : un italien. J'évite le chinois pour tous les petits trucs qui se coincent entre les dents, l'indien à cause des sauces d'accompagnement qui peuvent faire tourner une haleine plus vite qu'un lait en plein soleil, le jap parce que si elle n'aime pas le poisson on est vite bloqué, et le français parce que c'est souvent trop gras pour ces demoiselles. Non, l'italien est un parfait équilibre, carte variée, sauces sans risque, et ambiance calme sans verser dans le sentimentalo-guimauve.

J'ai déjà programmé le numéro des Taxis bleus dans mon portable pour la fin de soirée si elle veut rentrer chez elle sans que je la raccompagne, je sais que le taxi fera forte impression, la marque du mec attentionné, pas dans l'obsession unique de la sauter. Le meilleur moyen de s'assurer de plonger sous ses draps dès le deuxième rendez-vous. Une femme qui ne se sent pas pressée le premier soir, par esprit de séduction, pour vérifier, devient bien moins farouche le soir suivant, ça peut paraître très con dit comme ça, mais réfléchissez-y…

En résumé : j'ai tout prévu. Tout sauf l'essentiel.

Qu'elle ne vienne pas.

20 h 35 : j'attends toujours place de l'Odéon. Passé une heure de retard je serai considéré comme une cause perdue. Je n'ai même pas son portable et appeler Julia pour le lui demander pourrait me valoir de rejouer notre première scène, ce dont je n'ai pas envie du tout ce soir.

20 h 45 : il va falloir se rendre à l'évidence, ce soir je dînerai seul face à mes pensées.

20 h 49 : je suis encore là, à faire des allers-retours inutiles devant le théâtre de l'Odéon. Ophélie m'a joué une bonne comédie qui va se terminer en drame.

Un homme dans sa Mercedes noire plie son journal, ça fait une bonne demi-heure que je l'ai repéré parce qu'il n'arrête pas de me jeter des coups d'œil. C'est un taxi qui n'est pas en service. Le plafonnier s'allume et la voiture démarre. Il longe le trottoir lentement sans me perdre une seconde de vue. On croirait un mauvais film d'espionnage. La vitre se baisse.

– Vous êtes Pierre ?

– …

– Pierre, c'est vous ? insiste-t-il.

– Oui.

– Montez.

A Paris, la moitié des chauffeurs de taxi ressemblent à des alcooliques à la panse digne d'une femme enceinte de neuf mois. Je suis tombé sur l'autre moitié : ceux qui ressemblent à des tueurs en série. Pas très envie de monter.

– Montez je vous dis ! Ça fait une heure que j'attends !

Pourquoi avoir attendu si longtemps alors qu'il m'a repéré depuis le début ?

L'être humain a des gestes idiots par moments, des réactions du corps qui échappent au cerveau. Ma main saisit la poignée et je me jette sur le cuir moelleux à l'arrière du véhicule. Sorte de suicide compte tenu du profil de l'individu et de mon désespoir d'être snobé par Ophélie. Une enveloppe m'attend, avec mon prénom écrit dessus.

L'écriture est simple, lettres capitales, sans boucle particulière, ni fioritures. Difficile de deviner le sexe de son auteur.

Si tu lis ces lignes, tu es un homme patient et motivé. Je te présente mes excuses pour t'avoir fait attendre, il le fallait, question de logistique. Si mes tableaux de mouches mortes ne t'effraient pas, tu pourrais aimer ce qui va suivre.

Ophélie.

J'avais tout prévu pour ce soir. Sauf qu'elle ait tout prévu de son côté.

La voiture file à travers Paris, nous traversons la Seine, direction le 11e arrondissement, que je connais bien. Nous poursuivons jusqu'à longer le mur du cimetière du Père-Lachaise. La Mercedes s'arrête après que le chauffeur a hésité, comme s'il suivait des indications, et il me dit :

– Voilà, vous devez descendre ici.

– Et… c'est tout ?

– Oui.

– On ne vous a pas donné d'adresse ? Il n'y a pas de porte ici, c'est le mur du cimet…

– C'est à cet endroit précis que vous devez descendre. La course est réglée, bonne soirée.

La moitié à silhouette d'alcoolique est intarissable, elle ne s'arrête jamais de parler, tandis que l'autre est à l'économie, elle préserve chaque soupçon d'énergie pour ses victimes, même un sourire c'est un coup de couteau gaspillé.

Sur le trottoir, je suis seul. La voiture s'éloigne, les quelques passants sont en face, côté immeubles. A croire que marcher dans l'ombre d'un cimetière à la tombée de la nuit porte malheur. Paris est superstitieux.

Ophélie dispose d'un très curieux sens de l'organisation quand j'y pense.

Une corde à nœuds tombe du ciel. Balancée depuis le sommet du haut mur en pierre meulière.

Je suis invité par un ange à grimper dans son éden. Qui lui-même se cache au pays des morts. Logique.

Ma soirée au resto italien aurait été d'une affligeante banalité.

Je suis content d'avoir mis des baskets. J'essaye de ne pas trop me ridiculiser en escaladant la paroi, après m'être assuré qu'il n'y a plus personne à proximité. Je parviens au sommet avec une suée au front, plus du tout maître de la situation. Pas un chat.

Des bougies chauffe-plats sont allumées. Un mot cloué sur un arbuste.

Remonte la corde, puis suis les lumières en les soufflant une à une, que les gardiens ne puissent pas te repérer.

D'une fille qui peint des tableaux avec des mouches mortes, il fallait s'attendre à ce que rien ne soit dans les normes. En même temps, moi qui craignais d'être épié, suivi par mon psychopathe de psy, pour le coup le problème est réglé.

Je m'oriente à l'aide des petits phares qui trônent régulièrement sur des pierres tombales. Un peu de lumière chez les morts, ça doit leur réchauffer le cœur. En tout cas le mien est excité.

J'éteins chaque flamme sur mon passage, peu à peu galvanisé par la situation.

Je suis entraîné au cœur du cimetière, loin des allées principales, entre des caveaux anciens, sur la colline, obligé de me faufiler entre les arbres, les maçonneries effritées, derrière des buissons ardents desquels, fort heureusement, ne sort encore aucune voix.

Et puis je découvre notre table.

J'aurais pu combiner tous les meilleurs restos de la place parisienne, toutes les cuisines étrangères, les ambiances les plus exotiques, je suis battu à plate couture.

Ophélie a dressé une nappe rouge entre deux tombes, dans un coin reculé du Père-Lachaise, à l'abri de tout regard, sorte de petit nid de verdure et de mausolées, d'un romantisme gothique à faire pleurer Marilyn Manson en personne. Une bougie éclaire deux assiettes, sa flamme s'y reflète comme la pupille d'un esprit veillant sur notre repas, un panier de pique-nique en osier posé à côté. Verres à vin, couverts en argent. Je m'attends presque à découvrir un hamster terrifié et un long couteau sacrificiel.

Ophélie apparaît derrière un tombeau à la porte toute rouillée.

Ses boucles blondes sont retenues par un élastique en une sorte de queue de cheval, une mèche capricieuse chatouille sa nuque. Veste en cuir usé sur un chandail large à mailles épaisses, jupe longue et ample aux motifs complexes et sandales. Ses grands yeux bleus m'attrapent et son sourire me déshabille. Avec elle, soudain, j'ai envie d'être moi-même, franc, sans le masque de la séduction qui vous fait dire tout et n'importe quoi.

– J'aime, dis-je.

Elle me regarde, un peu dans l'expectative. Je lève l'enveloppe du taxi, puis lui tends mes fleurs.

– Elles sont belles. Des pensées ? Tu craignais que je manque d'esprit ?

– Si j'avais su pour ce soir, j'aurais apporté des chrysanthèmes.

– Tu sais qu'il s'en vend plus de vingt millions de pots entre octobre et novembre chaque année ?

– L'offrande aux morts. Vingt millions ? Ça fait beaucoup de gens qui s'offrent le droit d'être peinards et d'oublier leurs disparus pour le reste de l'année.

– Ou autant de témoignages d'amour, de preuves qu'on ne les oublie justement pas.

– Coupons la poire en deux : onze millions d'égoïstes qui culpabilisent et neuf qui vénèrent le souvenir de leurs défunts.

– Pourquoi pas dix-dix ?

– Parce que par principe je ne laisse pas le bénéfice du doute à l'espèce humaine. Je ne suis pas très optimiste.

Premier dialogue surréaliste. A la mesure des circonstances.

– J'avoue être bluffé, dis-je en m'installant face à elle.

– J'espère bien. J'avais envie d'originalité. Des dîners en tête à tête avec des filles au resto, tu as dû en faire des tas. J'aime être celle de la première fois.

– Mais je suis vierge tu sais, dis-je pour plaisanter.

– Nous le sommes tous, répond-elle, très sérieuse. Il suffit de trouver de quoi.

Son regard est soudain coquin. J'en frémis.

– Plus de vouvoiement ? demande-t-elle.

– Il m'est tombé des lèvres.

– Je préfère.

Elle m'invite à m'asseoir sur une pierre tombale et en fait autant tout en ouvrant son panier en osier.

– Je n'ai pas eu le temps de cuisiner alors j'ai fait simple. Quiche et petites tomates.

Elle fait apparaître une bouteille de Haut-Marbuzet, mon vin préféré, un bordeaux puissant, aux arômes capiteux. Magicienne. 2000, superbe année. Un nectar. Je suis amoureux.

– En préparant tout ça j'ai réalisé que j'étais un peu folle. Je ne sais rien de toi. Rien du tout.

– Tu sais que je m'appelle Pierre, c'est un bon début.

– Et que tu fais du théâtre avec Julia.

– Elle t'a parlé de moi ?

– Elle m'a dit que vous vous étiez séparés avant même d'être ensemble.

– C'est pour ça que ça ne pouvait pas coller entre elle et moi. Notre première discussion : une engueulade.

– Tu n'as pas eu envie de coucher avec elle ? Elle est plutôt jolie.

– Si, mais je t'ai rencontrée.

– Elle m'en veut, tu sais ?

– Ça nourrira nos engueulades sur scène. Tout ce qui m'horripilera dans ma vie sentimentale, j'en ferai le combustible de mes improvisations avec Julia. Elle sera le punching-ball qui préservera la femme de ma vie.

– Et en plus du théâtre, tu fais quoi ?

Le Haut-Marbuzet jaillit, il se love contre le verre, tournoie comme un ruban pourpre pris dans une tornade, éclabousse les bords resserrés de son enclos, et dégage ses parfums de mûre, d'épices, de fumé et de cuir. Je prends le verre qu'elle me tend. Les fragrances montent jusqu'à mes narines, déjà enivrantes.

– Je refais ma vie. C'est un boulot à plein temps.

– Tu vis du temps qui passe ?

– C'est en tout cas comme ça que je propose de rebaptiser le chômage : « vivre du temps qui passe ». Ce serait plus beau. Je cherche un job.

– Tu faisais quoi avant ?

– J'étais con.

– Plus maintenant ?

– Nettement moins. C'est à ça que sert une bonne grosse dépression : se débarrasser de quelque chose de pourri qu'on transporte. La mienne a été longue et douloureuse parce que c'était profondément enfoui.

– Tu n'as pas envie de parler de toi ?

– Te faire le récit de ce que j'ai été reviendrait à te présenter mon voisin : ce serait d'un intérêt très limité si c'est moi que tu veux connaître. J'ai pas mal changé. Et j'aspire à bien plus encore. En somme, je ne t'ai pas menti : je suis vierge.

Sourire amusé. Nous trinquons à nos virginités passées, inconnues, et à découvrir.

– Et toi ? je demande.

– Je fabrique des fleurs.

– …

– Je ne suis pas fleuriste, je *fabrique* vraiment des fleurs, je les invente. Oh ! Ça ne va pas, Pierre ? T'es tout pâle d'un coup !

Mon psy(chopathe) m'avait prévenu. Sa voix dans le combiné du portable se fraye un chemin jusqu'à mon cerveau. Des bribes de sa perfidie remontent à la surface : « Cette fille est dans le concret, toi tu es dans l'éther, elle fabrique pendant que toi tu détruis ! Tu ne sais pas qui tu es, et confronté à elle, tu voleras en éclats, tu ne supporteras pas le face-à-face avec une femme si affirmée alors que tu n'es encore personne. Ce qu'il y a de plus sombre en toi pourrait remonter et teinter irrémédiablement ton esprit fragile. Tu es un nouveau-né, Pierre, tu es une éponge. Tu as besoin de moi, et de moi seul, pas d'une fille. Tu n'es pas prêt. Tu vas te détruire, tu vas l'abîmer elle aussi. Reviens vers moi. »

– Tu ne te sens pas bien ?

Je secoue la tête. Avale une grande lampée de vin. Il me réchauffe, ses arômes sont assez forts pour me ramener sur terre. On peut toujours compter sur le Haut-Marbuzet.

– Non, ça va.

– Tu as senti un fantôme ? C'est l'endroit, tu me diras !

– Je me sens mieux. Je suis désolé.

– Les fantômes, c'est comme ça que j'appelle les pensées parasites.

– Alors je viens d'en voir un, en effet.

– A cause de mes fleurs ?
– A cause de mon psy.
– Oh.
– …
– …
– J'ai un peu plombé le moment, pardon. Evoquer son psy pour un premier rendez-vous c'est un peu comme annoncer un herpès.
– Tu as de l'herpès ?
– Non.
– Moi ça m'arrive. Un bouton de fièvre à la lèvre de temps en temps, quand je suis stressée. C'est moche, je ne peux plus embrasser, mais ça passe vite. Et toi, ton psy, ça fait longtemps ?
– J'adore la transition de l'herpès au psy, ça lui va bien au mien. Quelques mois. Mais je ne le vois plus. C'est un dingue. Il me harcèle. J'ai plaqué toute mon ancienne vie, je n'étais pas heureux dedans. J'ai défait la fermeture éclair de mon existence et je change de peau. Séance de déshabillage-habillage un peu longue, mais c'est presque terminé.
– Je comprends. J'ai fréquenté un psy pendant deux ans.
– Ça t'a aidée ?
– A le plaquer, oui.
– Dis donc, on commence fort.
– Maintenant qu'on a réglé les sujets pas glamour, tu me dragues un peu ?

On dîne, je la fais rire, puis nettement moins quand je

lui montre « Concession à vie » écrit sur le bord d'un mausolée en soulignant l'ironie de cette phrase et que nous parlons de la mort, de nos morts à venir, un jour. Elle souhaite partir très vieille, en très mauvais état, pour être soulagée de mourir, quand je rêve de vivre, repartant de zéro à trente ans passés. J'estime que ce sera déjà bien assez court comme ça. On parle de son travail – elle fabrique des fleurs en plastique, en soie, en organza, en nylon, en vinyle, en velours, une véritable petite usine d'illusions –, de nos aspirations, ce qui limite assez rapidement ma conversation compte tenu de mon nouveau moi qui n'a pas encore tout à fait bien défini ses idéaux sinon celui d'être fidèle à soi et heureux, de nos goûts musicaux et littéraires.

Quand elle m'avoue être enivrée par *Melmoth* de Maturin, *L'homme qui rit* de Hugo, et *Les Chants de Maldoror* de Lautréamont, je vois comme un rayon divin surgir depuis les cieux et l'illuminer comme l'être élu.

Le vin se révèle à son tour, il s'est ouvert – ce que je prenais pour de la mûre se transforme en cassis –, ses tannins sont veloutés, soyeux, ils laissent sur le palais un voile un peu épicé. Mes sens baignent de plus en plus dans ses effluves, je suis transporté.

Elle se penche vers moi pour atteindre mon verre et me resservir, elle ne voit pas que mon visage s'est rapproché du sien. Ses yeux bleus se lèvent et elle dévoile ses dents si blanches. Je suis perdu entre les vapeurs capiteuses de l'alcool et ces deux lagons qui me cherchent, m'attirent, me vendent des baignades chaudes et délassantes.

Le contact visuel devient électrique. Des signaux passent entre nous, tout un roman condensé en dix secondes dans ces pupilles qui se déshabillent. Des tonnes de mots, de souhaits, de promesses, d'ententes qui s'échangent. Elle me dit oui. A tout.

Enfin je crois.

Donc je m'incline pour lui présenter ma bouche.

Elle s'en amuse. Rien n'est gagné.

Soudain je me prends à espérer, le front humide, que le roman n'est pas juste une nouvelle. J'ai lu tout Guillaume Musso dans son regard, et brusquement je crains la méprise : si c'était Stephen King ?

Approche-moi et je t'égorge à la petite cuillère !

La nouvelle se réduit à une strophe.

Un poème peut-être ?

Non, à peine deux lignes, vaguement en rimes.

C'est fou ce que les hommes perdent leur assurance au moment d'embrasser.

Je deviens un iceberg. Glacial, un sourire en façade, tandis que tout ce que je ressens est planqué sous l'eau, bien invisible.

Ophélie arbore le rictus de celle qui sait. Elle pose une main au sol juste devant moi, entre mes genoux, et étend sa silhouette dans ma direction en repoussant les assiettes.

Les deux rimes deviennent quatrain. La musique apparaît dans ma tête, d'abord un air lointain, mystérieux et envoûtant, quelques violons, avant que l'orchestre surgisse tout entier, féerique.

Son visage est très proche du mien.

Sa langue est chaude. Délicieuse.

Symphonie de la joie, hymne au bonheur.

Ça commence doucement. Nous nous embrassons, longuement. Nous nous goûtons, nos corps font connaissance, nos baisers sont comme une poignée de main entre deux inconnus avant une conversation enflammée. Mes mains osent enfin la toucher, d'abord les épaules, le dos, les bras. Cela dure. Elle se colle contre moi, sa poitrine me percute et je m'emballe. Je prends confiance.

Les lèvres dérapent vers le cou, les oreilles, les doigts s'enfouissent sous ses cheveux, sous les miens, caressent nos flancs frissonnants. Je lui saisis la cuisse et la bascule contre un rectangle de pierre couverte de mousse. Le pouvoir d'une jupe dans ces instants-là est d'un érotisme incroyable. Le tissu est fin, je sens sa jambe au travers, et pourtant ce n'est pas encore sa peau contre ma peau. La facilité que je vais avoir à remonter le vêtement pour atteindre le sommet de ses cuisses, pour attraper son sexe entre mes doigts, est particulièrement excitante. Mais je prends mon temps, je veux profiter, je veux que nos désirs montent, ne pas nous brusquer. Nos baisers sont passionnés, comme si nos salives devaient remplacer l'oxygène, nous échangeons, nous nous donnons sans compter pour nous alimenter l'un l'autre, nous mêlons nos fluides avec la frénésie du poisson rouge qui cherche à respirer en dehors de son aquarium. J'ai la chair de poule. Sa main est sous ma chemise, elle remonte vers mon cœur. Elle saisit mon téton et le pince délicatement, elle a l'art de jouer avec. Je bande, collé contre elle, appuyé contre sa chair, tout mon organisme a envie de la pénétrer, pleinement, totalement, de fusionner. Guidé par mon sexe, leader incontesté de cette armée constituée de chaque parcelle de mon être, dans l'attente de se livrer au combat, de lancer ses assauts, d'entrer jusqu'aux profondeurs de son territoire pour y répandre ma fertilité, mon désir devient presque agressif.

Ses baisers m'apaisent, ils font reculer le conquérant dans les replis de mon cortex primitif, pour que le poète, le jouisseur, l'épicurien revienne à la surface. L'animal cède momentanément sa place à l'homme civilisé. Il garde le contrôle dans l'ombre, éminence grise de mon avidité sexuelle, et par moments il reprendra le dessus, je le sais, mais tout est dans l'alternance.

Je découvre ses seins, le rideau de laine se lève sur leur générosité, j'en fais sortir un de son bonnet pour le flatter de ma langue, sa douceur et sa tiédeur me font me plaquer encore plus fort contre Ophélie. Cette fois nos gestes s'accélèrent, nos vêtements tombent comme on pèle un fruit avant de le croquer.

Ma main glisse enfin sous sa jupe, je suis au comble de l'excitation. Ses jambes sont lisses, satinées, le carcan à venir de mes ondulations… Une reptation des doigts et je suis sous sa culotte. C'est comme une seconde bouche, faite pour aimer, rien qu'aimer. C'est pour ça qu'on la protège, parce que l'amour est fragile, délicat. Ce sanctuaire de l'émotion pure m'appelle, il est gorgé de bienvenue, invoquant de sa litanie humide que le rituel prenne place.

A cet instant, nous sommes encore *elle* et *moi*.

Dès lors que j'entre en elle, nous formons une entité nouvelle.

Chaque centimètre qui suit devient un peu de *nous*. Et *nous* est extatique. *Nous* est un fragment du cosmos mis à la portée des mortels. C'est la brève interruption de nos solitudes profondes. Jouir c'est se dissoudre momentanément dans l'illusion de ne plus être soi, mais le monde. C'est le paradoxe de l'orgasme : un moment de plaisir personnel, presque égoïste, qui ne prend tout son sens que parce qu'il se fait avec l'autre. Toutes les masturbations du monde ne remplaceront jamais ce frisson ultime pour cette raison.

Le souffle d'Ophélie baigne le mien. Nous sentons le vin, le désir et le cul. Une véritable ode à l'existence.

Je la prends entre deux tombes, nos genoux repoussent les verres et les assiettes vers des racines qui retiennent nos fringues. Ses hanches épousent les miennes. Son bassin se cambre, le mien va chercher le plus loin possible. Fouir en elle devient l'obsession de chacune de mes cellules. Je creuse le sillon de nos plaisirs, je martèle ses entrailles, je grave mon passage, jamais plus son corps ne sera le même après moi. C'est l'animal qui a repris le dessus, il veut marquer son territoire de jouissance. Puis l'homme revient, mes mains la caressent à nouveau, je la regarde dans les yeux, nous sourions. Je lèche ses seins, et la griffe, la tiens fermement par les épaules, par les fesses, j'accélère, la bête remonte. La délivrance n'est pas loin, alors je me calme.

Je m'applique à ce que cette chose dure au bout de moi devienne plus que notre lien : un instrument au service de *nous*. Que tout cet instant se concentre de plus en plus à cet endroit. J'imprime un rythme régulier, puis, à sa demande, je vais plus vite, plus loin, plus fort. Cette cadence devient le pouls de *nous*. Le souffle d'Ophélie s'accentue. Elle gémit, perdue quelque part entre ici et les extrémités de son corps. De l'énergie pure tournoie entre nous. Et elle se libère brusquement. Ophélie crie, elle ferme les yeux comme si c'était douloureux, toute crispée, elle ondule par à-coups, puis ses bras m'enserrent le cou.

Ses paupières se rouvrent lentement.

Et j'en profite pour jouir à mon tour.

C'est court, peu intense, et pourtant c'est un relâchement total. Toutes les pressions, tous les maux, toutes les obsessions, tous les problèmes viennent de desserrer leur étau. Nous sommes soulagés. C'est à se demander si les psys sont finalement si utiles que ça à l'équilibre de la civilisation. Il suffit de baiser, de jouir pour que les difficultés s'étiolent, au moins provisoirement.

Je ne vois qu'une explication : plus le monde se civilise, moins il baise, d'où l'émergence des psys.

Mais l'extase estompe, elle ne lave pas, ne nettoie pas en profondeur. La réponse n'est pas dans le provisoire. Et l'humanité a donc besoin d'éboueurs de nos trop-pleins, de recycleurs de nos pensées noires.

Je m'interroge sur l'importance de ce besoin, de *mon* besoin.

Ophélie est sous moi, nous sommes moites, repus et

encore tout tendus par l'effort. Je n'ai pas mis de capote. C'est l'animal qui a primé sur l'individu, celui qui voulait sentir totalement, celui qui voulait abandonner à tout prix un peu de lui dans l'autre.

Ophélie est belle. Déjà de retour à la réalité, tandis que moi je vagabonde encore dans les vapeurs de l'orgasme. Les femmes sont décidément plus rapides et pragmatiques que nous.

Je me redresse.

Et je vois l'épitaphe de la tombe juste au-dessus d'Ophélie.

J.T. 1902-1993
Puisse la suite être plus belle encore.
Mais est-ce seulement possible ?

C'est exactement ce que je pense à cet instant.

31.

J'*ai* tout de suite voulu prévenir la terre entière qu'Ophélie existait, et que non seulement c'était une fille extraordinaire, mais qu'en plus c'est avec moi qu'elle faisait l'amour. Syndrome classique du mec super heureux qui veut cracher son bonheur à la face de tous. Compte tenu de mon passif, j'estime que c'est mon droit.

J'ai pris mon téléphone portable pour appeler tous mes amis.

Dans mon répertoire, fraîchement réorganisé, il y avait cinq noms.

Domino's Pizza.

Resto libanais.

Chinois.

Jap.

Julia.

Face à la diversité de mes amis, j'ai longuement hésité. J'avais le répertoire d'un dépressif obèse. Dans un élan de générosité, un besoin de parler, j'ai composé le premier numéro de la liste pour commander une Pepperoni et annoncer au gars qui n'en avait rien à faire que j'étais sur le point de tomber amoureux.

– Une Pepperoni donc. Quel format ?

– Pour deux. Je veux être deux jusqu'à la fin de mes jours. J'ai trouvé quelque chose d'exceptionnel en sa présence.

– Et vous la voulez comment ? Epaisse ou fine ?

– Je crois que je vais l'aimer.

– Je n'en doute pas. Alors, épaisse ou fine ?

– Elle est voluptueuse. Avec de vraies formes, là où il faut.

– Epaisse donc. Fourrée ou pas ?

– Oui, hier soir.

– Au fromage ?

– ...

– La pâte, vous la voulez fourrée au fromage ?

– Du moment qu'elle m'aime...

– ...

– La promesse d'une joie permanente.

– Avec Domino's Pizza c'est toujours la joie. Bon et je vous la pimente ?

– Elle a du caractère, c'est vrai, mais ça ne me dérange pas, au contraire.

– OK. Huile piquante, c'est parti. Je vous la livre où, monsieur ?

– Chez moi.

– Epaisse, fourrée et pimentée, dans un quart d'heure sur votre paillasson, m'sieur. Bonne journée.

L'amour, c'est simple comme un coup de fil.

Pendant trois jours, j'alterne le chaud et le froid. Un désir impatient, brûlant de la revoir, d'avoir des nouvelles, entrecoupé de fébriles heures de doute, que la réciprocité ne soit pas vraie, qu'elle me fuie à jamais. Je regarde mon téléphone comme un pécheur sur le point de mourir guette le prêtre, le suppliant de le laver de toutes ses fautes, de lui ouvrir les portes de l'absolution. Mais ce stupide iPhone ne perçoit aucune vibration divine qui pourrait illuminer mes yeux, il reste muet, aphone.

Je n'ose appeler. Ophélie m'a prévenu qu'elle avait une semaine très chargée. Elle a également dit qu'elle me ferait signe bientôt.

Bientôt est insoutenable d'imprécision. Bientôt comme demain, ou bientôt comme dans une semaine ? Je déteste ce mot. Il est mon nouvel ennemi. Trop vague pour mériter une place dans le dictionnaire. Vague et cruel. Je milite pour son bannissement. De toute manière il y a trop d'approximations dans la langue française. Je voudrais de la précision. De la certitude.

Le jeudi soir, cours de théâtre. Julia est présente. Elle me scrute avec une pointe de colère. Elle sait. Elle a donc des nouvelles d'Ophélie, elle. J'hésite sur la marche à suivre. Je sais qu'on va débuter par des séances d'impro, nous pourrions régler nos contrariétés sur scène mais ça va devenir une habitude, et je ne suis pas sûr d'avoir envie de ça aujourd'hui.

Je l'aborde à la pause clope. Elle me tend une cigarette, je la refuse d'un geste de la main.

– Je ne fume toujours pas.

– C'est dommage.

– Dommage ?

– Ça te ferait crever plus vite.

Elle a dit ça sans lever le ton, à froid, détachée.

– Tu m'en veux tant que ça ?

– Je suis une chouette fille.

– Je vois ça.

– Quand on ne me drague pas pour se taper ma meilleure amie.

– Euh… je ne t'ai pas vraiment dra…

– Tu voulais me sauter au début.

– Bah…

– Ne le nie pas.

– Ben…

– Je l'ai vu.

– Bon.

– Et quand on envoie ce genre de message à une fille, on se fait pas sa meilleure amie à la place. J'ai l'impression d'être un second choix. Je me sens comme une fringue dont personne ne veut malgré des super soldes.

– T'es pas une fille en solde.

– Je t'emmerde.

Toujours ce même ton posé, un peu distant, froid sans être méchant. Lucide.

– Pardon.

Elle se tourne vers moi, la lumière dans ses yeux – deux appliques à variateur, réglées sur intensité basse – s'embrase soudainement, et ils deviennent deux poursuites un soir de one-woman-show.

– Pierre, tu veux me faire plaisir ?
– Bah… oui.
– Tu veux te faire pardonner ?
– Je préférerais.
– Invite-moi à boire un verre ce soir après le cours.
– …
– Chez toi.
– Je préférerais pas.
– Tout ce que je te demande c'est de bien me traiter.
– Julia, tu es en train de me proposer quoi au juste ?
– Fais-moi l'amour cette nuit.

Un film. Je suis dans un film. Ça n'arrive que dans les films ce genre de situation. Jamais une femme ne dit ça à un homme dans la vraie vie. Sauf les hystériques, les maniaco-dépressives, les nymphomanes, les femmes blessées à mort désireuses de vengeance, les… mecs. Ce côté direct, « Ne perdons pas de temps, baisons », c'est très masculin. Julia est un mec.

– Pierre, tu me dois bien ça.

Elle me crache la fumée de sa cigarette en plein visage. Elle m'étouffe. Ses mots, son haleine, son regard, sa présence, tout m'oppresse soudain.

– Je ne te demande même pas un dîner. Juste que tu m'embrasses, et que tu viennes en moi, que nous partagions ça. Tu m'as volé cette tendresse promise, tu dois me la donner, rien qu'une fois, pour être fidèle à ton engagement.

– Justement, en parlant de fidélité…

– Tu ne peux pas me draguer comme tu l'as fait pour

te tirer avec ma meilleure amie aussitôt. Pour être correct tu dois me donner cette nuit.

– Tu… tu me demandes de te faire l'amour par politesse ?

– Pour tenir la promesse que ton attitude m'a faite lors de notre première rencontre.

– Mon *attitude* ?

– Oui. Le comportement qu'on a avec les gens ça compte. Ce qu'on dit, la façon de parler, les gestes, les regards, les attentions… Tu m'as promis avec tout ça que nous aurions notre moment intime, que tu allais t'occuper de moi. Je veux que tu respectes ton engagement.

Ma mâchoire pend comme un poids trop lourd au bout de deux élastiques distendus.

– Julia…

– Tu ne seras même pas obligé de dormir avec moi après si tu n'en as pas envie.

– Mais…

– Tu as du Coca au frigo ? Pas de la bière, je trouve que la bière rend la bouche un peu pâteuse, pour embrasser c'est pas génial. Ou du champagne ? Par contre avec le champagne faut pas attendre trop longtemps, sinon ça finit par rendre la bouche sèche aussi.

– Julia…

– De toute façon nous savons tous les deux ce que nous voulons, je pense même qu'on va faire l'amour sur le canapé, pas la peine d'aller jusque dans la chambre… Dis, tu as un matelas à part, dans une autre pièce, ou c'est un canapé qui se transforme en lit ?

– Mais…

– Je te dirai sur le chemin ce que j'aime, pour que ce soit bon dès la première fois. Parce que tu sais, on parle souvent de la première fois dans les couples, mais c'est jamais terrible en fait, on est intimidé, on ne connaît pas bien l'autre, ce qu'il aime ou n'aime pas, comment il préfère jouir, il n'y a aucune complicité. La première fois c'est vraiment entre la baise et l'amour, pas bien défini. La première fois c'est la zone de flou du cul. Pas tout à fait animal, pas tout à fait civilisé, c'est un coït poli, ni trop propre ni trop sale, presque un peu ennuyeux. C'est pour ça qu'on va tout se dire avant.

Je suis tétanisé. Tous les muscles crispés, sauf peut-être celui précisément qui pourrait intéresser la dame. Puis je passe du stade solide à l'état liquide quand elle me dit :

– Je veux être douce pour toi, je veux être ton satin, ton calice délicat. Soyeuse. Je me suis épilée exprès, tu sais.

A cet instant précis, plusieurs sons de mon enfance remontent à la surface.

La sirène d'alarme du vaisseau d'Albator lorsqu'il est attaqué.

Le bruit des Zéro japonais qui tombent en piqué dans *Les Têtes brûlées.*

Les larmes de Candy.

La détonation du rayon Delta de Cobra quand il pulvérise ses ennemis.

Flippant.

Tous se superposent. Vraiment flippant. Une joyeuse cacophonie qui fait remonter mes souvenirs et les mélange à un profond désir de fuite, d'abandon. Une brève envie de me réfugier dans une apaisante folie, loin de cette réalité sidérante. Je devine aussi une petite pulsion de mort quand jaillit du tréfonds de mes traumatismes de gosse un monstrueux alien dans le dos de Julia et qu'il ouvre sa gueule pleine de crocs baveux sur une autre mâchoire préhensile qui vient se ficher à l'arrière du crâne de la démente, l'immobilisant instantanément, une goutte de sang glissant lentement de son épaule nue alors qu'elle meurt.

Pourtant, dans la réalité qui me terrorise tant, Julia me prend la main.

– Viens, on y va.

Je me laisse entraîner sur plusieurs mètres sans savoir comment me sortir de cette situation, lorsqu'elle se retourne, l'air agacé.

– Ce n'est pas à moi de te tirer, Pierre.

Je ne sais comment interpréter cette saillie.

– Tu pourrais être un peu plus enthousiaste quand même ! ajoute-t-elle.

– Julia, je crois qu'il y a un terrible malentendu.

Je retrouve peu à peu mes moyens. Le sang afflue dans mon cerveau et chasse les images d'enfance. A présent, je vois le visage d'Ophélie, notre soirée au cimetière, sa peau qui frissonne, ses seins, je me souviens de nos gémissements, la jouissance. Elle. Moi. Ce qui est en train de naître.

La force de répondre à Julia m'envahit.

– Je ne peux pas faire ce que tu me demandes.

– Pourquoi ?

Elle semble estomaquée.

– Parce que je ne le veux pas.

La sidération devient de l'incompréhension.

– Tout simplement, Julia, je n'ai pas envie de te faire l'amour.

Méditation. Circonspection.

– Je suis désolé de devoir décliner l'invitation.

Irritation. Exaspération.

– Tu vas pas mal le prendre, hein ?

Fulmination. Julia se déforme avec des grimaces de rage, ses mains se joignent comme deux étoiles de mer qui feraient ventouses, et elle explose :

– C'est à cause d'Ophélie, c'est ça ? Je suis moins bien qu'elle ? Moins jolie ? Moins charmante ? Moins intelligente ? Moins bien gaulée qu'elle ? Mais tu sais quoi, Pierre ? Moi au moins, je suis moi-même ! Je ne suis pas une autre qui prétend être ce qu'elle n'est pas !

Je recule d'un pas, craignant d'être ventousé à la joue par ses étoiles de mer.

– Je te souhaite bien du plaisir avec Ophélie ! s'écrie-t-elle. Et quand tu te rendras compte de ce qu'elle est vraiment, ne viens pas chialer dans mes draps !

Et elle se volatilise dans la rue.

Me laissant avec ses dernières phrases qui se distillent dans mon esprit comme un venin.

30.

Tué par les mots.

Ce serait mon épitaphe parfaite.

Julia m'a fait peur. Je n'ai pas aimé ses sous-entendus à propos d'Ophélie. Le soir même, je tourne dans mon lit pendant deux heures, des mots plein la tête, tant qu'ils me barrent l'accès au sommeil.

Qui est vraiment Ophélie ?

Je me persuade que je ne devrais pas m'angoisser. Pourquoi craindrais-je que ce que j'ignore soit faux puisque je ne sais rien d'elle ? Et pourquoi mentirait-elle ? Qu'a voulu dire Julia ?

Etait-ce juste une perfidie de femme remise en cause dans son pouvoir de séduction ? Des mots qui dépassent la pensée ? Je n'aime pas cette idée. Les mots sont soumis, les mots sont inertes, ils ne peuvent venir au monde sans intention, ne peuvent dépasser la pensée. C'est aussi idiot que de dire que la fumée peut décider d'aller contre le vent de son propre chef. Les mots sont obéissants, au service de l'esprit, c'est l'axiome de leur existence, j'en suis convaincu.

Mais sa pensée et sa vigilance ont pu se relâcher, laisser libre cours à des zones plus primitives de son cerveau. Oui, c'est ça ! J'ai entraperçu, l'espace d'une phrase, la face obscure de Julia, dans un instant de souffrance elle s'est voulue méchante, simple riposte affective, elle a inventé un moyen de m'agresser à mon tour. En semant le doute. La terrifiante inertie de la bienveillance face au bouillonnement ardent de l'amour-propre meurtri. Si vous blessez une femme, préférez sa chair à la mortification, la fierté ne cicatrise qu'au baume de la vengeance.

C'est là-dessus que je finis enfin par m'endormir, en me persuadant qu'il n'y a rien de plus à chercher dans cette direction.

Je sombre dans le néant et déconnecte totalement du monde.

Parfois, quand je pense à moi en train de dormir, j'ai le sentiment que je n'existe plus.

Je suis de ces gens qui ne rêvent pas. Du coup je ne fais pas non plus de cauchemars, c'est pratique si on veut. Enfin, quand je dis que je ne rêve pas, c'est erroné, puisqu'il paraît que nous rêvons tous, c'est juste que je ne me souviens de rien à mon réveil. C'est frustrant, et surtout un peu humiliant. J'ai l'impression que mon inconscient est une télé allumée toute la nuit que personne ne regarde. En somme, ce qu'il y a au plus profond de mon être n'intéresse personne, même pas moi. J'ignore comment le choix s'opère entre mon inconscient et mon conscient, comment la négociation s'effectue, tout ce que j'en retire c'est qu'à la fin, mon conscient préfère ne pas diffuser les programmes de mon inconscient, il ne les enregistre même pas. Humiliant, je vous dis. Si encore j'avais le sentiment qu'il s'agit de films de moi dans des situations particulièrement outrageuses, d'une présentation de moi pervers à l'extrême, je pourrais comprendre, mais à mon réveil je n'éprouve pas le moindre petit frisson d'excitation, pas la moindre érection, même molle. Rien que le vide.

Comme si je me dissolvais la nuit.

Je me réveille chaque matin avec un léger sentiment de perte. Comme s'il me manquait quelque chose, comme si le fait de ne pas vivre la nuit, pendant mon sommeil, m'interdisait de bien synthétiser mes journées précédentes. Je ne les revis pas pendant que je dors, pour moi chaque journée qui s'achève est véritablement une journée perdue. C'est un peu terrifiant.

Ce matin-là, je tourne en rond pendant deux bonnes heures, sous le regard incrédule de William Leymergie puis de Sophie Davant. La télé est allumée la plupart du temps, comme chez beaucoup de gens qui vivent seuls, elle est comme un compagnon idéal, divertissant quand nécessaire, silencieux quand il le faut, qui parle pour ne rien dire le reste du temps sans qu'on soit obligé de l'écouter, juste pour faire une présence. C'est une chaleur inhumaine aux couleurs saturées parce que c'est plus réconfortant.

Je regarde mon téléphone portable jusqu'à midi. Je suis tenté de jouer avec. Depuis que je suis ado, j'ai une passion un peu curieuse. C'est la seule chose que j'aie gardée de mon ancienne vie. J'appelle ça pêcher des amis. A midi et quart j'attrape mon iPhone et je compose un numéro de portable au hasard. En général ça marche mieux le soir, les gens sont plus disponibles. Le premier numéro n'est pas attribué, je le mets de côté. J'en compose un autre, complètement au pif.

– Allô ?

Voix d'homme. J'aime pas trop les hommes, ils sont souvent agressifs très rapidement. Les femmes raccrochent moins vite, toutefois il faut plus de temps pour qu'elles se confient quand le dialogue parvient à s'engager.

– Bonjour, je m'appelle Pierre.

– Pierre ? Pierre comment ? C'est qui ?

– Nous ne nous connaissons pas.

– Ah.

– J'ai composé votre numéro au hasard, je suis tombé sur vous comme j'aurais pu tomber sur n'importe qui. Mais c'est vous que la chance, la vie, le destin, appelez ça comme vous voudrez, a choisi.

– Euh… c'est une blague ?

– Non.

– Et vous voulez quoi ? Du fric ?

– Absolument pas. Juste discuter.

– Pourquoi ?

– Pourquoi pas ?

– C'est que j'ai pas que ça à faire, moi ! Dites-moi ce que vous voulez, qu'on en finisse !

C'est terrible cette société où on vit maintenant. Les gens s'attendent en permanence à ce qu'on leur demande quelque chose, comme si on ne pouvait vivre avec les autres qu'en fonction de ce qu'ils peuvent nous apporter. C'est un grand classique de mes pêches téléphoniques.

– Je ne veux rien sinon faire votre connaissance.

– Vous êtes homosexuel ?

Autre grand classique chez les hommes. Les femmes me considèrent comme un pervers, les mecs comme un homo qui cherche à tirer un coup. Ça en dit beaucoup sur nous ça aussi.

– Non. J'ai juste envie d'apprendre qui vous êtes, et d'échanger quelques mots.

– Ouais, vous êtes pédé et vous voulez m'enfiler ! Je suis pas intéressé.

– Non, je…

Le type a raccroché.

Un bon pêcheur est patient, et n'a pas peur de revenir bredouille. Vingt fois, cinquante fois, cent fois, il vérifie ce qu'il a au bout de sa ligne pour constater qu'il n'y a rien, ou alors un minuscule poisson sans aucun intérêt. Mais le bon pêcheur sait que la prise compte peu pour son plaisir du jour. C'est d'être là, à pêcher, qui est important. Si le gros poisson survient d'ici au coucher du soleil, alors ce sera la cerise sur le gâteau, mais il sait qu'il y a des jours avec et des jours sans.

Autre numéro, autre échec. Six se succèdent, entrecoupés de numéros non attribués. Ceux-là je les note dans un petit carnet Moleskine noir, j'en ai des pages entières. Depuis le temps, j'ai même des piles de carnets. Je les contemple parfois et me demande ce que ces numéros ont de particulier pour n'être à personne. Je m'interroge sur leur histoire. N'ont-ils jamais appartenu à quiconque ? Des numéros maudits ? Des numéros pestiférés ? Ou sont-ils en cours d'attribution ? En transit entre deux abonnés ? Régulièrement je les recompose, juste pour savoir. Pour l'instant aucun n'a jamais été donné à personne. Ce sont les rejetés des Télécom, comme ces vieux chiens boiteux et moches dont personne ne veut à la SPA. Par moments j'ai des bouffées de tendresse pour eux, j'ai envie d'en adopter quelques-uns, juste pour qu'ils sonnent enfin, même si c'est dans le vide, mais qu'ils sonnent, qu'ils puissent retrouver un semblant d'existence.

Le pire c'est que ce sont des numéros tout à fait normaux. Rien d'atypique dans leur composition, aucune particularité, aucune malformation. Alors je me dis qu'ils ont appartenu autrefois à des gens, et qu'on les leur a retirés. Peut-être qu'ils sont morts. Après tout, que fait-on du numéro d'un abonné qui meurt ? On ne peut pas le redonner tout de suite à quelqu'un d'autre, ce serait malvenu. Vous imaginez si chaque fois que votre téléphone sonnait on demandait à parler à quelqu'un qui n'est pas vous ? Vous finiriez par ne plus savoir qui vous êtes. Surtout si vous appreniez que cette personne qu'on demande sans cesse en vous appelant est en fait morte. Vous répondriez au numéro d'un mort.

Non, impossible. Les numéros des gens décédés ne sont pas réaffectés, je ne pense pas.

Du coup, tous ces numéros non attribués que je découvre et que je note dans mon petit carnet, c'est un cimetière que je constitue.

Le cimetière des numéros oubliés.

C'est comme ça que j'ai appelé mes carnets. J'érige une sorte de mémorial à leur souvenir.

Difficile de faire le tri entre les numéros défunts et tous les autres, les oubliés, ces numéros qu'une faille informatique a mis de côté malencontreusement, les rejetés, les sans-propriétaire-fixe qui se baladent d'une personne à une autre avec des délais de quarantaine plus ou moins longs, et tous les pas encore nés qui végètent dans le système en attente de vivre. Mais ils sont tous mon quotidien, je les fréquente quelques minutes chaque jour, je les écoute résonner dans le néant, avant qu'une voix glaciale me dise finalement qu'ils ne sont pas attribués. Pas encore. Plus du tout. Ou qu'ils ne le seront jamais. Je n'ai pas le détail. C'est dommage. J'aimerais savoir.

Mes doigts courent sur le clavier, ils pressent les touches sans que je puisse m'en mêler, comme si Dieu était en prise directe avec eux. Dieu, rien que ça. Bonjour la mégalomanie.

Dieu a choisi un nouveau 06. Ça sonne ! Ça sonne !!! Dieu sait quels sont les SPF et les numéros attribués, il sait tout. Vers qui m'a-t-il orienté ? Je suis parcouru d'un frémissement, de ceux qui naissent très loin dans les profondeurs des entrailles, de ceux qui nous retournent la chair sur leur passage, jusque sur la peau, poils hérissés par ce vent intérieur implacable.

Déclic. On décroche !

– Oui ?

Voix de femme.

– Bonjour. Je m'appelle Pierre.

– Et que puis-je pour vous ?

Son timbre est très agréable. Un peu suave. La voix d'une fumeuse. Aussitôt j'imagine son cou, fin, la peau pâle.

– Nous ne nous connaissons pas, dis-je presque intimidé, car j'ai composé votre numéro au hasard, et le hasard nous a mis en communication.

– Si c'est le hasard alors… Je suppose qu'il ne faut pas lui fermer la porte lorsqu'il s'adresse à vous ?

– En effet, je pense que ce serait impoli.

– Et peu prudent.

– Peu prudent ? Pourquoi cela ?

– Le hasard a peut-être des pouvoirs que nous ignorons. Le froisser pourrait nous valoir des représailles.

J'aime déjà cette discussion. La fille a l'esprit vif. Très vif. Serai-je à la hauteur ?

– Vous vous appelez Pierre donc. Moi c'est Marie. Ce n'est pas mon vrai nom, vous le savez n'est-ce pas ?

– Je m'en doute. Moi c'est mon vrai prénom.

– Je m'en doute. Les hommes ne mentent pas souvent sur leur nom.

– C'est vrai. Ils mentent sur tout le reste.

– Vous êtes triste, Pierre ?

– Pourquoi, j'ai une voix triste ?

– Pas spécialement. Vous avez même une voix assez sensuelle. C'est votre démarche qui m'interpelle.

– Je suis un curieux. J'aime faire des rencontres. Et avec le téléphone c'est pratique, elles n'engagent à rien.

– Je ne suis pas d'accord, ce n'est pas parce que nous ne nous voyons pas que nous ne devons pas nous respecter. Mentir sur un prénom est acceptable, mais pour le reste il faut être sincère, sinon à quoi bon ? C'est bien là l'unique intérêt de notre rencontre téléphonique. Se parler, pouvoir tout se dire sans la peur du lendemain puisque nous ne nous croiserons pas et que nous ne nous reparlerons jamais plus. Deux inconnus sans tabous.

– Vous avez raison, Marie.

– Jade. Appelez-moi Jade, c'est mon vrai prénom.

– C'est un beau prénom.

– Il fait un peu pute.

A cet instant, avec sa voix grave, qu'on sent frotter avec un soupçon de rudesse contre ses cordes vocales, des images salaces surgissent dans mon esprit. Sexe. Lèvres. Bouche. Langue. Avaler.

Je les balaye aussitôt. C'est inapproprié. Les femmes ont raison, je suis un pervers.

Non, je suis un homme. Pléonasme.

– Vous ne répondez pas. Donc vous le trouvez un peu pute aussi.

– Pas du tout. Je réfléchissais.

– A ce que ma bouche pourrait vous faire ? Vous voyez…

– Non… Si.

– Je sais. J'ai l'habitude. Ça fait trente ans que je le porte.

– C'est à cause du film. *Jade*. La fille était un peu pute dedans.

– Peut-être. Vous êtes comment, Pierre ? Ne mentez pas.

– Physiquement ?

– Oui. Ne mentez pas.

– Je suis… brun. Pas trop mal. En fait ce sont mes yeux qui font la différence, j'ai de beaux yeux. Sinon je suis assez banal, je crois.

– C'est ce que je pense.

– Pourquoi ?

– Sinon vous ne seriez pas là, à composer des numéros au hasard.

– Ça ne veut rien dire. De beaux gosses le font probablement.

– Mais leur conversation est inintéressante.

– N'est-ce pas un peu cliché ?

– Je ne crois pas.

– Ça signifie que la nôtre l'est, intéressante ?

– Elle peut l'être. Ça ne dépend que de nous.

– Et vous, Jade, vous êtes comment ?

– Je ne préfère pas en parler. Votre imagination est plus belle que je ne le suis.

– Je n'en ai pas beaucoup, vous savez.

– Je crois au contraire que vous en débordez. Prenez cette conversation, qu'est-ce qui vous prouve qu'elle n'a pas lieu dans votre tête ? Que je ne suis pas une invention de votre esprit solitaire ? Trop seul…

– Je vous entends. Ce n'est pas dans ma tête.

– Les hallucinations paraissent réelles.

– Vous êtes vraie.

– Alors décrivez-moi.

Jade a de la repartie. Je suis pris à mon propre jeu.

– Je vous vois… brune. Cheveux longs. Mais avec une frange juste au-dessus des yeux. Regard noir. Pommettes saillantes, lointaines origines slaves peut-être. Vous êtes pâle. Suis-je dans le bon ?

– Pas mal. Continuez.

– Vous êtes assez grande. Grande même. Je dirais… un bon mètre soixante-dix, voire soixante-quinze. Assez fine mais avec des formes. Vous avez des fesses, des hanches, des seins. Et un tout petit ventre qui doit être hyper sexy quand…

– Quand quoi ? Allez-y, lâchez-vous.

– Non, je me suis un peu emballé.

– Finissez votre phrase.

– Sinon quoi ? Vous allez raccrocher ?

– Non, je n'aime pas les menaces. Ce serait idiot. Je raccrocherai quand notre conversation n'aura plus d'intérêt. Alors, finissez votre phrase, n'ayez pas peur. Assumez vos pensées.

– Un tout petit ventre hyper sexy quand… on vous fait l'amour.

– Pourquoi ça ? Qu'y a-t-il de sexy dans un ventre à ce moment-là ?

– Je ne sais pas. C'est… sa forme. Un léger arrondi tout doux et tendre. Le nombril au milieu de ce sanctuaire.

– Sanctuaire, rien que ça ! Vous comparez mon ventre au moment de l'amour à un sanctuaire ?

– Oui. Une église, si on veut. Qui recueille l'amour de deux êtres. Un lieu de recueillement.

– J'ignore si c'est beau ou trop second degré. Un lieu de recueillement ? L'image que j'en ai subitement est peu ragoûtante.

– Sauf que votre ventre peut être le sanctuaire qui abrite nos substances terrestres pour y insuffler l'étincelle de vie. Comme une église qui fait le lien entre la chair des hommes et Dieu. Votre ventre fait la passerelle entre la matière et le spirituel. C'est là que s'opère le transfert. Peut-être qu'il y a des millions de rayons cosmiques invisibles à l'œil nu qui circulent en ce moment même entre l'univers et le ventre des femmes en train de créer la vie.

– Vous êtes très croyant, Pierre.

– Absolument pas.

– Ah. Alors pourquoi ce discours ?

– Parce que c'est une belle image.

– Vous aimeriez y croire mais ce n'est pas le cas.

– C'est vrai.

– …

– …

Silence – de ces silences sans bruit. Parce qu'il y a des silences abrutissants de gêne, d'un brouhaha d'embarras. Pas le nôtre en cet instant. Celui-là est limpide. Un silence pour assimiler l'élan de nos pensées projetées par les mots.

– Alors, dis-je finalement, est-ce que je suis loin du compte dans ma description de vous ?

– Vous ne le saurez pas.

– Sauf si je vous rappelle et que nous finissons par nous rencontrer, un jour…

– Je vais changer de numéro.

– A cause de moi ?

– Non, c'était déjà prévu.

– Ah.

– C'est un « ah » déçu ça. Qu'attendiez-vous de cette conversation ?

– Je ne sais pas. Rien. Ou si, en fait, j'en attendais plus.

– C'est un peu naïf.

– De la naïveté, il en faut pour que le monde reste beau.

– Il faut surtout de la chance. Ou une bonne étoile. Ou un Dieu qui veille sur vous. Je vais vous dire, d'ici ce soir j'aurai changé de numéro. Si vous retombez sur moi un jour, sur mon nouveau numéro, alors nous nous verrons. C'est promis.

– Promis ?

– Oui. Mais ça n'arrivera pas, vous savez ?

– Et pourquoi pas ? Les certitudes ne font pas vivre, elles sont le domaine de la mort, c'est l'espoir qui nous tire en avant chaque matin. Il faut croire pour vivre. J'ai de l'espoir pour nous.

– Alors nous nous verrons. Mais c'est peu probable. J'allais vous dire adieu, mais pour la beauté du mot, et pour l'espoir, je vais dire au revoir, Pierre. C'était agréable de vous parler.

– A bientôt, Jade.

C'était une chouette rencontre. Une belle conversation. Autant vous dire qu'elles sont rares. Jade a raison, statistiquement nous ne devrions jamais plus nous parler de toute notre existence. Toutefois j'en sors souriant. C'était un véritable moment d'humanité. Plus qu'avec la plupart des personnes que je pourrais côtoyer au quotidien. Je suis ravi par cet instant.

Et en même temps pas pleinement satisfait. Je n'ai pas eu ce que je voulais *vraiment*.

Car je n'appelle pas tous ces gens au hasard juste pour avoir une chance de créer une belle rencontre, non. Si j'appelle tous ces numéros dans le vide, c'est avec un espoir un peu fou chevillé à l'âme.

C'est qu'un jour celui qui décroche, ce soit moi.

Ça peut paraître complètement dingue dit comme ça, mais je suis sûr que c'est possible. Une sorte de paradoxe temporel, une faille dimensionnelle. Ou une fêlure mentale majeure me direz-vous. Peut-être. Mais quel pied ce serait. Pouvoir se parler, comme à un ami. Tout se dire, tout se demander, tout se confier. Sans fard, sans mensonge possible. S'entendre comme on est en réalité.

Oui, à cette époque je croyais encore à la possibilité de se contempler en toute vérité et d'y survivre.

Alors j'appelle des numéros au gré de mes inspirations. Certains cochent des chiffres au pif pour gagner du fric, moi c'est pour me rencontrer. C'est pas plus con. Tous les joueurs de loto savent qu'ils ont une chance sur des dizaines de millions de gagner, que c'est utopique, autant attendre d'être frappé par la foudre, il y a plus de possibilités que ça arrive, alors pourquoi ne croirais-je pas en mes chances ?

Un jour, vous verrez, j'appellerai et c'est moi qui décrocherai à moi-même.

Un jour je me trouverai.

29.

Toutes les certitudes dès le deuxième rendez-vous.

Tout s'est imbriqué naturellement. Ce que nous étions et devions être l'un pour l'autre, avec Ophélie.

Elle m'a appelé un lundi matin pour me fixer rendez-vous en fin de journée devant les Galeries Lafayette.

Noël approche. Les rues sont bondées comme des artères saturées de sang, l'animal humain transformé en globule rouge, les traditions comme des organes qu'il faut fournir en oxygène en période d'effort, un mouvement collectif pour maintenir la civilisation à sa place, bien en forme. On fonce, on circule sur les trottoirs dans un sens, puis dans l'autre sur ceux d'en face, on entre et sort des magasins, les bras chargés, on entre et sort des habitations, les bras vides, on pulse dans les bus, dans les métros, dans les trains, dans les voitures, on s'agite pour que la fête soit, qu'elle soit belle, que tous se rassemblent, en famille, pour qu'une année encore, tout ça existe bel et bien, peu importe le reste, comme le jalon obligatoire à la survie de notre société.

Voilà bien ce qui me dérange pour Noël : la famille.

La mienne n'existe plus. Je suis un garçon neuf. Ma vie s'est écrite jusqu'à présent sur un tableau noir. Je l'ai démonté et remplacé par un tableau Velleda. L'ancien est remisé quelque part, je ne sais plus trop où, une partie de tout ce qui était écrit dessus a été effacée pendant le déménagement. Ma famille était dessus, à la craie. Or je ne veux désormais plus que ce qui s'inscrit au feutre, avec des couleurs vives, plus difficiles à faire disparaître. Je dois me reconstruire une famille. J'ai mes raisons. Et ces dernières me piquent le ventre, me tournent la tête.

Ophélie. C'est à présent tout ce qui compte. C'est peut-être elle ma nouvelle famille.

Après une nuit dans un cimetière avec cette fille, c'est limite effrayant ce genre de pensée, j'en suis bien conscient. Toutefois il y a quelque chose de beau à s'autoriser cet espoir un peu candide et un peu fou. Une envie enfantine.

Ophélie est là où elle m'a dit de la retrouver, la foule des globules rouges fonçant à toute vitesse entre nous. Lorsque je me dresse devant elle ses lèvres m'accueillent du plus beau des mots d'amour : un baiser. Il est tendre, tiède et presque timide. La sainte trinité des baisers de jeunes amoureux.

Je tiens à programmer notre soirée, me rassurer avec du concret, un plan de route pour me reposer dessus, alors je lui lance :

– Je connais un petit restaurant très romantique pas loin d'ici si tu…

– Le dîner est déjà prévu.

– Ah.

Elle regarde sa montre, une Swatch toute blanche.

– Nous dînerons dans environ deux heures, il va falloir patienter. Ça nous laisse le temps de nous y rendre.

– C'est si loin ?

– Pas en distance. Mais le voyage est assez compliqué.

Ophélie constate que je suis largué, elle précise :

– Nous dînons dans la quatrième dimension.

Largué n'est plus le bon mot. Je suis en chute libre de compréhension. Cette fille est folle, elle est faite pour moi.

Elle me prend par la main.

– Viens.

Et me tire à l'intérieur du magasin.

– Tu as des courses à faire ? je demande.

– Non, c'est l'entrée de la quatrième dimension.

Au milieu d'un centre commercial, le temple de la consommation, j'aurais dû m'en douter.

C'est ainsi qu'il m'apparaît comme une évidence : dans notre couple, j'aurai la place de celui qui croit savoir, mais je ne serai jamais que celui qui suit. Aveuglément. Je moderniserais bien Descartes sur ce coup-là : je ne sais pas, donc je suis. A enseigner aux futurs moutons de la République.

Ophélie porte un petit sac à dos noir très rempli, je propose de le prendre et elle me le donne bien volontiers. Il est lourd, et je sens une bouteille en verre à l'intérieur entre autres choses. Un nouveau pique-nique surréaliste en prévision. Mon imagination s'active et je devine peu à peu ce qui nous attend : les toits de Paris. Le romantisme par excellence. Un vrai couple d'Américains gavés de clichés !

Les boucles blondes d'Ophélie sont mes guides, je suis docilement entre les présentoirs de bijoux, vers les étages, créateurs, chaussures, prêt-à-porter... Lumières, couleurs, musiques, brouhaha, bousculades, la joie des grands magasins ! Chaque client est en mode recherche, le regard hypnotisé par la masse d'articles, avide de trouvailles, de ne surtout rien manquer, les pupilles inquisitrices, fouillant chaque recoin, transperçant les corps, obsédé, les mains prêtes à écarter tout gêneur. De véritable conso-mateurs.

Vient un moment où nous devons franchir un torrent humain au courant vif pour atteindre l'autre rive de notre étage, vers un renfoncement plus calme. Ophélie m'attrape la main, sa peau est douce, paume chaude. J'effleure ses ongles longs du bout de mon majeur. Frémissement. Elle me tire soudain en avant et nous voilà projetés dans le frétillement des conso-mateurs au regard inquiétant. On glisse les uns sur les autres, froissement des chairs tassées, mélange des haleines dans la grande promiscuité du commerce, trop de monde, les pupilles perdent de vue les articles, les regards s'emballent, deviennent fous, sensation de manque, sentiment de passer à côté de LA bonne affaire, moiteur, oxygène qui disparaît, colère qui monte. Respirer. Passer. Consommer. Etre avant les autres. Défendre son territoire, protéger sa petite bulle sur laquelle tout le monde empiète. Respirer. Avancer. Se sortir de là. Respirer. Echapper aux mains baladeuses. Aux coups de sac à main dans la gueule. Aux odeurs écœurantes. Respirer. Non, finalement, ne pas trop respirer la sueur des autres, la bouche des autres. Entrer en apnée. Progresser. Se frayer un chemin hors du troupeau.

Nous giclons sur l'autre bord de l'allée, au milieu de trenchs bleu marine aux boutons dorés, intacts.

Ophélie me regarde, l'œil amusé.

– Les grands magasins la veille de Noël, c'est une vitrine de l'humanité !

– Oui, j'avoue que sur ce coup-là, mon petit restaurant nous aurait réservé un peu plus de tranquillité…

– Un bain d'humanité est le premier ingrédient nécessaire pour franchir la porte de la quatrième dimension.

– Le premier ingrédient ? Il y en a d'autres ? Comme une… sorte de recette magique ?

– Le deuxième c'est être capable de se perdre en soi-même.

– …

– Toujours partant ?

– Comment fait-on ?

– Ne me lâche pas la main, tu vas voir.

Ophélie m'entraîne au bout du couloir, dans les toilettes pour dames. Là elle nous enferme dans le box pour handicapés, dispose une serviette sur la lunette abaissée et m'invite à m'y asseoir. Elle se pose sur mes genoux et m'offre un sourire un peu taquin.

– Nous avons une bonne demi-heure à tuer. Tu crois que tu peux m'embrasser pendant tout ce temps-là ?

Je suis un homme de défi. Ma langue aussi.

Nous nous affairons, le temps se dilue entre nos langues. Finalement l'unique mesure fiable du temps est l'émotion : fugace et harmonieux dans le plaisir, pesant et chaotique dans la douleur. Une cohorte de temps mitoyens, relatifs, chacun le sien, tortueux comme l'électroencéphalogramme d'un dormeur.

Le message enregistré d'une hôtesse nous dérange :

– Nous informons notre aimable clientèle que notre magasin ferme ses portes dans dix minutes. Nous vous invitons à gagner les caisses et vous remercions pour votre visite.

Ophélie et moi l'ignorons malgré sa voix suave. Le message est passé et manifestement ma guide a décidé que nous nous fichions d'être enfermés. Nos langues poursuivent leur transformation en horloges.

L'hôtesse insiste :

– Nous informons notre clientèle qui commence à nous casser les couilles qu'elle va devoir se magner de descendre. Le personnel voudrait rentrer à son tour et ne plus voir vos tronches ! Alors dehors !

Trois minutes plus tard :

– CASSEZ-VOUS, BANDE DE BRANLEURS !!! VOUS N'AVEZ DONC PAS DE FAMILLE !?!

Peut-être est-ce là une vue de mon esprit, mais l'insistance avec laquelle ils passent et repassent la même bande-annonce relève du harcèlement. La langue d'Ophélie finit par se décoller de la mienne. Je réalise que je suis rivé à elle comme un vieux boulon qui tiendrait à lui tout seul la tour Eiffel depuis sa construction. Je la serre par tous les pores de ma peau, presque fusionné à elle. Mon sexe est ce petit boulon tout rouillé qui tient tout notre assemblage.

Les yeux bleus d'Ophélie me scrutent. Ils sont somptueux. Pas beaux, non, somptueux. Parce que dans somptueux il y a l'enchaînement du *p* et du *t* qui rend le mot presque un peu difficile à prononcer, et même à écrire, en tout cas qui demande un minimum d'effort, d'investissement personnel pour ne pas le foirer, et donc qui exige de s'impliquer un peu. Ses yeux sont comme ça, ils réclament de l'implication, un minimum d'investissement personnel pour être compris, il faut les savourer. Comme un *p* qui précède un *t* dans un adjectif mélioratif. Ils sont comme ça les yeux d'Ophélie. Mélioratifs.

– Il va falloir se lever, dit-elle doucement, lèvres contre lèvres.

– Je crois qu'on est déjà enfermés à vrai dire…

– Oui, mais il y a la ronde des gardiens qui ne va plus tarder.

Je m'apprête à lui dire que nous sommes donc sauvés quand je comprends qu'elle veut justement les éviter.

Elle me fait signe de me hisser et nous restons l'un contre l'autre en équilibre sur la lunette des toilettes, cachés dans notre petit box, le temps qu'une porte claque et qu'un raclement de semelles traverse la pièce jusqu'au dernier lavabo.

– C'est bon, dit un homme à la voix abîmée par le tabac. C'est vide.

Crépitement d'une radio. Une autre voix crachouille dans un haut-parleur de mauvaise qualité :

– Dernier client parvenu au rez-de-chaussée, tu peux couper les escalators de descente.

Plusieurs minutes passent, nous sommes redescendus sur le carrelage. Ophélie observe sa montre blanche.

– Il leur faut trente minutes pour tout fermer. Ensuite il y a les équipes de nettoyage pendant une heure et nous serons enfin tranquilles.

– Nous dînons dans les toilettes des Galeries Lafayette ? Pour le coup, mon petit resto aurait été…

– Non, grand nigaud. Pas dans les toilettes. Tu vas voir.

– Mais… là-dehors, avec les rondes des gardiens et les caméras, on va se faire choper tout de suite.

– Je connais les horaires des rondes et les caméras de ce niveau sont toutes en panne en ce moment. Avec les fêtes ils n'arrivent pas à les faire réparer.

– Tu es bien renseignée.

– Je couche avec le responsable de la sécurité.

Je me transforme en Casper le Fantôme. Plus que blême : transparent.

– Tu marches à tous les coups, toi ! Mon frère bosse ici. Il est veilleur de nuit.

– C'est un dîner de famille donc ?

– Non, romantique. Il ne travaille pas ce soir. Il n'y aura rien que nous deux.

– J'adore.

– Et tous les mannequins figés qui nous materont, bien sûr.

– J'aime moins.

– C'est la quatrième étape pour entrer dans la quatrième dimension : perdre ses repères, accepter l'étrange.

– Et la troisième étape ? On l'a déjà passée ? C'était quoi ?

– Elle est en cours. Un shot d'adrénaline. Allez, viens.

Nous sortons des toilettes avec précaution. A nouveau elle m'entraîne par la main. Une légion de guerriers en uniforme bleu s'affaire dans les allées, armés d'aspirateurs, de shampouineuses, de lave-vitres, et de ramasse-poussière, ils livrent une bataille identique chaque soir, dans le vacarme de leurs machines, et contre le temps, chacun ayant tout un territoire à conquérir avant que la grande aiguille n'ait elle-même conquis sa portion de l'horloge. Nous nous faufilons, pliés en deux, derrière un portique qui ploie sous les manteaux en cachemire et Ophélie se retourne vers moi avec un sourire malicieux.

– Le travail rétrécit le champ de la pensée, me chuchote-t-elle. Regarde.

Elle me pousse entre quatre mannequins et prend une position statique. Je l'imite sans poser de question.

Un soldat bleu approche au gré de ses coups d'aspirateur sur la moquette de l'allée. Il est juste en face de nous. En trois assauts rapides de son appendice il est à nos pieds et la bouche de plastique noire se glisse entre les mannequins et nous, elle tape dans mes baskets, le crâne du guerrier effleure mon ventre. Je m'efforce de respirer un minimum d'air pour ne pas être démasqué. S'il lève la tête je suis pris.

Mais le guerrier de la propreté est déjà dos tourné, en train d'étendre son domaine à la baronnie des accessoires d'hiver. Je remplis mes poumons d'oxygène et tance Ophélie du regard. Elle aurait pu me prévenir. Son air coquin me donne envie de la tancer autrement. Plutôt par des fessées. Elle le sait. Elle joue avec. Le pouvoir des femmes est tout simplement injuste. C'est probablement ce qui pousse certains d'entre nous à la misogynie.

L'armada ne tarde pas à gagner l'étage inférieur. Puis elle se fait silencieuse. Soudain toutes les lumières se coupent par secteur, comme si les ténèbres approchaient de nous en courant. Nous sommes dans le noir. Au loin il y a un minuscule rectangle lumineux qui indique la sortie de secours et rien d'autre. Elle me paraît très éloignée et vraiment toute petite. D'un instant à l'autre, elle va tournoyer pour m'indiquer que je suis entré dans la quatrième dimension, avec la voix de Rod Serling à la place de celle de l'hôtesse dans les haut-parleurs.

Ophélie attrape le sac sur mes épaules et en sort des tubes de plastique de la taille de gros feutres. Elle les craque et les Cyalume diffusent d'un coup une clarté colorée, jaune, bleue, rouge et verte, qu'elle va accrocher au bout des doigts des mannequins qui nous entourent. Ainsi baignés par cet arc-en-ciel féerique nous nous installons sur la nappe qu'Ophélie a fait apparaître sur le sol. Elle me tend deux coussins gonflables tout raplaplas auxquels je donne vie pour le confort de nos séants. Les victuailles jaillissent du sac : Tupperware taboulé, sachet de plastique pilons de poulet, boîte en carton salade de fruits. Bouteille de Crozes-Hermitage 2003, pour changer des bordeaux – pourquoi pas ? Bref, une fois encore, tout est parfaitement maîtrisé.

Ophélie remplit mon assiette en carton et me dit :

– Je voulais prolonger un peu la thématique de notre première soirée.

– Dîner sous des regards morts ? dis-je en observant tous les mannequins qui nous cernent dans la pénombre.

– S'extraire du monde des vivants auquel nous appartenons le temps d'un partage unique, pour mieux se confier, pour mieux s'apprendre.

– C'est ça la quatrième dimension ?

– Je crois bien. Nous sommes toujours dans notre monde, et pourtant nous sommes à part, perdus dans un instant unique, singulier, loin de tout, y compris de nos habitudes.

– Dis-moi, tous nos rendez-vous devront être aussi… originaux ? Parce que je me dis qu'avec mes petits restaurants traditionnels, je ne vais jamais être à la hauteur.

– Je ne cherche pas à te surprendre, je te montre qui je suis.

– Comment rivaliser avec autant d'imagination ?

– Qui te parle de rivalité ? Moi j'aimerais de la complémentarité plutôt. N'est-ce pas l'essentiel dans un couple ?

– Que je t'équilibre avec ma monotonie ?

– Avec ce que tu es. Tant que c'est sincère.

– Tu es une originale tout de même.

– Là-dessus, je ne t'ai jamais rien caché. Tu te rappelles le premier soir, à mon anniversaire ? Je t'ai dit que je peignais des tableaux avec des mouches mortes.

– Et alors, c'est vrai ?

– Oui. Je suis comme ça. Et toi ? Quel genre d'homme es-tu ? Dis-moi ce qui est le plus original en toi, ton plus grand défaut, et raconte-moi ton cauchemar récurrent.

– C'est un entretien d'embauche ?

– Nous nous sommes fait jouir mutuellement dans un cimetière, je pense que tu peux répondre à ces trois questions.

J'avale une bouchée de taboulé pour réfléchir et je sors :

– Je suis un nouveau-né d'à peine trois semaines. Je suis un lunaire cynique. Je ne me souviens jamais de mes rêves, sauf, occasionnellement, d'un cauchemar, toujours le même, où un lapin géant me pourchasse dans tout Paris, sans plus aucun habitant à part moi, pour me sodomiser. Par chance je me suis toujours réveillé avant qu'il ne me rattrape.

– Ton cauchemar est drôle, dit-elle sans rire. Tu en as déjà parlé à ton psy ?

– Il pense que je refuse d'intégrer la grande candeur que j'ai encore en moi, que le lapin est le symbole d'une personnalité encore très enfantine que mon cynisme prend comme une menace. Il dit que je ne serai pas pleinement moi tant que j'aurai peur d'assumer tout ce que je suis, même si regarder le monde avec davantage de simplicité et moins de cynisme fait parfois plus souffrir que de se planquer derrière des montagnes d'indifférence.

– Et toi, tu en penses quoi ?

– Que c'est des conneries. Mon psy n'a jamais vu la gueule terrifiante de mon lapin géant. C'est un putain de lapin flippant qui court sur ses pattes arrière comme un humain, et qui veut m'enculer. C'est tout et c'est bien assez.

Elle sourit. Nous dînons lentement tandis que je guette dans la pénombre, des fois qu'un lapin sodomite se serait embusqué parmi les mannequins.

– Et toi, tu as un cauchemar récurrent ? je finis par demander.

– Oui, dit-elle comme si c'était une évidence et que cela la rassurait. Plusieurs même. Dans mon préféré je suis en train d'être emmaillotée de bandelettes, comme une momie.

– Vivante ?

– Avant d'être enfermée dans un sarcophage.

– Mais vivante ?

– Oui, vivante jusqu'au bout.

– C'est glauque.

– Non. Mais je suis triste. Très triste parce que avant de me momifier, les prêtres ont pensé à tout bien faire, à me remplir avec tout ce qu'il fallait, à sortir mes organes, sauf à extraire mon cerveau par le nez. Ils me l'ont laissé et ça me rend triste de devoir mourir avec mon cerveau, surtout que je vais accéder à l'infini avec, du coup.

– Tu es triste à cause de ça ? C'est bizarre, non ?

– Non. Je fais confiance aux autres de mon vivant et au moment d'aborder l'éternité je réalise que je ne pouvais pas totalement compter sur eux. C'est navrant. Je tolère d'être moi pour une vie, mais pour l'éternité je ne veux ni de mon cœur ni de mon esprit.

– Tu ne veux pas être toi en somme.

– En somme, oui.

– C'est dommage. Tu es une fille superbe pour ce que j'en sais.

– Peut-être, je ne dis pas le contraire. En fait j'espère bien être une fille superbe. Mais pour une vie, ça suffit, pas plus. L'éternité ne m'intéresse pas.

– Pourquoi pas ?

– Trop long.

– Peut-être pas tant que ça, on ne sait pas.

– C'est l'éternité, Pierre.

– Ça peut être reposant.

– L'éternité avec soi-même ? Non, je ne crois pas. Ça doit rendre dingue ! A ne plus pouvoir se supporter ! Et que faire alors ? Tu ne peux tout de même pas te suicider pendant l'éternité !

– Qu'en sais-tu ?

– Mais enfin, Pierre ! C'est l'éternité ! Ça ne rimerait à rien si ça pouvait s'arrêter ! Il y aurait un problème de conception ou de définition ! Non, tu ne peux pas. L'éternité, c'est la privation du plus fondamental des droits de l'individu.

– Le droit au suicide ?

– Exactement.

– Tu trouves que c'est le plus fondamental ?

– Bien sûr. Pas toi ?

– Euh… non. C'est l'orgasme le plus fondamental. Parce qu'il ouvre la voie à la vie. A la suite de soi. A l'éternité concrète, matérielle, et plus seulement spirituelle.

– Mais la vie se propage sans toi, de toute manière. Alors qu'avec ton suicide, tu choisis de tout stopper.

– Mouais. Dis-moi, tu y penses des fois, toi, au suicide ?

– Pour moi-même ?

– Euh… eh bien, oui, sinon c'est un meurtre, non ?

– Non. Si tu penses au suicide des autres. Pour moi, je n'y pense pas trop, ça ne m'intéresse pas. Mais le suicide des autres est passionnant. En fait je dois t'avouer quelque chose.

– Quoi donc ?

Je m'attends au pire.

– Je les collectionne.

– Quoi donc ?

– Les suicides.

– …

– Oui, je collectionne les suicides. Depuis toute petite.

Grand moment de blanc. De vide. De mort. Enfin, j'ignore exactement de quoi, mais grand moment de quelque chose qui n'est pas. Le néant intérieur. Je ne sais plus quoi penser. Si toutefois je pense encore.

Avec tous ces mannequins statiques qui nous observent depuis la pénombre et nos lumières bariolées, presque psychédéliques, qui nous isolent des ténèbres, je regarde soudain Ophélie d'un tout autre œil. Pourtant il se dégage d'elle, outre sa beauté resplendissante, une telle douceur que j'ai du mal à éprouver la moindre crainte. Elle aspire ses lèvres sensuelles et me fixe.

– Je te fais peur ?

– Peur, non. Mais tu me déconcertes. Tu attends de moi que je me suicide un jour par amour pour toi ?

– Surtout pas. Ce serait peu respectueux de ta part de me faire une chose pareille.

– Merci de le remarquer ! Mais c'est quoi une collection de suicides ?

– Eh bien, tu ne collectionnais pas les timbres quand tu étais petit ? Ou les voitures Majorette ou un truc dans ce genre ?

– Euh… là tu commences à me faire peur. Ça ressemble à quoi une collection de suicides ?

– Depuis que je suis enfant, j'amasse les suicides autour de moi. D'abord ma mère, quand j'avais quatre ans. Puis mon parrain. Ma meilleure amie quand on était au lycée, mon petit ami l'année de mes vingt ans et enfin mon grand-père il y a cinq ans. Bien sûr, il s'agit là seulement de ma collection privée. Ensuite, quand j'ai compris que je faisais collection – face à un tel déluge de morts, il fallait bien se rendre à l'évidence –, j'ai entamé le travail de recherche adéquat pour en amasser d'autres.

Ma tronche à cet instant : un mélange de circonspection, d'incrédulité, ponctué de cet air très particulier du

« Putain qu'est-ce que je fous là ? Ai-je *vraiment* voulu ça ? ». Mais Ophélie est si belle. Si sexuelle. Si folle.

– Comment on *amasse* des suicides ? je demande.

Et cette question me fait m'interroger : suis-je complètement débile ou est-ce que cette situation est simplement hallucinante ?

– En choisissant bien les gens qu'on fréquente. Je les sélectionne attentivement. Note que je ne le fais pas pour moi dans une sorte d'élan morbide ou pour me rassurer sur un quelconque pouvoir de vie et de mort, pas du tout. Je rencontre des hommes et des femmes au bout du rouleau, qui n'en peuvent plus, je deviens leur confidente, leur dernière lueur. Je ne les juge pas, je ne cherche ni à les faire partir ni à les retenir, je suis là pour eux, c'est tout. Et quand ils décident d'en finir, pour ceux qui en arrivent là, je suis celle qui recueille leurs dernières pensées.

– Et tu… tu les *aides* ?

– Non ! Certainement pas, ça gâcherait tout ! J'ai une éthique très stricte à ce sujet. Je veux bien assister à leur départ, mais je ne dois en aucun cas intervenir, sinon pour prévenir les proches ou les pompes funèbres, rien d'autre. J'accepte d'être à leurs côtés quand je sens que ma présence leur est d'un réel réconfort pour rendre cet instant moins terrible.

– Mais… et si tu refusais, peut-être que du coup ils ne passeraient pas à l'acte ! Tu ne t'es jamais dit que ta présence pouvait les encourager à se tuer, ce qu'ils n'auraient peut-être jamais fait sans toi ?

– C'est pourquoi je les sélectionne attentivement. Et je ne suis que les vrais désespérés, les cas perdus.

Je ne suis finalement pas complètement débile. La situation *est* hallucinante.

– Et comment les trouves-tu ?

– Désormais je suis connue de pas mal d'associations qui aident les gens qui vont très mal.

– Des associations ? dis-je, effaré.

– Oui. Et respectables.

– Mais c'est…

– Fou ? Oui.

– Donc on appelle pour dire qu'on va mal et on nous envoie vers une collectionneuse de suicides ?

Ophélie fait la moue, elle n'apprécie que moyennement ma formulation. Dans un élan de tolérance, elle ne prend pas la mouche et s'efforce de préciser, pour que je comprenne bien :

– Je ne suis pas là pour les euthanasier, ne dramatise pas non plus ! Mais que crois-tu ? Que les bénévoles de ces associations sont capables de miracles ? Qu'ils sauvent des vies tous les soirs ? Non. Ils font ce qu'ils peuvent, ils écoutent. Et parfois ils repèrent quelqu'un qui ne va vraiment pas bien, qui appelle plusieurs fois, ou qui est sur le point de commettre l'irréparable, et lorsqu'ils estiment qu'ils ne peuvent plus rien faire, ils donnent mon numéro de téléphone. Je suis le dernier maillon d'une chaîne d'écoute du désespoir. Si tu veux savoir quel est le son de sa voix, au désespoir, tu peux me le demander.

– Et… et tu en sauves parfois ?

– Parfois. Mais n'oublie pas que les gens qui arrivent à moi sont les cas les plus désespérés. La proportion de survie n'est pas très grande. Enfin je n'en suis pas sûre, la plupart ne m'appellent qu'une fois ou deux et je n'entends plus jamais parler d'eux ensuite. Rien qu'à les entendre je devine qu'ils sont quasi condamnés.

– C'est dingue.

– Je suis le fruit d'une société hypocrite qui ne fait pas l'effort d'écouter ses désespérés. Nous interdisons la mort à ceux dont c'est pourtant le droit fondamental. Nous ne choisissons pas de vivre mais nous pouvons au moins choisir de mourir. Je suis utile, tu sais.

– Au système ?

– Non, le système se fout de moi, lui il tourne avec la masse. L'individu, il s'en contrebalance, il ne le prend en considération que s'il se dresse sur son chemin, et encore, c'est pour le broyer. Je suis utile à l'être. A l'humanité de l'humanité. Du moins à ceux qui en disposent encore, et qui ne parviennent plus à vivre avec.

Reste la question qui me brûle les lèvres :

– Et tu… tu en as collectionné combien des suicides comme ça ?

– J'en suis à soixante-dix-huit. Peut-être soixante-dix-neuf demain ou après-demain.

Ses yeux brillent un peu dans la clarté de notre pique-nique surréaliste. Un Cyalume rouge se reflète dans sa pupille droite, un bleu dans la gauche.

Ma bouche est ouverte, bêtement.

La voix irritante de mon psy recommence à se frayer un chemin dans les replis de mon cortex. Il m'a prévenu que ça finirait mal si je sortais avec cette fille. Même Julia m'a prévenu.

Le monde entier m'a prévenu.

Parce que je ne connais plus que deux personnes désormais.

Ophélie me tend la bouteille de vin pour me resservir. Je prends mon verre (elle a pensé à prendre de vrais verres en cristal pour savourer un bon vin et pas des gobelets en plastique, rien que ça c'est la preuve que cette fille est atypique, aucune fille normale ne ferait ça, soyons lucide) et je me laisse corrompre. L'âme est fragile.

La chair encore plus.

C'est qu'elle est belle dans cette pénombre, Ophélie. Ses pommettes saillantes, ses lèvres pleines. Et je ne parle pas de ses seins ronds que je devine sous son gilet en laine. Elle me fait peur avec ses histoires, et pourtant je ne rêve que de lui faire l'amour.

– Tout à l'heure, tu as dit que tu étais un nouveau-né d'à peine trois semaines, qu'est-ce que ça veut dire ?

Je saisis l'occasion de changer de sujet sans me faire prier :

– Je suis quelqu'un de neuf. Tu collectionnes peut-être les suicides mais as-tu déjà eu un suicidé qui revient sous une nouvelle forme ?

– Tu t'es foutu en l'air ? demande-t-elle avec un intérêt qui me glace le sang. Et tu t'es raté ?

– Non, je me suis réussi. J'ai tout foutu en l'air. Et je repars de zéro maintenant.

Ophélie, qui était assise les jambes repliées sous elle, bascule et d'un mouvement gracieux se retrouve avec les genoux remontés contre la poitrine, les bras autour. J'ai toute son attention.

– Au cimetière, lorsque tu m'as confié avoir plaqué ton ancienne vie, c'était donc plus qu'une métaphore. Tu n'es plus rien de ce que tu étais auparavant ?

Ses yeux brillent encore plus.

– Non. Fini les amis, fini le boulot, fini les amours, fini la famille, plus rien.

– Alors tu n'as plus de passé à me raconter ?

– Non.

– Plus de souvenirs que tu aurais préservés ?

– Aucun, je les ai tous jetés. Je peux en inventer si tu veux.

– C'est donc ça.

– Ça quoi ?

– Ton odeur.

– Mon odeur ?

– Oui, l'autre soir, quand on a fait l'amour, j'ai trouvé que tu sentais assez bizarrement. Ce n'était pas désagréable, ne te méprends pas.

– Bizarrement ?

– Oui, tu sens le neuf.

– Ah.

– Très philosophique en plus !

– Euh…

– Peut-on avoir l'expérience sans le souvenir ? J'adore !

Ophélie se fend d'un immense sourire.

– C'est génial, exulte-t-elle.

– Pourquoi ?

– Tu ne te rends pas compte ? Pour une fille, c'est génial d'avoir un homme neuf comme toi ! Tu sais déjà tout faire mais tu n'as aucune trace de ton passé. Libre qu'on appose sa marque sur toi. Totalement vierge.

– Et… c'est bien, ça ?

– C'est mieux que bien. C'est très excitant.

Elle se penche soudain en avant et pose une main au milieu de la nappe pour s'approcher de moi. Plusieurs mèches blondes tombent sur le côté de son visage. C'est là que je constate que je suis un putain de mec. Je ne vois et ne pense plus qu'à une chose. Ses seins.

Elle m'embrasse tendrement.

Le feu d'artifice de Disneyland Paris explose sous mes paupières. Mickey, Minnie, Donald, tout le monde il est beau, tout le monde il est gentil. Plus de soucis, plus de complexité. Rien que du bonheur, rien qu'une émotion enfantine, rien que le plaisir et l'émerveillement. Je bande.

A croire que le cerveau est constitué de strates indépendantes, car si l'essentiel semble basiquement occupé par la tâche actuelle, une petite partie, plus sournoise, continue de cogiter à ce qui vient d'être dit, si bien que la partie séditieuse profite de la béatitude générale pour prendre la parole. Les mots sortent de ma bouche sans que je m'y attende, je les découvre en les entendant :

– Tu m'emmèneras à ton prochain suicide ?

Ophélie recule un peu pour mieux me regarder. Elle sourit et répond tout bas :

– Si tu me laisses te débarrasser de ton odeur de neuf, peut-être.

Le baiser reprend. Son téléphone portable se met à vibrer. L'opportun insiste, il rappelle trois fois. Ophélie l'ignore. Elle m'offre un bonheur chaud et humide. Puis nouvelle vibration, un texto. D'un œil distrait je vois le cadran lumineux de son téléphone sur la nappe afficher le début du message.

Caro, décroche, c'est important.

On dirait que la collection de ma chérie va s'agrandir brusquement.

Et on dirait qu'elle ne donne pas son vrai nom à tout le monde.

C'est là que je me mets à douter. Et si elle n'existait pas ? Si tout ça n'était qu'une invention de mon esprit torturé ? Trop belle. Trop barrée. Trop originale.

Je lui murmure au creux de l'oreille :

– Tu es vraie ?

Elle dévoile ses dents et passe sa langue dessus. Regard mutin.

– Tu vas me dire si tu doutes vraiment de mon existence.

Sa main attrape ma ceinture.

Je suis sûr que les mannequins tout autour de nous

bandent aussi comme des taureaux et tant pis si ce sont des femmes.

Ophélie ferait jouir un eunuque. Alors au diable la logique. Au diable les doutes. Je m'abandonne à elle tout entier, peu importe les conséquences.

28.

Ces deux premiers rendez-vous avec Ophélie m'ont tout de suite fait comprendre qu'elle et moi c'était du sérieux.

Une collectionneuse de suicides qui peint des tableaux avec des cadavres de mouches et qui fait l'amour dans un cimetière la nuit ou au milieu des Galeries Lafayette, c'est la femme idéale.

Cette fille est bien trop fêlée pour que je la laisse m'échapper. Le genre de femme avec laquelle jamais je ne pourrais m'ennuyer. Elle me surprendra toujours, en bien ou en mal, mais je serai en permanence derrière elle, jamais un train d'avance sur sa pensée, sur ce qu'elle prépare. Une femme pour moi, homme qui se lasse trop vite.

Le lendemain de notre deuxième nuit, j'étais un peu sonné par la fatigue et l'émerveillement, car après notre pause crapuleuse sous le regard lubrique des mannequins, nous avons terminé notre dîner avant d'improviser une promenade pour essayer les fringues qui nous plaisaient le plus, puis de rhabiller avec un peu plus d'originalité ces corps sans vie qui nous observaient, le tout en évitant soigneusement les quelques rondes des gardiens. Nous nous sommes endormis l'un contre l'autre dans un lit à baldaquin dont nous avions tiré les rideaux, après avoir exploré la section maison du magasin, et nous avons profité du flux de badauds dès l'ouverture pour nous éclipser sans nous faire remarquer.

J'ai embrassé Ophélie devant une bouche de métro, sous l'odeur de croissant chaud qu'une boulangerie vaporisait dans la rue. Là, elle m'a dit que c'était à moi de l'appeler la prochaine fois, mais seulement si je parvenais à remplir une condition particulière. Elle m'a donné une clé, une petite clé argentée, toute bête, et elle m'a dit que nous ne pouvions nous revoir que lorsque j'aurais trouvé ce qu'elle ouvrait. Une sorte de défi héroïque comme pour les chevaliers du Moyen Age. Elle avait bien pensé à m'envoyer terrasser un dragon, mais en dégoter un, m'avoua-t-elle, devenait difficile par les temps actuels. La joute guerrière aussi l'avait effleurée, mais le gagnant remportant le droit de l'embrasser lui posait un problème : elle n'avait pas très envie qu'un autre que moi le fasse au cas où je me révélerais un escrimeur du dimanche, ce qui m'arrangeait pas mal.

Elle m'a offert à nouveau ses lèvres, m'a dit d'être bon, et malin, parce que je lui manquais déjà, et le temps que je reprenne mes esprits elle avait disparu dans la foule du matin. Moi je serrais cette petite clé dans ma paume, comme un con.

Je suis rentré en milieu de matinée à la maison et me suis effondré sur le sofa. J'ai mis mon réveil pour ne pas me lever tard, et j'ai émergé à quatorze heures du matin avec deux idées en tête.

Trouver ce que cette fichue clé pouvait ouvrir et trouver un boulot. Parce qu'il m'est apparu évident que pour entretenir une relation sérieuse avec Ophélie, il me fallait non seulement gagner ma vie, mais aussi exister socialement, pour avoir quelque chose à lui raconter.

Je me suis donc lancé mon propre défi : avoir un métier la prochaine fois que nous nous reverrions. J'avais pour cela à peine le temps d'essayer toutes les serrures, les coffres de banque et les consignes de la capitale. Une bagatelle. Aussi ai-je commencé par le moins démoralisant : éplucher les petites annonces.

J'ai hésité entre les deux premières : le zoo de Vincennes ou un club de strip-tease de Pigalle qui cherchait un rabatteur de rue. Le prestige des animaux a eu ma préférence et voilà comment je me suis mis à ramasser plusieurs tonnes de merde chaque semaine.

L'entretien d'embauche a été assez sommaire.

– De l'expérience ?

– Euh… en matière de merde ? Oui, assez…

– Non, en matière d'animaux.

– J'ai eu deux chats et un chien.

– C'est tout ?

– Je n'aime pas trop les pigeons parisiens, je l'avoue…

– Et en matière de nettoyage ?

– J'ai fait du marketing pendant plusieurs années. Je suis un bon lèche-cul.

– Dynamique ?

– Amoureux, donc oui, très.
– Libre pour commencer quand ?
– Hier.
– Signez là. Vous êtes à l'essai, demain matin, sept heures.

J'ai signé. Sur le rebord de la fenêtre, un pigeon nous regardait avec un air complètement crétin. Un pigeon quoi. Mais lorsque j'ai reposé le stylo sur mon contrat, il a déféqué une petite bille brune sur le rebord de pierre et m'a fixé de ses billes vides. J'ai aussitôt compris que c'était moi que les animaux allaient faire chier.

C'est fou ce que l'on peut voir quand on est attentif. Tout est là, sous nos yeux, suffit d'être perspicace.

Cette nuit-là, j'ai assez mal dormi, malgré la fatigue. Je m'angoissais de ne pas être à la hauteur. Quand on y pense, non mais quel genre d'homme s'angoisse à l'idée de ne pas savoir bien ramasser la merde des animaux d'un zoo ? Une pelle, une brouette et c'est réglé !

A vrai dire, ça s'est révélé être un peu plus compliqué que ça.

D'abord, il y a les horaires. Dans un zoo, chacun chie à son rythme. Selon son horloge biologique. Et pour éviter qu'ils ne marchent dedans, s'en couvrent, ou tout simplement que le touriste ne prenne en photo des bêtes dans des enclos sales, je dois veiller à nettoyer régulièrement.

Ensuite il y a la consistance. Six kilos d'étrons moulés se ramassent plus vite que six litres qui s'étalent. Au début, je pensais qu'il me suffisait d'un tour de grand propre le matin à l'arrivée, puis d'une ronde régulière dans la journée pour maintenir tout ce beau monde dans une certaine propreté. L'ignorant est bien naïf. C'est qu'ils ont le cul capricieux, ces bestiaux ! Le manchot par exemple défèque tout le temps, des petites bouses verdâtres qu'il répand un peu partout et c'est assez difficile à nettoyer. Les autruches sont un peu dans le même genre, ça sort quand ça sort et on s'en met partout, bonjour l'élégance ! Les rhinocéros nains sont plus agréables : ils sont du matin généralement, pratique. Les girafes se donnent sans compter, un peu toute la journée, et ces andouilles marchent dedans comme si ça portait bonheur, elles en foutent partout, un vrai délice à faire disparaître. Les loutres donnent dans le liquide, l'intestin fragile. Reste les pandas. Mes pires ennemis. Une quantité industrielle de merde sort de ces adorables boules de fourrure. Je ne sais pas comment ils font. Ça sort toute la journée, en permanence. A croire qu'ils sont branchés sur un tuyau. Faut dire qu'ils bouffent, ces deux-là ! La première semaine, j'ai très rapidement compris que les pandas et moi ça allait être compliqué. Le pire c'est qu'il faut les choyer. Tout le monde vient au zoo pour voir les pandas, et comme ils sont à peu près aussi cons qu'ils sont mignons, si vous ne lavez pas leur enclos toutes les deux heures, garanti qu'ils se rouleront dans leurs excréments tôt ou tard. Sur les photos, le panda couvert de sa propre merde, ça fait moche. Un coup à ce que l'humanité entière laisse finalement cette espèce en voie de disparition s'éteindre toute seule, comme pour débarrasser le monde d'une telle bêtise. Je l'ai compris le premier jour lorsque j'ai vu une maman et ses deux enfants s'arrêter devant la cage des pandas et faire une photo de l'ourson bicolore, le regard éteint, de la merde séchée jusque sur le museau au point de n'être plus tout à fait noir et blanc. J'ai vu la photo sur le petit écran numérique : le panda avait l'air à peu près aussi intelligent qu'une étoile de mer morte et il était sale comme un cochon qui sort de son bain de boue. Moi-même, qui aime plutôt bien les animaux, en découvrant le cliché, je me suis senti terriblement embarrassé pour le panda, j'ai eu envie qu'il meure, pour soulager sa misérable existence. La mère de famille m'a regardé comme pour me demander si c'était normal le panda dégueu, là, et j'ai haussé les épaules pour lui signifier que ce n'était pas mon problème.

Mais en réalité, c'est mon problème. Chaque jour, même. Je dois veiller à la dignité d'un animal qui, naturellement, n'en a aucune, mais que l'homme, depuis qu'il entasse d'autres bêtes que lui-même dans des cages pour les admirer, s'entête à présenter comme une créature à câliner. Et je suis payé pour préserver certaines de ces bestioles de leurs propres déjections même quand il s'avère que leur plus grande passion est justement de se rouler dedans.

Par chance, je ne suis pas seul pour accomplir ma tâche. Pour préserver le monde d'une odieuse réalité, je suis entouré par une obsédée zoophile et un psychopathe sanguinaire. Tess et Hugo.

Hugo est très rapidement devenu un vrai confident.

Une oreille à qui tout dire, jusque dans les moindres détails de mon intimité, sans crainte d'être jugé, même concernant ce qu'il y a de pire en moi. Parce que Hugo n'écoute jamais vraiment, et que le peu qu'il entend, il s'en contrefout totalement. Hugo s'est presque immédiatement imposé comme mon meilleur ami. Hugo n'a pas vraiment de cœur, pas de sentiments, pas d'émotions. C'est un bloc minéral à l'apparence humaine, traversé de pulsions, muni d'un petit disque dur d'une contenance inférieure aux toutes premières clés USB en guise de mémoire. Hugo est l'irresponsable de la sécurité dans le zoo. Avec lui la vie de vos enfants dans le zoo est en péril à chaque instant. Ce n'est pas ce qu'il fait, mais plutôt ce qu'il est au quotidien, une sorte de machine cynique et désabusée qui déteste tout et tout le monde et qui est habitée par des désirs de mort. Pas la sienne, celle des autres, même si vouloir que le monde tout entier crève revient au final à la même chose.

Tess, elle, est vétérinaire. Ou quelque chose dans ce genre. En gros elle passe ses journées à mettre un truc dans le cul des bêtes et à trouver ça formidable. Elle compile ces données anales dans des carnets marron et s'extasie que la température des rhinocéros nains soit aussi constante. Les animaux, sous toutes leurs formes, c'est son truc. Elle leur fouille aussi les oreilles, explore le fond de leur gueule, scrute le dessous de leurs pattes, étudie le sous-poil des uns, sonde les grosses stries de peau des autres, soulève des queues, déplie des ailes, vérifie les appareils génitaux de tout ce joyeux monde, se fait griffer, mordre, insulter dans toutes les langues animales de la planète, nettoie à peine l'urine qui macule tôt ou tard (plutôt tôt d'ailleurs) ses vêtements chaque jour, se fait vomir dessus, défait les doigts serrés sur ses cheveux des babouins qui adorent mimer le geste d'un coït sur son crâne lorsqu'ils parviennent à lui grimper sur les épaules, comme s'ils cherchaient à la sodomiser par les tympans. Bref, Tess a une existence tout à fait formidable. Ne me dites pas qu'il faut aimer les bêtes pour devenir vétérinaire. Il faut surtout une absence totale d'amour-propre, un odorat anesthésié, beaucoup de patience et une passion certaine pour l'étude de tout ce qu'il y a de plus repoussant dans une créature vivante.

C'est Tess qui m'a expliqué tout ce que je sais aujourd'hui des excréments d'animaux. Si je suis une véritable encyclopédie zoologico-scatologique, c'est à elle que je le dois. Gloire éternelle à son âme.

J'ai commencé à cerner Tess après plusieurs jours, lorsque nous étions, en fin de journée, dans la coursive qui dessert la cage des babouins. J'allais la nettoyer (la cage, pas Tess) pendant qu'elle devait vérifier la blessure d'un des singes, et nous étions au milieu d'une courte pause pour partager un Twix en contemplant les primates qui nous observaient en mâchouillant des tiges de je ne sais quoi, l'air moqueur.

Nous mangions en silence quand Tess a dit soudain :

– Jamais tu ne t'interroges sur la nature de l'orgasme chez l'animal ?

– Franchement ?

– Franchement.
– Jamais.
– Moi j'y pense tout le temps.
– Tout le temps ?
– Oui. Je me demande comment ils jouissent. Jouissent-ils seulement ?
– On peut en douter.
– Pourquoi tu dis ça ?
– Bah… On n'a jamais vu une marmotte couiner quand elle se fait prendre, ni même adopter des positions un peu… un peu cul, quoi !
– Détrompe-toi. La marmotte est une sacrée baiseuse. De toute façon il ne faut pas les juger selon nos critères. Les animaux doivent probablement jouir. Ils peuvent éprouver du plaisir sans gueuler, une chèvre peut aimer ça sans avoir à écarter les pattes et crier : « Vas-y, fais-moi bêler, mon gros bouc ! »

Là, nous avons ri. Beaucoup. Après une journée plié en deux à transporter des brouettes de déjections animales, j'étais heureux de pouvoir me lâcher.

– Peut-être, ai-je concédé après avoir séché les larmes de mes yeux.
– Sérieux, à quoi ça peut ressembler le plaisir d'une louve ? Ou d'un kangourou ?
– Tu t'intéresses vraiment à cette question ?
– Oui. Par exemple, je sais que la lionne ne doit pas s'éclater parce que le sexe du lion est plein de petits picots au bout. Ou que le gorille en a une toute petite, pas pratique. Ou encore que le panda n'est absolument pas porté

sur la chose, ce qui en fait une espèce particulièrement menacée.

– Pas de bol quand même. Et si la réincarnation existe ? Tu passes d'humain à panda et tu réalises que tu vas presque plus baiser de ta nouvelle vie ? La plaie. Mauvais karma. Je le savais ! Les pandas sont la réincarnation d'ordures, de salauds. Ils méritent pas qu'on les traite si bien.

– J'aimerais être une éléphante un jour pour savoir ce qu'on ressent quand on se fait démonter par un sexe de deux mètres. Ou un lémurien, pour découvrir le véritable sens de *quicky*. Et tu savais qu'une baleine bleue éjacule plusieurs dizaines de litres à chaque coup ? Tu imagines si l'orgasme est corrélé à la quantité ? Je voudrais jouir comme une baleine…

– Tess, je sais qu'on ne se connaît pas encore bien, mais je peux te poser une question super personnelle ?

– Essaye.

– T'as déjà pensé à… à tenter de… enfin, à te mettre là-dedans et…

– Si j'ai déjà essayé de baiser avec un animal ?

– Oui.

Elle a haussé les épaules.

– Ça m'a traversé l'esprit.

– Ah.

– Mais je ne suis pas encore prête.

– …

– Je veux trouver le bon, tu comprends. Pas un loup,

pas un lion, ni un singe, je ne crois pas. Faut que je me décide.

Le regard de la vétérinaire s'est porté sur son cheptel de babouins qui nous observaient toujours, certains tendaient le bras dans notre direction et lançaient des petits cris vers leurs camarades, comme s'ils savaient quelque chose d'important à notre sujet que nous-mêmes ignorions.

Tess m'a tendu un petit bout de Twix.

– Tu veux le terminer ?

Je l'ai imaginée une nuit dans le box des poneys et ça m'a coupé l'appétit.

– Non merci. Je crois que je vais aller ramasser de la merde.

– T'as raison, ce sera toujours mieux que de la manger.

Je me suis dit que tout ça valait bien la peine de s'accrocher. Pour le salaire un peu, et surtout pour avoir plein de choses à raconter à Ophélie.

Alors je me suis accroché.

Et je n'ai jamais été déçu.

Faut dire que la malédiction dont je vous parlais au tout début de cette histoire, elle n'a pas tardé à frapper au boulot.

Et pas qu'un peu.

27.

Personnes. Ma vie est pleine de personnes. Des gens nouveaux, qui me découvrent, de la même manière je les appréhende pour la première fois. Cette sensation de se montrer neuf auprès de tous est jouissive. Je n'ai pas plusieurs rôles à jouer, plusieurs masques sociaux à revêtir en fonction de mes interlocuteurs, plusieurs degrés de connaissance, d'intimité à gérer puisque pour tous, c'est une première.

Avoir coupé totalement les ponts avec mon ancienne existence est ce que je pouvais faire de mieux. On dit qu'on n'a qu'une seule vie, c'est pour ça qu'il faut en profiter, qu'on ne peut pas choisir sa famille, et qu'on ne tire pas un trait sur ce qu'on est. La preuve que tout cela est faux.

Parfois le passé tente de vous rattraper, comme un élastique qui vous revient en pleine gueule quand il est trop tendu, c'est pourquoi je suis vigilant. On ne sait jamais. Je ne me promène plus dans mon ancien quartier, je n'approche plus mon ancien lieu de travail. J'ai une nouvelle boîte mail, je veille à ne laisser aucune trace administrative qui pourrait me trahir. Et pour l'heure, tout fonctionne à merveille. Ma mère ne me manque pas. Nous n'avons jamais été proches. Elle a toujours préféré mon frère. C'est comme ça, le genre de choses contre lesquelles il ne sert à rien de se battre. Si je réussissais dans un domaine, elle me félicitait sans joie et je sentais qu'au fond d'elle mon succès n'était rien à côté de celui que mon frère aurait remporté s'il avait tenté la même chose. Lui meilleur que moi. Lui plus parfait. Plus performant. Plus intelligent. Plus beau. Plus drôle. Plus aimant. Plus aimé.

En même temps, quand on est mort, c'est toujours plus facile de faire mieux.

Parce que mon frère est mort.

A vrai dire, il n'a même, techniquement, jamais vraiment vécu. Enfin, pas une vie comme vous et moi en tout cas.

Ce que je n'ai pas encore dit c'est que j'étais à côté de lui quand ça s'est produit. J'ai tout vu si on peut dire. Nous étions jumeaux.

Des gens cruels m'ont déjà dit que je l'avais assimilé. Certains mômes sont en avance dans leur apprentissage cognitif, d'autres sont doués en sport ou il y a des génies artistiques. Moi, je suis un cannibale précoce. Il paraît que ça arrive souvent avec les jumeaux au tout début de leur croissance. L'un se développe bien, l'autre pas, et il finit par mourir.

Quand j'étais gosse j'étais terrorisé à l'idée qu'il puisse encore être en moi, parfois la nuit je pensais qu'il allait surgir pour me hanter, que j'allais entendre sa voix dans la chambre, le chercher partout pour ne rien trouver parce qu'il était *en* moi. Que j'étais condamné à entendre sa petite voix revancharde toute mon existence, qu'il serait mon spectre. Mais non. Rien.

Vers l'âge de sept ans j'ai eu une petite frayeur. Je me suis construit un copain imaginaire. Ça me rassurait, je me sentais moins seul, et je ne m'ennuyais plus. Et puis un beau matin j'ai réalisé qu'il n'était peut-être pas ce que je croyais mais plutôt le fantôme de mon frère dévoré qui revenait. Pendant plusieurs semaines j'ai refusé de l'invoquer et il ne s'est plus manifesté. J'ai compris que j'avais le contrôle, que ce n'était donc pas un revenant, et que mon pote imaginaire n'était là que pour m'amuser, pas pour m'effrayer. Je l'ai convoqué à nouveau pendant un petit moment, jusqu'à ce que ça inquiète ma mère et qu'elle me conduise auprès de médecins qui m'ont demandé d'arrêter. Au début j'ai refusé, puis il a bien fallu se plier à l'autorité et au système. Bon, je l'avoue, au début je faisais semblant de ne plus jouer avec lui, nous nous voyions en cachette. Mais j'ai fini par me faire griller à force de parler tout seul dans mon coin.

Alors, après avoir mangé mon frère, j'ai annihilé mon meilleur ami.

Autant vous dire qu'ensuite je n'ai pas considéré le monde comme une terre d'accueil très paisible et bienveillante. Mais à l'adolescence j'ai fini par reconnaître que ça avait été une bonne chose. Difficile de draguer une fille avec son meilleur ami imaginaire assis à côté, qui reluque son décolleté pendant que vous lui parlez… La plupart des nanas n'ont pas cette ouverture d'esprit, sauf peut-être dans les maisons de santé.

A quinze ans je n'arrêtais pas de me demander si j'étais un garçon normal. Ce qui faisait de moi un garçon tout à fait normal. Mais cette histoire de frère mangé et de copain fantôme tué m'angoissait. C'est là, avec ma petite bande, que j'ai découvert que nous avons tous nos secrets, d'une certaine manière, et qu'ils sont le terreau de nos racines. Alors je me suis rassuré petit à petit en faisant ce qu'il faut faire à cet âge-là : emballer les filles.

De fil en aiguille, j'ai été poursuivi par mes études jusqu'à tomber sur Marie. On a vécu six ans ensemble, elle m'a apporté beaucoup de bonheur au début, puis énormément de monotonie par la suite. Ce que je trouvais singulier chez elle les premiers mois l'a rendue insupportable les années suivantes. Je me suis donc peu à peu réfugié dans le travail, avant d'en revenir déçu, frustré, aigri jusqu'à la dépression. Avec ça un ras-le-bol de mes amis factices, pleins d'orgueil, de ceux qu'on continue de voir par habitude plus que par réel amour ou passion, et le calice était englouti jusqu'à la lie. J'étais ivre de désillusions, empoisonné par l'amertume. J'ai vu bien des gens de ma génération s'embourber dans les mêmes vicissitudes de l'âge sans s'en sortir autrement qu'en faisant des gamins pour (re/dé)porter les problèmes. Moi j'ai opté pour une solution plus radicale.

Je me suis enfui de moi-même en quelque sorte.

Je me suis offert une toute nouvelle maturité, tout en lucidité.

N'importe quel psy amateur notera que je n'ai pas mentionné mon père dans tout ça. Je n'en ai pas. Pas au sens familial. Je n'ai qu'un géniteur. Un type qui a tiré un coup un soir, et qui s'est barré dès qu'il a su qu'il allait être père. Baiser, pour un homme, est un acte irresponsable, c'est pour ça qu'on oublie tout quand on jouit. Ensuite, certains hommes prennent leurs responsabilités s'il le faut, d'autres n'en ont pas les couilles. Eh oui, nos couilles, mesdames, ne sont pas toutes surmontées du même tempérament. Mon géniteur est de ceux qui se les vident sans jamais se les remplir d'autre chose que de vanité. Sa semence à lui, c'est de l'égoïsme. Et je crois pouvoir dire que j'ai de beaux restes à ce sujet.

En même temps, j'ai vu des photos de ma mère à cette époque et rien que pour ça, je ne peux lui en vouloir. Bon, c'est ma maman, alors je ne peux être vulgaire. Mais putain, des cohortes de vicelards ont dû vouloir la salir à cette époque ! Je prie pour qu'ils n'y soient pas tous parvenus, et ne jamais connaître la vérité.

Mon père s'est comporté comme la dernière des raclures, c'est vrai. Mais j'ai beaucoup de mansuétude à l'égard des hommes lorsqu'il s'agit de sexe. Je suis l'enfant d'une montée de désir incontrôlable. Adolescent, c'est ce que je me répétais souvent : « Mon père est une pulsion. Et voilà tout. »

Et puisqu'on parle de psy, le seul lien que je n'ai

pas réussi à couper avec mon passé, c'est celui de mon psy(chopathe).

Alors même que je commence à m'épanouir en nettoyant la merde des animaux et que j'occupe mes soirées à trouver la serrure d'une saloperie de clé qui me promet le nirvana, voilà que mon téléphone sonne à nouveau plusieurs fois par jour. Numéro inconnu. Pas de message.

Jusqu'au moment où, dans un moment de déconcentration je décroche.

– Pierre !

Je reconnais la voix aussitôt.

– Foutez-moi la paix.

– Tu dois m'écouter !

– Non, je dois raccrocher.

J'écarte déjà l'iPhone de mon oreille pour couper la communication lorsque j'entends au loin :

– Elle t'a donné une clé, n'est-ce pas ?

Mon geste se fige. Comment le sait-il ? Je demeure immobile de longues secondes, incapable de mettre fin à cet échange non plus que de le reprendre.

– Pierre, tu as la clé ?

– Comment… comment le savez-vous ?

– Je le sais, c'est tout.

– Vous m'espionnez encore ! Putain ! Mais vous êtes un grand malade !

La colère me redonne de la voix.

– Tu dois la jeter, cette clé.

– J'ai déjà déposé une main courante, vous entendez ?

Cette fois je vous préviens : je vais y retourner et porter plainte pour harcèlement !

– Pierre, c'est moi qui te préviens : si tu t'entêtes à me rejeter tu vas te détruire et tout emporter avec toi.

Sa voix est posée, beaucoup plus calme que d'habitude. Il semble très sûr de lui, renforcé dans ses certitudes à mon égard.

– Vous vous rendez compte ? je lui demande. De ce que vous faites ? De votre attitude ?

– Je sais des choses, Pierre. Sur toi, sur cette fille.

– C'est du harcèlement ! C'est ma vie privée !

– Je suis ton psy, tu l'oublies ?

– Vous l'étiez ! Vous n'avez aucun droit de me forcer à vous revoir ! Et encore moins de me suivre comme ça, de me traquer !

– Il s'agit de te sauver.

Je soupire, accablé par son entêtement. Il insiste :

– Jette la clé qu'elle t'a donnée. Elle n'ouvre pas la porte que tu recherches, crois-moi.

– Quoi maintenant ? Vous allez me dire qu'Ophélie est aussi une de vos patientes ?

– Je n'ai pas à te répondre là-dessus. En revanche je dois te mettre en garde : si tu persévères à chercher la serrure qui correspond à cette clé, tu vas te détruire.

– Vous êtes fou.

– C'est la clé de ta déchéance. C'est tout ce qu'elle ouvrira : l'accès à ta perte.

– Débile.

– Tu sais où me joindre, Pierre. J'attends que tu reviennes à moi. Pour ton salut.

– Taré.

– A bientôt. Et surtout, n'oublie pas : cette clé c'est ton enfer. Ne cherche pas à t'en servir.

– Abruti.

Il raccroche.

Je tremble un peu.

J'y pense pendant toute la pause déjeuner. Comment sait-il ? Il ne peut pas nous avoir suivis dans les Galeries Lafayette cette nuit-là. Etait-il planté par hasard juste en haut de la bouche de métro lorsqu'elle m'a tendu la clé ? Est-elle une de ses patientes ? Faudrait quand même ne pas avoir de bol… Je suis obsédé par la volonté de comprendre. J'ai envie d'appeler Ophélie, de tout lui raconter, mais je sais aussi que je ne dois la revoir que lorsque j'aurai trouvé ce qu'ouvre sa clé. J'ai promis.

L'après-midi, en retournant bosser, je sais déjà que la journée va être longue à cause de cet enfoiré de psy, cet inconscient professionnel. Pourtant, alors que je porte ma brouette vers la cage des pandas – toujours eux –, Hugo m'interpelle et me sort de mes préoccupations :

– Tu as vu Michaud ?

Michaud est le responsable du personnel au zoo.

– Non, pourquoi ?

– Il voulait te voir.

– Ah ?

– Tu crois que t'es viré ?

– Pourquoi tu dis ça ? Je suis en période d'essai.

– Justement.

– Tu me fais stresser.

– Il ne t'aime pas, le Michaud, ça se voit. De toute façon il n'aime personne. S'il le pouvait, il virerait tout le monde.

– En même temps, directeur du personnel, il pourrait tous nous virer s'il le voulait vraiment…

– Il en rêve. Mais comme il n'aime personne nulle part, ce serait pour recruter d'autres gens qu'il détesterait tout pareil. Alors il bouge pas. Mais toi, c'est pas la même chose. Tu viens d'arriver. Tu vas me manquer. Cela dit, inutile de repasser nous saluer par la suite. Je n'aime pas ça. Ça prend du temps sur le travail et on découvrira au final que, sortis de nos relations contraintes, on n'a plus rien à se dire. Alors adieu. C'était chouette de t'avoir rencontré.

Voilà, ça c'est Hugo.

C'est avec la boule au ventre que j'entre dans le minuscule bureau de François Michaud. L'homme est là, enfoncé dans son siège usé. Cinq mèches (et pas une de plus) savamment plaquées sur le dessus de son crâne comme autant de ponts servant à relier les deux langues de cheveux noirs qui recouvrent les berges autour de ses oreilles. Une moustache fine, faite de poils très raides, pire que du bambou, les joues sans cesse abîmées par le rasage de ces roseaux de malheur.

Il ajuste ses lunettes sur l'arête de son nez et m'invite à m'asseoir en face de lui.

– Pierre, je voulais vous voir car je suis bien embêté.

En découvrant un pigeon sur le rebord de sa fenêtre, je me dis que c'est un signe, je suis bel et bien viré.

– Allez droit au but, lui dis-je pour m'épargner une souffrance plus longue.

– C'est au sujet des pandas.

Encore eux.

– Ils ne défèquent plus.

Avec ce que je leur file d'Imodium cela ne m'étonne pas.

Je précise :

– Si vous m'autorisez une petite nuance, ils chient moins.

– Oui, mais pour un panda, c'est problématique. C'est un peu comme une vache qui ne produirait que quelques gouttes de lait par jour. C'est ce qu'ils font de mieux, déféquer.

Ça, je lui fais pas dire.

J'ignore encore si ma combine pour passer moins de temps à nettoyer leur cage a été découverte ou si je suis seulement interrogé comme n'importe quel autre suspect.

– Et puisque vous êtes celui qui est le plus concerné en la matière, nous voudrions vous confier une mission.

Mes oreilles sont grandes ouvertes.

– Comme l'agent Phelps ?

– Pardon ?

– Non, laissez tomber…

– Expliquez-moi !

– *Mission impossible*.

– Vous me prenez pour un idiot ? Expliquez-moi !

– Je viens de le faire.

Michaud hausse les sourcils, dépassé par la référence.

– Nous voudrions que vous nous fassiez des rapports précis sur la fréquence, la nature et la quantité d'excréments des pandas. Rapports quotidiens.

– Rien que ça !

– Oui.

– Dites, dame pipi pour animaux ça allait encore mais…

– C'est votre job.

– Ramasser, pas surveiller et rapporter. Je deviens un collabo de la défécation. Ça me dérange.

– Ecoutez, Pierre, si ça vous pose un problème, vous n'avez qu'à partir. Ce n'est pas comme si vous ramassiez la merde comme personne d'autre.

– J'ai une certaine grâce et une méthodologie, figurez-vous. Vous ne trouveriez pas aussi compétent.

– Pour ramasser de la merde ?

– Oui.

– J'ai comme un doute. Peu importe, je veux que vous nous fassiez ces rapports tous les soirs.

– Et j'ai droit à une augmentation pour ça ?

– Le droit de garder votre job en période d'essai, ça vous convient ?

– Je préférerais une augmentation, pour me motiver.

– Sinon je vous vire sur-le-champ.

– Tous les soirs les rapports, donc.

– Très bien. Vous apprenez vite, Pierre, ça me plaît. Vous allez faire une longue et belle carrière chez nous.

Je vois ça d'ici : un jour le fils que j'aurai avec Ophélie

sera à l'école et lorsqu'il faudra remplir la case « profession du père » je devine déjà son air désespéré. Une longue et belle carrière ? C'est pas tout à fait les termes que j'emploierais. Mais ça paye et, par les temps qui courent, c'est mieux que rien.

– Maintenant, monsieur Michaud, si vous n'y voyez pas d'inconvénient, je vais y aller, j'ai des pandas en pleine déroute intestinale qui m'attendent.

Je suis sur le seuil de son bureau lorsqu'il m'interpelle, l'index tendu :

– Pierre ! C'est sérieux cette affaire. Mettez-y du cœur !

A mon tour de hausser les sourcils. Il insiste :

– Pas d'arnaque, hein ? Je veux des vrais rapports ! Je vous aurai à l'œil.

Il m'insupporte.

– Bien sûr, monsieur Michaud.

Hilare, le pigeon roucoule sur la margelle de la fenêtre. Ce piaf est le sbire de Michaud, il ressemble à ces perroquets ridicules qu'ont les pirates dans les bandes dessinées, sauf que lui a droit à un pigeon tout pourri. C'est dire le niveau du forban.

Michaud enfonce ses lunettes sur son nez et passe la main sur ses cinq mèches pour s'assurer qu'elles sont toutes bien alignées.

Il a pris cher, le pirate.

Je n'ai, bien sûr, aucune idée à cet instant que c'est l'une des dernières fois que je le vois. La malédiction veille dans l'ombre, et se prépare à frapper.

Pendant ce temps, moi, je n'ai qu'une obsession : une petite clé en argent.

Clé pour le paradis selon ma conscience.

Pour l'enfer si j'écoute mon inconscient et son psy.

Un juste milieu serait plus raisonnable. Qu'y a-t-il entre les deux ?

Entre la conscience et l'inconscience.

La folie ?

26.

Mais putain ce que les femmes sont torturées parfois.

Pardon pour ce trait de misogynie spontané, c'est un élan de colère, une saillie injuste sous le coup de la frustration. Reste que je maudis la complexité féminine. Pourquoi ne sont-elles pas plus simples ? Droit au but, comme les hommes…

Non, là il faut que je prouve ma valeur d'amoureux en trouvant la serrure d'une clé sans indication, sans indice, sans rien.

A mon optimisme des premiers jours et sa fougue sentimentale s'est peu à peu substitué un éclair de lucidité mâtiné de résignation : j'ai envisagé toutes les pistes les plus évidentes, plausibles, et rien ne satisfait les critères nécessaires à l'introduction de cette maudite clé.

J'ai arpenté les consignes de Paris et de sa proche banlieue – il n'y en a plus beaucoup certes, mais ça représente pas mal d'heures d'exploration tout de même –, la plupart fonctionnent avec un code. Et les autres nécessitent une clé beaucoup plus fine que la mienne. Puis j'ai rendu visite aux plus grandes banques pour demander à voir les coffres en vue d'en ouvrir un moi-même. Pas du tout le même modèle. En quincaillerie, les cadenas disposent de clés très différentes. J'ai même demandé à des policiers qui m'ont expliqué que sans numéro de série gravé dessus je n'avais aucune chance de trouver. Bien sûr, il n'y a rien d'inscrit sur mon petit trophée argenté. J'ai fini par écumer les serruriers jusqu'au dernier, celui juste en bas de chez moi qui m'a dit que c'était un modèle vendu par un de ses fournisseurs. Une clé vierge qu'on pouvait utiliser pour fabriquer une copie du moment que l'original était du même genre. Il l'a étudiée de près et m'a dit qu'elle sortait tout juste de l'atelier. En gros, elle venait d'être faite, elle n'avait aucune marque d'usure, un beau double tout neuf. Quand je l'ai interrogé sur le genre d'usage qu'on pouvait en faire, il m'a répondu que c'était du standard parisien, elle ressemblait à la clé de n'importe quel immeuble ou porte d'appartement. Des dizaines de milliers de possibilités. Pas de bol.

Alors m'est venue une idée. Ophélie avait certainement un petit degré de perversité en elle, mais pas de folie. Si elle m'avait confié cette clé c'était :

– soit qu'elle voulait se débarrasser de moi une bonne fois pour toutes en me laissant chercher toute mon existence une serrure qui n'existait pas ;

– soit qu'elle s'attendait à ce que je trouve, assez rapidement, et donc que c'était évident.

J'ai naturellement et avec beaucoup d'optimisme rayé la première option. Restait à trouver l'adresse d'Ophélie.

J'avais pour ça trois éléments : son prénom, sa profession et son numéro de portable. « Ophélie fleuriste à Paris » sur Internet, ça occupe toute une soirée pourvu qu'on pousse un peu les recherches. Pour rien de concluant, sauf si on est amateur de gros seins et de gang-bang avec des nains peut-être… La magie du Web, cette machine démoniaque qui désormais vous transforme n'importe quel mot anodin en déviance sexuelle.

Le lendemain, et pendant trois jours, j'ai harcelé les opérateurs téléphoniques en usant de tous les stratagèmes possibles pour remonter au nom de famille sinon à l'adresse du titulaire du numéro en question. Pas plus de succès, le numéro était sur liste rouge et personne n'était décidé à me faire plaisir.

En désespoir de cause, j'ai laissé trois messages et environ dix-huit SMS à Ophélie pour la supplier de me donner son adresse, rien que son adresse, sans aucune réponse en retour, ce qui en soi en est une.

Il a fallu se rendre à l'évidence : si je voulais remonter jusqu'à elle, je n'avais qu'une aide possible, Julia.

Et cela m'a de suite paru tout à fait logique et tout à fait dans l'esprit de ce qu'Ophélie pouvait vouloir : m'obliger à régler mon conflit avec sa meilleure amie pour pouvoir la revoir.

J'avais fui les cours de théâtre depuis deux semaines, pris par mon nouveau boulot et par mes soirées clé-trou-serrure. Les retrouvailles risquaient d'être… crispées.

Je n'ai pas hésité une seconde. J'ai attendu le cours suivant et j'ai foncé vers cette arène des émotions factices, non sans avoir au préalable opéré un petit crochet par la pharmacie pour m'acheter de l'arnica, juste au cas où.

Je croise Julia en allant m'asseoir sur les bancs de la salle de cours.

– Salut, lui dis-je.

– Crève.

Pas gagné.

– Ecoute, Julia, je suis désolé si je t'ai…

Elle m'interrompt en levant deux braises incandescentes sur moi, la bouche rigide de colère si bien qu'elle peine à articuler :

– Non, toi, écoute : la seule chose que je t'autorise à me dire, si tu dois *absolument* me parler, c'est pour m'annoncer que tu es rongé par le cancer ou dévoré par une maladie incurable. Bref, tu ne m'adresses la parole que si c'est pour me prévenir que tu vas mourir. Et encore, s'il te plaît, fais-le au tout dernier moment, que je sois vite débarrassée de toi.

– C'est un peu radical…

– Va te faire foutre.

Et elle croise les bras sur sa poitrine comme un rideau se ferme sur une scène après la représentation.

A cet instant, la probabilité de revoir un jour Ophélie se transforme en une image. Ophélie est une blanche colombe qui me fixe de ses petits yeux innocents, elle a même une médaille autour du cou avec son prénom écrit en lettres gothiques, c'est tellement ridicule que ça devient mignon. Soudain elle explose dans un coup de feu. Julia se tient à côté, fusil de chasse au canon fumant, rictus cruel au coin de la bouche. Des plumes retombent autour de nous comme une pluie d'ange. Puis la carcasse fumante et sanguinolente se fracasse à mes pieds en hommage à la gravité et à l'inexorable réalité de nos chairs.

Je suis dévasté. Ophélie m'a échappé. A jamais.

C'était sans compter sur le coup de pouce de Dionysos, dieu du théâtre, et de notre prof, qui appelle Julia à me rejoindre sur les planches pour une improvisation. Julia se lève dans la salle et dit au prof :

– Je doute que ce soit une bonne idée.

– Je doute que tu aies le choix.

– Mais…

– Tu montes ou tu te casses de mon cours.

Il est comme ça notre prof. Direct, autoritaire, limite totalitaire. Un peu gourou, sans le cul ni le divin. Un gourou raté en somme.

Mais pour l'heure, il est mon dieu, celui qui me redonne une chance.

Julia me fusille du regard, version Winchester gros calibre. Je sens la cordite jusque sur scène. Lorsqu'elle me rejoint, j'ai presque du mal à respirer tant l'air autour d'elle est saturé de rage. Finalement, j'en viens à douter de mes chances de survie. Il y a des volutes de colère en suspension tout autour d'elle, comme quand le soleil brûle le bitume en plein été. C'est son orgueil qui flambe.

Elle pivote vers la salle obscure.

J'ai toujours trouvé formidable ce contraste entre une scène saturée de lumière et le néant noir au-delà. Nous sommes séparés des autres par un mur de photons. Et ce vide aspire toute notre énergie, notre concentration.

– Thème de l'impro ? demande Julia sans un micron d'amabilité dans la voix.

Dionysos parle depuis le vide cosmique :

– Le pardon.

Dieu existe. C'est sûr. Je retire tout ce que j'ai pu dire. Je suis un profane hérétique, terrible païen qui vient d'être illuminé par la voix du Seigneur. Pardon pardon pardon pardon. A cet instant, je crois en Toi.

C'est ma chance. Ophélie est au bout de cette épreuve.

Cette scène est mon pré, ma prestance est ma monture, mes mots sont ma lance. Je suis un chevalier en croisade pour ma belle.

Julia se dresse devant moi.

– Le pardon, donc, dit-elle du bout des lèvres comme si c'était là le pire mot qu'elle ait jamais prononcé.

Dionysos ajoute :

– Donnez-moi de l'intensité ! Je veux y croire ! Je veux que ça saigne et que ce soit fort dans l'émotion, je veux un vrai pardon à faire chialer Guy Georges en personne ! Allez-y !

Julia me fixe sans bouger. On dirait une poupée de cire.

J'ouvre la bouche pour parler mais Julia m'en empêche d'un index impérieux.

Elle traverse la scène, prend une canne dans le meuble à accessoires et revient se placer en face de moi. Je la regarde, incrédule, lorsqu'elle arme son geste et me donne un violent coup de canne sur le genou, qui m'envoie au tapis. Elle se hâte de venir au-dessus de mon visage et la canne s'abat sur mon menton. J'ai à peine le temps de me tourner que le choc m'étourdit. Le paysage virevolte sous mes yeux, il scintille, tournoie et danse en même temps qu'un bourdonnement sorti de nulle part me terrasse : la douleur.

Je crois que l'arnica ne va pas suffire. Je saigne.

Julia me donne un dernier coup de canne dans le ventre, juste pour le plaisir celui-là, je le sens, et elle recule.

– Oh, pardon, Pierre.

Elle fait volte-face vers Dionysos et se fend d'un sourire factice pour dire :

– Intensité, ça saigne, fort dans l'émotion, suivi d'un vrai pardon. Tout y est, non ?

Et elle descend de scène comme une comète passe dans la nuit : rapide et silencieuse. Seuls ceux qui la guettent la voient glisser jusqu'à la sortie. Chacun sait qu'il ne la reverra plus jamais.

Et moi je me dis que si Dieu existe bien, alors il est cruel.

25.

Mon mois de janvier a très mal commencé, privé de tout espoir de revoir un jour ma muse. Heureusement, j'ai le travail et les collègues pour me changer les idées.

Un matin, alors que je viens de terminer de noter pour la énième fois que les pandas chient peu (bien que j'en sois le responsable, cela m'inquiète parfois un peu ces machines à merde que je vois constipées et hagardes, comme si leur seule raison de vivre leur avait été enlevée), je croise Hugo les mains dans le dos, le menton haut, un sourcil relevé, en train de toiser toute une classe de primaire qui s'est agglutinée autour de l'enclos des rhinocéros nains. Non que Hugo puisse afficher habituellement un air guilleret, loin de là, mais je lui trouve à cet instant une lueur particulièrement troublante dans le regard.

– Tout va bien, l'ami ?

Il fait la moue avec ses grosses lèvres charnues. J'insiste :

– Pas le moral ?

– Pas plus ni moins que d'hab.

– Alors pourquoi cet air si terrible ?

– C'est à cause de ces gosses.

– Oui, je comprends. Ils s'amusent, ils rient, ils sont heureux, c'est assez pénible.

– Non, c'est surtout pour les rhinos que je suis peiné.

– Pour les rhinos ? Ah bon.

– Oui, ça doit être triste d'être moqué ainsi tout le temps.

– Ils ne sont pas moqués, Hugo…

– Si.

Il y a tellement de certitude et d'autorité dans son « Si » que ma bouche se referme immédiatement. Sa réponse est une menace de mort pour quiconque le contrarierait.

– Les enfants sont des ordures, ajoute-t-il. Ils sont cruels.

– Comme Dieu, je murmure.

– Quoi ?

– Non, rien.

– J'aime pas les gosses.

– T'aimes pas les adultes non plus en même temps.

– C'est vrai. Mais ces gosses-là, je pourrais en prendre trois ou quatre et les emmener derrière pour leur donner un bon coup de pelle dans la tronche en chantant du Herbert Léonard.

– Herbert Léonard ?

– « Pour le plaisir ». Ça les calmerait, je pense.

– Ah oui, ça les calmerait c'est sûr ! Peut-être un peu trop même…

J'ignore qui de la pelle ou de la chanson ferait le plus

de dégâts, mais Hugo est très flippant parfois. Il a des pulsions de malade mental.

Ce qui le fait heureusement rester du bon côté, l'empêche de passer à l'acte, c'est qu'il a véritablement trop de haine en lui. Il déteste tellement les autres que jamais il ne prendrait le risque d'aller en prison à cause d'eux. Les tuer serait une libération pour lui, toutefois ils ne méritent pas qu'il ruine son existence. Tordu comme raisonnement. A son image.

Nous sommes plusieurs au zoo à nous demander s'il ne faudrait pas prévenir les autorités quand il sort des choses pareilles, mais il paraît que Michaud est au courant et qu'il s'en fout. Michaud se fout de tout de toute façon, du moment que ça ne perturbe pas son petit quotidien et qu'il n'est pas obligé de recruter une nouvelle tête.

– Tiens, me dit Hugo, tu vois comme les gosses se penchent sur les grilles là ? Je me dis que je pourrais dévisser un peu les boulons pour que la prochaine fois, les gamins tombent dans l'enclos.

– Hugo ! T'es le responsable de la sécurité ! Tu peux pas faire ça !

– Ils tomberaient pas de haut ! Et puis il y a la boue pour amortir !

– Mais il y a les rhinos !

– Ben justement, ça les ferait peut-être réfléchir de se retrouver face à un rhinocéros nain. Ils ne s'en moqueraient plus ensuite.

– Hugo, déconne pas. C'est dangereux. Et ton métier

c'est de veiller à ce qu'il n'y ait rien de dangereux, tu te rappelles ?

– C'est pas dangereux d'inculquer un peu de respect à des sales gamins. C'est à ça que devrait servir l'école !

– Donner des leçons en martyrisant les gosses ?

– Moi, si j'étais prof, j'aurais plein d'idées pour les éduquer. Zéro tolérance. La douleur pour ancrer profondément la théorie, et punition en cas de déviance.

Je désespère. Hugo est une cause perdue.

– M'étonne pas que vous vous entendiez bien tous les deux ! fait une voix nasillarde dans notre dos.

Michaud nous fixe par-dessus ses lunettes, les cinq mèches parfaitement plaquées contre son crâne comme les cicatrices de sa beauté passée, si tant est qu'il ait été beau un jour.

– Un problème, Michaud ? demande Hugo.

– *Monsieur* Michaud ! Je vous ai à l'œil tous les deux ! Je vois clair dans votre jeu, bande de tire-au-flanc !

Hugo regarde ma pelle dans la brouette. Un frisson glacé me traverse.

– Vous ne nous respectez pas en disant ça, *monsieur* Michaud.

– Oh ça va, vous, si vous croyez que vous me faites peur avec votre mine patibulaire ! Retournez donc travailler, le zoo ne vous paye pas pour regarder les enfants !

Je remarque alors le pigeon qui marche quelques mètres derrière le directeur du personnel et j'hallucine. Est-ce le même que sur le rebord de sa fenêtre ? L'a-t-il dressé ? C'est possible ça, de dresser un pigeon ?

La vraie question est plutôt : mais quel genre d'homme peut vouloir dresser un pigeon ? Un chien, je peux comprendre. Un chat pourquoi pas. Un rongeur à la rigueur. Mais dresser un pigeon… Vraiment ?

Quoi qu'il en soit l'oiseau marche dans son sillage, en titubant, une parodie de Michaud. J'ai envie de rire.

– Et vous, effacez-moi ce rictus idiot de vos lèvres ! Vous êtes encore en période d'essai, je vous rappelle ! Je pourrais vous dégager comme ça !

Il brandit la main devant lui pour faire claquer son pouce contre son majeur et rien ne se passe sinon un vague frottement mou. Frustré de rater jusqu'au plus simple, il se venge sur moi en insistant :

– D'ailleurs je songe à faire de votre présence chez nous une période d'essai permanente !

– Vous feriez comment ? s'étonne Hugo.

– Je suis le directeur du personnel, je fais ce que je veux.

Hugo me regarde. Puis regarde la pelle. Puis Michaud. Puis encore la pelle. C'est peut-être le seul moment de sa vie où il y a un vague sentiment positif dans ses prunelles. Un peu d'amour. Quand il regarde cette fichue pelle.

Les deux hommes se fixent en plissant les yeux. On dirait du Sergio Leone. Puis Michaud secoue les épaules et s'éloigne, suivi par son pigeon claudiquant.

Je l'ignore encore mais Michaud s'en va vers son destin, loin de moi.

Au final c'est son pigeon qui me manquera le plus.

Hugo est tourné vers moi. Il ne me lâche pas du regard.

– Je voudrais qu'il se fasse bouffer par des paresseux, dit-il de son air sombre.

– Par des paresseux, carrément !

– Oui. Des paresseux anthropophages qui le becteraient tellement lentement qu'il souffrirait pendant des jours et des jours.

Sur quoi Hugo jette un dernier coup d'œil vers les gamins en contrebas, avec tout autant d'animosité, et s'éloigne à son tour. J'ignore comment cet homme tient encore debout avec cette noirceur à l'intérieur. A moins qu'elle ne soit son carburant. Peut-être qu'il y a des êtres humains ainsi, qui ne vivent que par ce qu'il y a de pire, à travers la haine, la peur, la colère, la souffrance.

Un peu comme George Bush ou Ben Laden.

Après tout, le monde est un vaste équilibre. Il faut bien compenser l'excès de bonté de certains. Pour un Gandhi ou une mère Teresa, il faut un Hugo quelque part. J'aimerais que quelqu'un fasse un recensement. D'un côté les Charles Manson en puissance et de l'autre les abbé Pierre. Juste pour vérifier, voir s'il y a le même nombre dans chaque camp. Superhéros d'une part, supervilains de l'autre, comme dans les *comic books* de mon enfance. Et j'assiste peut-être à la naissance d'un monstre. Un jour Hugo passera finalement à l'acte, rongé par ses démons, et je n'aurai rien fait. Je m'inscris dans la majorité de l'humanité : celle qui n'agit pas. Les figurants du monde. Faut pas s'étonner ensuite si nos vies sont médiocres, ou du moins sans intérêt. Je ne suis ni un héros ni un vilain. Rien qu'un passant dans une case de bande dessinée. Un de ceux qu'on ne regarde même pas, nécessaire pour la vision d'ensemble, pour l'esthétique, mais inutile en soi. C'est tout nous, ça. Utiles en gros, pour donner du corps à la masse, une certaine inertie, mais fondamentalement vains en soi, individuellement. Chaque personne croit que sa vie compte, qu'elle est le centre de l'histoire, mais en fait non, chacun est à peine une ombre dans le coin d'une case paumée parmi des centaines de pages. Au mieux.

C'est le moral plombé que je rentre chez moi en fin de journée. Sous la douche que je n'arrive pas à quitter, je songe à Ophélie. Elle me manque. J'ai envie de la revoir, de l'écouter, de la sentir contre moi. Son grain de folie me donne l'illusion d'être vivant et singulier. Moi qui là, sous le jet brûlant, me sens si inerte et banal.

Julia est ma seule porte d'entrée et je l'ai murée, comme un con.

Une serviette enfilée autour de la taille, dégoulinant, je lui écris un SMS.

Je suis désolé pour le mal que je t'ai fait. Si ça peut te consoler, toi seule as désormais le pouvoir de me rendre heureux ou malheureux. Car j'ai besoin de l'adresse d'Ophélie pour la revoir. Tu tires les ficelles maintenant. Tu as le pouvoir. Je suis désolé, Julia, et pas juste à cause de ça. Humainement désolé. Vraiment.

J'ai à peine séché sur mon sofa que le téléphone vibre. Réponse de Julia :

Crève, connard.

Je crois que nos relations sont définitivement rompues.

Et je sais aussi qu'Ophélie met un point d'honneur à ce que j'accomplisse ma tâche complètement. Si je m'avoue vaincu par un coup de fil accablé et suppliant, elle ne sera plus la même. Elle me regardera comme le loser qui n'a pas su remplir sa mission. Je veux briller dans ses yeux. Je veux qu'ils s'embrasent ! J'aspire à du panache ! Je veux le meilleur pour nous.

Mais je n'ai aucune idée, aucune piste.

Julia était mon seul espoir. Un peu comme si au début de *La Guerre des étoiles* Luke Skywalker découvrait le corps sans vie d'Obi-Wan Kenobi et qu'ils n'avaient pas cet échange qui lance toute l'histoire. Le type est arrivé deux minutes trop tard pour devenir le plus grand héros de tous les temps. Et l'ex-futur sauveur du cosmos finit son existence seul et aigri à moissonner un champ de cailloux.

Voilà, je me sens comme un chevalier Jedi qui n'a pas reçu sa première leçon, qui n'a même pas de sabre laser.

Nu.

Ce que je suis, soit dit en passant, et tout ce qui pourrait évoquer de près ou de loin un sabre laser est recroquevillé, ridicule et incapable de toute menace pour quiconque. Toute la différence entre fiction et réalité résumée en une image phallique. Quand on sait combien de petits garçons dans le monde ont rêvé de manier le sabre laser comme Luke Skywalker, pour finalement devenir des éjaculateurs précoces…

Je me lève pour aller enfiler un caleçon et le téléphone vibre à nouveau.

Julia :

36, rue François-Millet, fond de cour à gauche. Sois heureux avec elle et perds-la vite pour bien souffrir.

J'hésite à lui renvoyer un merci mais je me dis qu'elle va le prendre comme une insulte. Mon cœur bat plus vite. Ophélie est mon adrénaline. Je suis déjà dans la rue. Dans le métro. Dans la rue. Dans un immeuble que je ne connais pas. Face au fond de cour à gauche.

J'introduis la clé dans la serrure et je tourne.

Déclic.

La porte s'ouvre.

Les grands yeux bleus d'Ophélie se penchent depuis ce qui doit être la cuisine, car elle porte un long tablier blanc, une casserole dans une main, une spatule de bois dans l'autre.

– Mon chevalier a relevé le défi, dit-elle dans un sourire.

Le tablier tombe sur le parquet qui grince et elle m'enlace tendrement. Bonheur, félicité, épanouissement, joie, rire, baisers, chaleur, émotions, ravissement, érection, sabre laser, apaisement, frémissements, bonheur. La boucle est bouclée.

Elle est toujours aussi belle, elle sent toujours aussi bon.

Je l'aide à cuisiner la bolognaise qu'elle préparait, nous augmentons les quantités et nous nous installons autour de la table basse de son salon pour dîner. Chaque minute est un délice que je savoure à sa juste valeur parce que j'ai cru ne jamais la revoir. Parce que j'ai eu une journée de merde, ce qui, dans ma profession, est peu dire. Parce qu'elle m'a manqué, même si nous ne nous connaissons presque pas. Pour un homme qui ne fréquente qu'une poignée d'individus depuis plusieurs mois, Ophélie représente beaucoup. On ne peut pas dire que Julia soit ma meilleure amie, quant à Hugo et Tess, le premier est aussi effrayant que la seconde est gentiment allumée.

Je visite son appartement qui n'a rien d'original pour une collectionneuse de suicides, jusqu'à ce que je découvre son atelier : une verrière pleine de vieux casiers remplis de tiges vertes, de fausses feuilles très réalistes, de pétales de toutes les couleurs, en tulle, en soie, en organza, en mousseline… Nous sommes dans une pouponnière pour fleurs, ici naissent des dizaines de créations chaque jour, sur cette table de travail tout usée, entre les doigts de ma fée.

Nous passons finalement notre première soirée presque normale, l'un contre l'autre, à discuter de nos journées. Mes anecdotes professionnelles la font rire, ses trucs d'accoucheuse de fleurs me passionnent, et tout irait pour le mieux dans le meilleur des mondes si je ne tombais pas sur une photo d'elle sur une étagère.

A vrai dire, c'est un peu de ma faute. La photo n'est pas posée en évidence, je devine seulement un coin, avec le haut d'un crâne qui ressemble à celui de ma blonde. Ophélie est partie aux toilettes. Alors je tire sur le coin, par curiosité, et je la découvre en tailleur, accompagnée de cinq autres personnes. Une photo de pro. Avec une légende imprimée sur la marge blanche : « De g. à dr. : Lionel Ferro, Sabine Dexier, Franck… »

Ophélie est la deuxième en partant de la gauche.

Sabine Dexier donc.

Après le texto qui l'appelait Caro, et l'avertissement de Julia qui affirmait que ma douce et tendre n'était pas celle qu'elle prétend être, ça commence à faire beaucoup.

La chasse d'eau résonne.

J'ai les mains moites. C'est con. Je remets la photo à sa place et tente de prendre un air décontracté. Mais la question m'obsède.

Si bien que lorsqu'elle m'invite à aller l'attendre dans la chambre pendant qu'elle prend une petite douche, j'acquiesce mais n'en fais rien. Je me plante dans l'entrée et parcours en vitesse la pile de lettres qui végètent dans un casier. Elles sont adressées à Ophélie Cartier. Presque toutes. Sauf une, pour une certaine Armelle Safran. Elles sont fermées, je ne peux donc pas y jeter un œil. Ma tension doit être mauvaise. Je ne suis pas bien. Besoin de savoir. De lever un doute. L'appartement n'est pas grand, je sonde la pièce principale et repère des boîtes de rangement sous la bibliothèque. Ce que je fais est mal. Ça fait du bien. Je fouille. J'ouvre délicatement. Des tonnes de papiers. Des photos. Des lettres. Des cartes postales. Adressées à Armelle. A Sabine Dexier. Je trouve plusieurs lettres, personnelles, dont une déclaration d'amour, à Amandine Naïs.

Combien de femmes vivent ici ? Ou combien de femmes vivent dans la tête d'Ophélie ?

Peut-être qu'elle garde tout ça pour une amie. Pour *des* amies. Suis pas convaincu. Je range tout prestement et je m'efforce de me détendre en vidant mes poumons longuement, longues inspirations-expirations face à la fenêtre qui donne sur la cour. Penser à autre chose. La curiosité est un vilain défaut. Elle sème la graine du doute, elle plante les racines de la méfiance, elle ronge la confiance. Je gâche tout. Ophélie a une très bonne explication, je finis par m'en convaincre. Ce n'est rien. Je dois penser à autre chose.

Les draps sont doux, frais. Ils feulent sur la peau quand on les remonte. Le plafond est tout craquelé. Deux grosses fissures se tirent la bourre jusqu'au mur.

La lumière s'éteint, il n'y a plus qu'une bougie qui brûle sur un guéridon de la chambre. Ophélie apparaît dans une nuisette de satin rouge. *So* cliché.

So cul.

Je n'ai pas envie de gâcher ça. Alors je mets de côté mes interrogations. Je suis un mec.

Ce qui ne m'empêche pas, à un moment, de songer aux

deux fissures du plafond. Comme les deux fêlés que nous sommes.

Je ne sais pas ce qu'elle cache, mais j'ai le sentiment que nous nous sommes bien trouvés.

Pourvu qu'elle ne soit pas maudite elle aussi.

24.

Autre lieu, autre temps.

Olivier Marchal se tient au-dessus de moi, une fesse posée sur le coin de son bureau, l'autre dans le vide.

Constance est morte quelques heures plus tôt. Répandue sur les murs.

La nuit est tombée, la mansarde ne s'ouvre plus que sur les ténèbres vaguement éclairées par la civilisation. Si tant est que ce soit encore un peu civilisé là-dehors. Après ce que j'ai vu dans mon petit appartement cet après-midi, j'en doute.

– Bon, ta copine de l'époque avait plusieurs noms, d'accord, approuve le flic. En quoi ça nous explique ce qui est arrivé à Constance ?

– Je vais y venir.

– Je n'attends que ça.

– Il faut que vous ayez la vision d'ensemble pour tout comprendre.

– Moi ce que je voudrais déjà savoir, c'est pourquoi tu as tué Constance. Ton passé, les circonstances atténuantes, je ne doute pas que tu en aies plein, mais je suis pas juge, moi. Je veux seulement savoir ce qui s'est passé aujourd'hui.

– Pour aujourd'hui je l'ignore. Je vous l'ai déjà dit : ce n'est pas moi. J'aime Constance…

– Comme tu aimais Ophélie ?

– Non, ce sont des femmes différentes, donc des amours différentes. On ne peut pas comparer ce qui ne se ressemble pas. Les êtres humains ne sont pas des livres qu'on met côte à côte pour choisir celui qu'on préfère.

– Donc maintenant tu dis que ce n'est pas toi qui l'as tuée ? Tu te rétractes ?

Dès que nous nous sommes retrouvés dans son environnement, il m'a tutoyé. En entendant cette familiarité s'installer, j'ai compris que nous entrions dans le vif du sujet. Je suis le suspect. Il va tout faire pour m'amener à dire ce qu'il veut entendre. M'essorer, me bousculer, jusqu'à l'extrême de ce qu'il est autorisé à faire.

J'ai la vérité pour moi. Je m'y accroche comme une étoile au ciel pendant la nuit. Et pour ce que j'en sais, on n'a jamais vu une étoile se décrocher.

– Je n'ai jamais avoué le meurtre. Ce n'est pas moi. Je vous ai juste dit que ça m'était déjà arrivé. Et que ça me terrorise.

Et le mot n'est pas galvaudé. J'ai peur. Au-delà de ça, même. Il me semble que tout sentiment de sécurité s'est volatilisé. Que je suis en danger. Pas seulement moi, mais tous ceux qui m'entourent. C'est à cause de la malédiction. Elle frappe à tout moment. Je ne peux rien y faire. Pour un peu, cette minuscule pièce me paraîtrait presque un peu rassurante malgré la privation de liberté. Là, avec ce flic en face de moi, au milieu de la nuit, coincé dans un bâtiment de police, je me sens presque mieux.

– Te défile pas, assume tes responsabilités. Tes voisins ont entendu des cris ce midi !

– Ce n'était pas ma voix.

A cet instant la mienne, de voix, est justement cassée par la douleur, la peine, tandis que l'image de Constance en train de lutter pour sa vie, de hurler pour survivre jaillit sous mes rétines hypnotisées.

– Pourquoi tu noies le poisson avec tout ton exposé sur Ophélie et le zoo ?

– Parce que si vous voulez comprendre ce qui s'est passé avec Constance, vous devez entendre le récit de mon année passée.

– OK, tu sortais avec une fille qui avait plusieurs noms. Et ensuite ? Tu lui as demandé des explications ?

– Pas tout de suite. J'ai attendu presque un mois.

– Pourquoi ?

– Parce que je voulais profiter de l'instant. De notre relation. Vous savez ce que c'est le paradis ?

– Vas-y, instruis-moi.

– C'est une illusion.

– Et ?

– Le paradis c'est juste une illusion que les hommes se sont créée pour mieux supporter la vacuité de l'existence. Ça modère les plus belliqueux, ça apaise les plus angoissés, et ça fédère, ça canalise, ça contrôle. Le paradis c'est une promesse vaine à laquelle on fait semblant de croire pour se sentir mieux.

– Quel rapport avec ton ex-copine ?

– Je ne lui ai rien demandé sur son identité parce que nous nous étions créé notre petit paradis. Nous vivions avec l'insouciance des débuts, au milieu des petites illusions nécessaires au bonheur. Trop de vérité, de franchise, toute l'honnêteté de l'homme et de ses rapports aux autres, c'est ça l'enfer. La vérité c'est l'enfer. Alors j'ai continué de vivre dans l'approximation de ce que j'ignore, nous parlions de nos journées, d'idéaux, nous étions soit dans l'ultra-concret, soit dans le métaphorique, jamais dans l'entre-deux, pour éviter d'avoir à parler de nous, de nos histoires. En tout cas pendant le mois qui a suivi l'épisode de la clé. J'avais trop peur de ce que je pouvais découvrir.

– Et ensuite ?

– Je vais y venir. Mais entre-temps il y a quelque chose dont je dois vous parler. Pour bien vous faire tout saisir. La malédiction a frappé au zoo pour la première fois.

– La malédiction ?

Il a répété ce mot avec un semblant de dégoût dans la voix et un maximum d'incrédulité peint sur le visage.

– Oui.

– Manquait plus que ça !

– Je sais que dit de cette manière c'est assez peu crédible…

– Penses-tu !

– Mais je suis réellement maudit.

Marchal lève les yeux au plafond. Il commence à perdre patience.

– C'est parce que vous ne savez pas ce que ça signifie, lui dis-je.

Il se penche vers moi, ses mains soudainement plaquées sur les accoudoirs de mon fauteuil.

– Ecoute-moi bien, bonhomme, aboie-t-il, je vais pas me contenter d'un fantôme ou d'une malédiction qui tue toute seule pour te foutre la paix, tu m'entends ?

– Elle ne tue pas toute seule, rassurez-vous. Je ne suis pas débile à ce point. Je sais qu'il y a quelqu'un derrière tout ça.

Marchal recule et soupire. Ses bras se referment sur son torse.

– Et tu sais qui ?

– Oui.

La lumière change dans son regard. Elle ne se reflète plus de la même manière. Son âme est là, juste derrière ses prunelles, elle n'est plus tapie dans les tréfonds de son être mais bien en face, rivée à ses pupilles, curieuse et impatiente. Elle guette, avide de savoir, elle attend la vérité.

– Eh bien ? Dis-le !

– Vous devez d'abord entendre toute l'histoire, pour comprendre.

Le flic laisse retomber son cul sur le bureau, frustré.

– Je m'en doutais. Bon. Donc pendant un mois tu n'oses pas poser à ta copine la question sur ce qu'elle est et pendant ce temps la *malédiction* frappe au zoo. Je t'écoute.

– Vous feriez bien d'être un peu plus attentif, ne pas

prendre mon récit à la légère, sinon vous serez largué à la fin.

Il tend la main pour m'inviter à poursuivre. Je le sens agacé.

– Le Diable se niche dans les détails, je lui rappelle.

– Tant que tu ne me sors pas que le coupable c'est justement le Diable…

– Pourtant, d'une certaine manière…

23.

Personnalité. La mienne, bien sûr. Mais aussi celles de Tess, de Hugo, voire celles de Michaud et de son pigeon. Vincennes est un zoo de personnalités. C'est ce qu'il y a de plus intéressant à y voir en définitive.

Début février, j'arrive un matin avec, comme toujours, les pandas en tête de liste de mon activité journalière, lorsque Tess m'interpelle :

– T'as appris la nouvelle ?

– Les pandas sont morts ?

– …

– Faux espoir. Vas-y, crache l'info.

– Michaud a disparu.

– Existait-il seulement ?

– …

– Bah… Il est tellement transparent qu'on pourrait en douter.

– Je déconne pas, Pierre. Les flics sont même passés hier voir la direction. Il a vraiment disparu.

– Il est malade chez lui ou en vadrouille avec une pute moldave qui aura su flairer le bon pigeon.

– Non, il vit chez sa mère. Elle ne l'a plus revu depuis quinze jours. Les flics commencent à prendre l'affaire au sérieux. Aucun mouvement sur son compte en banque, sa voiture n'a pas bougé, rien. Comme s'il s'était volatilisé.

Je repense à Hugo et sa pelle.

– T'en as parlé à Hugo ?

Tess m'observe étrangement.

– Pourquoi ? demande-t-elle.

– Je sais pas, pour avoir son avis.

Elle me regarde toujours très étrangement.

– Justement… Hugo et Michaud n'étaient pas très copains, dit-elle sur un ton plein de sous-entendus. Jamais il ne te fait peur, Hugo ?

– C'est le contraire. Jamais il ne me rassure.

– Pareil.

– Mais de là à imaginer que…

Elle regarde par-dessus son épaule et ajoute un ton plus bas :

– Si tu veux mon avis, il est capable d'avoir…

– Tu crois ?

– M'étonnerait pas.

– M'étonnerait.

– Tu crois pas ?

– Si tu veux mon avis, il est incapable d'avoir…

Nous nous regardons plus étrangement que jamais.

– Pourquoi pas ? dit-elle.

– Il n'est pas encore prêt.

– …

– Je veux dire que son potentiel de destruction n'a pas encore atteint son apogée. Il n'est pas prêt à se révéler, à dévoiler sa vraie nature. Le supervilain n'a pas encore éclos. Et puis il n'y a personne en face. Il faut un superhéros pour compenser, et là, il n'y a personne.

– …

– Laisse tomber, c'est ma vision du truc.

– Ouais. Toi aussi t'es bizarre.

– Me range pas dans la même catégorie s'il te plaît.

– Finalement vous êtes deux dans ma liste des suspects.

– Moi ? Suspect ?

– Pourquoi pas ?

Je sens que sur ce coup, Tess ne plaisante pas.

– Mais je… je… je suis moi ! Un mec cool !

– Tu crois que je ne vois pas ton petit manège avec les animaux ?

Signaux d'alerte. Sirènes. Gyrophares rouges.

– Comment ça ?

– Les analyses de sang des lémuriens ont révélé la présence de lysergamide. Du LSD. Et du Viagra chez les marmottes. Je t'ai observé depuis dix jours, et je t'ai vu mettre des comprimés chez les babouins. Je suis passée derrière toi pour les virer. Pourquoi tu fais ça ?

– Rien de méchant…

– Empoisonner les animaux, pas méchant ?

– C'est du Xanax, Tess. Pas du poison. T'as jamais remarqué que depuis que je suis là les babouins sont cool ? Ils ne gueulent plus tout le temps, ils ne sautent plus sur les cages, ne sont plus agressifs…

– Normal, ce ne sont plus des babouins ! Tu les as transformés en dépressifs camés jusqu'à la moelle !

– J'y vais tout doux sur les doses.

– Laisse-moi deviner : si les pandas sont constipés, c'est ta faute aussi ?

Je hausse les épaules.

– En même temps je leur rends service, dis-je du bout des lèvres.

– Non, tu les trafiques de l'intérieur !

– Chier du matin au soir et du soir au matin, tu parles d'une vie !

– C'est la leur !

– Je l'améliore.

– C'est pas naturel ! Tu dois les respecter !

– Parce que c'est naturel de les enfermer en cage toute leur existence ?

Silence. Frustration. Rage contenue. Nuage de concession – mais alors un cirrus, un tout petit cirrus à peine formé.

– N'empêche que si Michaud l'a su, ça te faisait un mobile pour le dézinguer.

Je lève les bras au ciel.

– Non mais ça va pas ! On supprime pas quelqu'un pour ça !

– Il voulait te virer.

– Il dit tout le temps ça de tout le monde.

– Oui mais toi, c'était vrai. Il supportait pas ta tête. Il allait le faire.

– Qui te l'a dit ?

– Tout le monde le sait.

– Tout le monde ?

– Oui, sauf toi.

– Mais… enfin…

– Donc t'avais un mobile. Et pour peu qu'il t'ait vu avec les médocs…

– Tu vas le répéter ?

– Que tu donnes des saloperies aux animaux ? Bien sûr. C'est mon job de les protéger.

– En les baisant ?

– Pardon ?

Je hausse les épaules.

– Moi je dis juste que si je tente d'améliorer la vie de nos bêtes à ma manière, toi tu as une façon bien particulière de le faire…

– Dis pas ça.

– Tu t'es jamais tapé aucun d'entre eux ?

– Tu peux le prouver ?

– Tout le monde le sait. Tu parles ouvertement de tes fantasmes zoophiles.

Tess fulmine. J'en profite pour reprendre la main :

– Ecoute, je te propose un marché : tu oublies ce que tu sais de moi avec les animaux et j'en fais autant à ton égard. Chacun retourne à sa petite vie et on fait comme si de rien n'était.

– Tu as tué Michaud ?

– Bien sûr que non !

– Alors qu'est-ce qui lui est arrivé ?

– J'en sais rien. Mais si tu balances ce que tu sais, les

flics vont me tomber dessus. Et je n'ai rien fait. En tout cas à Michaud.

– Tu drogueras plus les animaux ?

Je lui tends la main.

– Deal ?

– Deal, confirme-t-elle.

On se fait face, mal à l'aise, après notre échange scellé dans la moiteur de nos paumes.

– Ça n'explique pas ce qui est arrivé à Michaud, dit-elle.

Sur quoi Hugo apparaît, l'air toujours aussi inquiétant.

– Michaud quoi ? fait-il.

Tess et moi. Regards complices. Entendus.

Hugo en remet une couche :

– Eh bien quoi Michaud ? Ils l'ont retrouvé ?

– Non, répond Tess. Pas encore. Une idée de ce qui a pu lui arriver ?

– Comment tu veux que je le sache ?

Un échange nourri passe entre la vétérinaire zoophile et moi, rien qu'à travers nos yeux. Elle soupçonne Hugo. Non, en fait elle est convaincue que c'est lui. J'ai su la rassurer sur mon compte. En même temps, comment pouvait-elle imaginer une seconde que j'avais éliminé Michaud ? Je n'aime pas le gars mais de là à me transformer en assassin…

Par contre Hugo, lui, il a le profil.

– Tu serais pas le dernier à l'avoir vu vendredi soir avant de partir ? lui demande-t-elle.

– Ça se peut. Pourquoi ? Tu crois que j'aurais pu lui faire du mal ?

– Qui te parle de ça ? Nerveux, dis donc…

– Il mérite un bon coup de pelle, ce zouave. Je vais te dire : c'est un cafard, un minable. Il ne vaut pas qu'on prenne le risque d'aller en prison pour lui. Ça non !

Sur ce point-là, je le reconnais bien. Il est comme ça. Jamais il ne prendrait un risque pareil, de foutre sa vie en l'air pour un type aussi insignifiant que Michaud. A moins d'un coup de sang un soir, un peu fatigué…

– T'énerve pas, le calme Tess, je disais juste ça comme ça…

– Mouais…

Le niveau de stress reste le même toute la journée. On se croirait dans un jeu de téléréalité où il faut surveiller ses confrères, dans la plus grande paranoïa. Relations cordiales mais zéro confiance en quiconque.

Les flics reviennent deux jours plus tard. Ils posent des questions à tout le monde, un peu rapidement. Juste pour recueillir les avis des uns et des autres. Et puis plus rien.

Le soir même je retrouve Ophélie chez elle. Nous nous faisons livrer deux pizzas qui trempent dans l'huile piquante et nous les arrosons d'un rosé frais. Je suis claqué. Usé par l'ambiance délétère qui règne au zoo, par des nuits trop courtes parce que je n'arrive pas à me décrocher de la télé avant deux heures du matin quand je ne profite pas d'Ophélie. Je baisse ma garde. Je force un peu trop sur le vin.

Et en fin de soirée, je dérape.

Ophélie reçoit un SMS qu'elle lit en vitesse, comme s'il était honteux, comme s'il s'agissait d'un terrible secret. Cela attise ma jalousie, éveille ma méfiance.

– Il t'appelle comment, lui ? je lui demande.

– Pardon ?

Les grands yeux bleus sont toujours aussi larges mais il y brille soudain une lueur moins festive.

– C'était un texto pour Ophélie ou Caro ? A moins que ça ne soit pour Armelle, Sabine ou encore Amandine ?

Qui n'a jamais vu la pleine mer passer brusquement d'une paisible torpeur à un chaos effrayant ne peut comprendre ce que je vois alors.

Ophélie-Caro-Armelle-Sabine-Amandine gicle du canapé pour me toiser comme Zeus du sommet de l'Olympe regarderait un simple mortel bourré venant pisser sur sa montagne.

Mes couilles se rétrécissent comme si elles étaient les coupables toutes désignées et rentrent dans mon abdomen tels deux escargots filant au fond de leur coquille. Il doit y avoir un vieux réflexe ancestral – atavisme de milliers d'années d'expérience – pour que nos attributs masculins se planquent ainsi spontanément face au courroux féminin. Nos couilles ont plus de mémoire que notre cerveau. C'est un bon résumé de l'homme en général.

– Tu as fouillé mes affaires ?

Le ton est glaçant. Son haleine refroidit la pièce instantanément, mon sang devient plus épais, mes orteils reculent dans mes pompes, mes poils se plaquent contre ma peau, même les épis sur mon crâne se font brusquement plus discrets, je les sens s'aplatir l'air de rien.

– Non, dis-je.

– Comment le sais-tu alors ?

– Par hasard.

– Ça n'existe pas le hasard.

– Ben… si. L'autre jour t'as reçu un texto et j'ai vu qu'on t'appelait Caro.

– Et le reste ?

– Des papiers que t'avais laissés traîner.

– Je ne laisse rien traîner.

– La preuve que si…

Ses poings se serrent. Elle hésite. Elle est tout en opposition. Le feu de la colère intérieure contre la froideur de son attitude. L'affection qu'elle me porte contre la répugnance d'être démasquée – ou trahie, je ne sais pas encore bien.

Je me concentre pour faire remonter de mes entrailles tout ce qu'il y a de plus mignon et j'essaye de ressembler au Chat Potté de *Shrek* :

– Je… je suis désolé.

Ses mâchoires se contractent sous ses joues. Ses boucles blondes dansent de part et d'autre de son minois comme pour souligner toute son hésitation, son corps entier balance entre haine et amour.

Je joue ma dernière carte :

– Je ne voulais pas t'embêter avec ça, je suis désolé.

Mais ça me rongeait. Je ressens trop de choses, et je ne peux plus continuer sans savoir ce que ça signifie. Tous ces noms… je ne sais pas qui tu es.

Elle plisse les lèvres et brusquement son attitude change. L'apaisement l'emporte. Elle hoche lentement la tête et s'agenouille devant moi. Ses mains se posent sur mes genoux. Elle a tranché. Ce sera l'amour.

Et je me prends une gifle monumentale.

Un tsunami de doigts qui s'enfonce dans ma chair, ravage ma joue, explose ma dignité.

– Ça, c'est pour avoir fouillé. Fallait que je marque le coup. Cela étant fait, c'est vrai, je te dois une explication.

Je penche la tête, mon tympan gauche a été balayé par la vague, il est porté disparu quelque part entre mon oreille et ma fierté.

Ophélie semble émue.

– Es-tu vraiment prêt à tout entendre ? demande-t-elle.

– Là, j'entends plus grand-chose en fait…

Le sifflement s'atténue légèrement tandis qu'elle me fixe, l'âme zigzaguant entre un reliquat de férocité, l'écume du doute et les limbes de la franchise.

– Je le crois, dis-je doucement, en hochant la tête.

– Vraiment tout ?

– Si on veut se donner une chance c'est un peu obligatoire, non ?

Elle acquiesce gravement.

– Je suis morte, lâche-t-elle soudain.

– Pardon ?

– Je suis morte. Trois fois déjà.

Silence. Que dire ?

Un des deux dans cette pièce est manifestement fou.

Pour le coup, je mise un petit billet sur elle.

22.

– *Refuse* la simplicité du mensonge et confie-moi ce que tu as sur le cœur, pour de vrai, dis-je à Ophélie avec la spontanéité et le lyrisme du mec aviné.

Si elle veut se débarrasser de moi, pas la peine de m'inventer un baratin pareil ou de jouer les folles.

Elle hésite encore. Je lui prends les mains.

– Je ne collectionne pas que les suicides, avoue-t-elle du bout des lèvres. Du moins pas seulement ceux des autres.

Doute. Brouillard.

– Je ne comprends pas. A part les autres gens, qui donc peut se suicider ? Si c'était toi tu ne serais pas là.

– Bah… justement, si. Je collectionne également mes propres suicides.

L'imaginaire collectif a pour habitude de se représenter les synapses qui font transiter l'information sous la forme de petits éclairs, comme si tout le cerveau finissait par s'illuminer. A ce moment, dans ma tête, il y a ce bruit agaçant des cuisinières à gaz quand l'allumeur s'égosille de micro-étincelles sans que le feu prenne vraiment, mes synapses à moi sont en panne d'embrasement.

Tout arrive à destination mais la mixtion ne prend pas.

– Des tentatives de suicide ratées, c'est ça ?

Elle secoue la tête.

– Non. Je me suicide vraiment. Et je ne me rate pas. Je meurs. C'est déjà arrivé trois fois.

– Ah.

L'incompréhension du monde ramassée en une syllabe.

– La première fois je suis morte noyée, puis avec des médicaments, et enfin écrasée par un train. Sans parler de ma disparition, ce qui fait, d'une certaine manière, quatre morts.

– Tu as préféré laquelle ?

C'est tout ce qui me vient à l'esprit.

– Non, Pierre, je suis sérieuse.

– Mais… enfin, on ne peut pas se tuer et… et… être là, bien vivante, maintenant.

– La preuve que si.

Un sourire un peu tordu déforme ma bouche.

– Tu es en train de me dire que tu es… immortelle ?

– Non, pas du tout. Si tu m'enfonces un couteau dans le cœur je vais mourir comme n'importe qui.

– Alors je ne comprends rien.

– Tu n'as jamais rêvé d'assister à ton propre enterrement ? De voir la tête que feraient tes proches si tu venais à décéder ? Combien de temps mettrait ta copine pour se trouver un nouveau mec ? Ce que tes amis diraient de toi ? Ou juste pour savoir si tu étais *vraiment* aimé ?

– Comme tout le monde. C'est un peu le rêve de ceux

qui croient en Dieu, non ? Vivre après la mort, tout contempler de là-haut.

– Sauf que Dieu est une promesse qui concerne les morts mais qui n'engage que les vivants. Donc on peut promettre Dieu à tout-va, de toute façon ça ne coûte rien ! Moi je voulais de la certitude. Du concret.

– Alors tu t'es suicidée ?

– Exactement. J'ai mis en scène ma mort. Dans les moindres détails.

– Comment fait-on pour se noyer à mort sans décéder au bout ?

– La première fois ça a été un pur hasard. Je suis morte par chance.

– Ah ? C'est possible ça ?

– J'avais vingt-trois ans. Mon grand-père venait de se suicider. J'ai disparu, j'ai quitté la maison de mon père un matin et j'ai roulé jusqu'en Normandie. Là je suis restée à traîner sur les plages, sans but, sans donner de nouvelles à personne. J'étais effondrée. Mon père a pris peur, il a prévenu les flics, les amis, et ils ont fini par retrouver ma voiture à Etretat. Deux jours plus tard le corps d'une jeune femme était découvert au pied des falaises. Son séjour dans l'eau empêchait toute identification formelle et les gendarmes ont convoqué mon père en pensant que c'était moi. Mon père y a cru, la fille me ressemblait et il a pensé reconnaître mon pull. J'ignore si c'est lui qui a été nul ou si c'était un gros coup de chance. En tout cas j'ai rien dit, je suis restée planquée et j'ai attendu que la vérité reprenne le dessus. Je sais pas pourquoi. J'ai juste attendu sans raison. Sauf que personne n'a jamais rendu à la vraie morte son identité réelle. Alors je me suis laissé prendre au jeu. Et j'ai aimé ça. Je me suis déguisée pour assister à mon enterrement de loin, et j'ai un peu surveillé mes amis à distance, pour voir comment ils réagissaient au fil des semaines. Ça a été très décevant. La vie a vite repris son cours. Les gens pleurent un peu en public au début, puis ensuite ils ne le font que dans l'intimité de leur chambre, ou alors plus du tout. Alors je suis partie loin et j'ai refait ma vie sous le nom de Sabine Dexier.

– Comment tu as fait pour vivre ?

– J'ai fauché des trucs. J'ai été dans des foyers. Puis j'ai vite trouvé un job. Je suis débrouillarde.

– Et personne ne t'a jamais démasquée ?

– Non. Je suis prudente. Deux ans plus tard, j'étais lassée par ma nouvelle existence. C'est là que j'ai songé à refaire le coup du suicide. J'ai envoyé une lettre d'adieu à mes nouveaux amis, leur expliquant pourquoi je me tuais, et j'ai élaboré un véritable stratagème : j'ai fait venir des acteurs de Paris, je les ai payés pour se faire passer pour des gens des pompes funèbres, un autre pour mon père. Ça a fait illusion auprès de mes collègues. J'ai réussi à éviter l'enterrement, une simple cérémonie pour répandre mes cendres dans la mer en présence de mon « père » a suffi pour que tout le monde y croie. Puis je suis partie ailleurs encore.

– C'est tout de même dingue que personne n'ait découvert le mensonge.

– Quand il s'agit de mort, les gens sont assez peu curieux. On préfère vite passer à autre chose. Après ça, pendant un an, j'ai été Armelle Safran. Celle-là je l'ai tuée à cause du nom. Je m'étais plantée en beauté, je l'avoue. Mais sur le coup ça m'avait semblé joli, Armelle Safran. Après dix mois, j'en pouvais plus. Alors je l'ai balancée sous un train.

– Là je serais curieux de savoir comment tu t'y es prise.

– J'ai guetté pendant deux mois et demi. J'épluchais les infos locales dans l'espoir de tomber sur une morte non identifiée assez jeune. C'est comme ça que ça s'est fait. C'était probablement une SDF, je n'ai jamais su. Elle s'est jetée sous un train pas loin de là où j'habitais. J'ai encore engagé un acteur pour se faire passer pour un flic et je lui ai fait appeler une copine pour lui annoncer que la femme tuée sous le train trois jours plus tôt était Armelle Safran. A la demande de la famille, pas de cérémonie, pas d'enterrement public. J'en avais ma claque d'Armelle Safran, je ne voulais pas faire durer le supplice.

– Et tu es devenue Ophélie…

– Non, pas tout de suite.

– Je croyais que tu ne t'étais suicidée *que* trois fois ?

– Suicidée officiellement, oui, c'est vrai. A quoi il faut ajouter une disparition, je te l'ai dit. Car avant Ophélie, il y a eu Amandine Naïs. Elle, elle s'est volatilisée un beau matin, et personne ne l'a plus jamais revue. On ne peut pas vraiment parler de suicide. J'avais la flemme, et puis je manquais d'idées. C'était l'année dernière.

– Tu es donc Ophélie depuis seulement un an.

– Oui.

– Julia ne te connaît que depuis un an ?

– Forcément. Je ne garde jamais aucun contact avec mes vies précédentes, c'est le secret pour que ça marche.

– Mais comment tu fais, tu n'as pas de pièce d'identité ? Rien du tout ?

– Si. Le plus dur c'est de trouver la bonne personne. Il faut que ce soit quelqu'un qui te ressemble physiquement et tu vas faire ses poubelles pour récupérer des documents à son nom. J'ai trouvé une astuce avec les ambassades ensuite. Il suffit de franchir une frontière sans se faire choper, ensuite quand tu es à l'étranger tu te fais passer pour une personne qui a perdu ses papiers. En gros tu achètes un billet Paris-Rome par exemple, que tu mets au nom de la personne – pour ça la SNCF ne demande aucune preuve d'identité –, et une fois à Rome, tu files à l'ambassade expliquer que tu t'es fait voler ton passeport. Tu montres ton billet de train, et deux-trois autres papiers comme une vieille facture qui traîne dans ton sac à main, et l'ambassade te fait un document provisoire. La ressemblance physique c'est pour le cas où l'ambassade vérifierait en comparant une photo d'identité archivée avec toi, la plupart du temps les photos sont anciennes et ça passe très bien, les gens qui s'ennuient dans leur boulot ne sont pas très physionomistes. Avec ça et un extrait d'acte de naissance que tu obtiens facilement via Internet, tu rentres à la mairie de chez toi et tu peux te faire adresser une pièce d'identité toute neuve à ton nouveau nom. Ça paraît trop gros pour être vrai et pourtant, je suis la preuve vivante que ça fonctionne. Je connais plein de combines du genre maintenant ! J'ai découvert ça quand j'étais Amandine justement. Avant j'y allais à l'arrache mais c'était un vrai problème au quotidien.

Les mots me manquent. On ne sait pas quoi dire à quelqu'un qui s'est suicidé plusieurs fois sans jamais se rater. On se sent petit à côté d'une personnalité comme celle-là. A peine vivant.

– Je te fais peur ? demande-t-elle.

– Non, tu m'impressionnes.

– Il n'y a pas de quoi.

– C'est comme si tu étais plus vivante que moi. Que la plupart des gens là-dehors. Il y a trois voire quatre fois plus de vie en toi.

– Trois ou quatre fois moins, peut-être.

Silence gêné. Difficile de choisir les bons mots pour parler de mort entre gens qui se sont tués, au moins symboliquement.

– Ça va changer quelque chose entre nous ? me demande-t-elle.

– Je ne crois pas.

– Tu es la première personne à qui j'en parle.

– Jamais tu ne l'avais dit avant ?

– Non. Sinon ça aurait ruiné toute chance de recommencer.

– Ce qui signifie que tu ne vas plus te suicider pour aller vivre ailleurs alors.

– Probablement.

Je lui prends la main.

– Et Caro, c'est qui ? Le SMS que j'ai vu l'autre jour…

Ophélie dodeline de la tête, un peu gênée.

– Caroline c'est… une soupape. Quand j'en ai marre d'être Ophélie, je suis Caro. La témoin de suicides. Une tout autre vie.

Mes yeux sont grands ouverts. Que de révélations. Soudain me vient une désagréable pensée :

– Dis-moi, quand tu parles d'une tout autre vie, tu veux dire que… tu as quelqu'un d'autre que moi quand tu es Caro ?

– Je suis mariée, et j'ai deux enfants.

Dilatation totale des intestins. Perforation de l'estomac. Ecartement de la cage thoracique. Empalement du cœur.

Elle devine ma géhenne à la tronche que je tire et s'empresse de préciser :

– C'est ce que je raconte ! Ce n'est pas vrai ! La vie de Caro n'existe pas du tout. C'est juste un rôle que je prends quand je rencontre des candidats au suicide. Je ne veux pas parler de moi, du moins de la vraie moi, alors j'ai inventé toute une vie parallèle. Rassure-toi, il n'y a que toi. Pour de vrai, j'entends.

L'émotion a des vertus réparatrices hors norme. Intestins, estomac, côtes, cœur, tout est colmaté, pansé, cicatrisé en quelques mots.

Je l'embrasse. Chaleur, moiteur, électricité, sang qui tourbillonne, yeux qui brillent, pétillements dans les tripes.

Pendant ce temps, canal Saint-Martin, on repêche M. Michaud. Il dégouline d'une eau limoneuse assez désagréable à l'odeur, un peu comme un whisky très tourbé, mais sans l'alcool finalement. De la vase coule de sous son pantalon sur ses chaussures. Ses cinq mèches sont en désordre, emmêlées. Signe indéniable qu'il est mort.

Serré contre le directeur du personnel, les pompiers de Paris vont découvrir quelque chose de totalement absurde qui confirmera la thèse d'un coup de démence du pauvre homme : un pigeon est ligoté à sa poitrine. Noyé contre le cœur du quadragénaire.

La malédiction vient de démarrer.

Elle ne s'arrêtera plus.

21.

De jour en jour, je vois ma relation avec Ophélie se densifier. La complicité s'affine, nos habitudes et nos mimiques respectives deviennent des points de repère rassurants, nos intonations de voix se muent en dictionnaire des humeurs que nous parvenons désormais à traduire. Je la sens plus ouverte, plus sereine. Avouer son passé de suicidée récidiviste a changé son attitude à mon égard, elle est libérée.

Nous dormons l'un chez l'autre de plus en plus souvent, et ces nuits se transforment en jalons du bonheur dans nos vies respectives. Elle cherche moins à me surprendre avec ses soirées originales, elle est plus sûre d'elle et de ses capacités à m'étonner ou à m'intéresser avec ce qu'elle est, elle et elle seule, sans décorum. Plus besoin de diversions. Je la découvre avec son caractère bien trempé, sa détermination en toutes choses, et derrière ces remparts d'apparente certitude, je décèle un noyau de doute, de fragilité, de besoin d'amour.

Alors je lui en donne. De l'amour. Tout ce que je peux. Avec mes bras, avec sa tête dans mon cou, avec mes mots, avec mes yeux, avec mes envies, avec tout mon corps. Je suis amour.

Je sens qu'une flamme est née en moi à son contact, et qu'elle ne cesse de croître, mais je ne la déclare pas. Pas encore. C'est trop tôt. Il y a un temps pour dire « je t'aime » à l'autre. Un temps toujours trop long pour les amoureux. Peur d'être ridicule, d'aller trop vite, de sentiment à sens unique, d'être trahi. Je prends donc mon mal en patience. J'ai quelques règles à ce sujet.

Ne jamais dire « je t'aime » en premier.

Ne jamais le dire avant au moins trois mois. Question de principe.

Ne jamais dire « je t'aime » en premier.

Ne jamais trop développer les sujets qui engagent l'amour : le mariage et les enfants, avant d'avoir entendu un « je t'aime ». Ces sujets-là biaisent les sentiments et peuvent attendrir.

Ne jamais dire « je t'aime » en premier.

J'ai tout à fait conscience que ce sont des règles un peu rigides et idiotes, mais en matière de sentiments on a vite fait de déraper et de se laisser aller à des excès de démonstration qui peuvent être des boomerangs violents. Les hommes ont, d'une manière générale, une très mauvaise notion du timing amoureux. On devrait toujours laisser ces choses-là aux femmes. Je ne dis pas ça par machisme, mais au contraire par réalisme, il faut savoir admettre ses faiblesses.

Sauf que depuis le dernier week-end, j'ai un peu merdé. Ophélie a dû partir en pleine nuit au chevet d'un candidat au suicide. C'était la troisième fois en peu de temps et ça m'a irrité.

– Tu es obligée d'y aller ? je lui ai demandé.

– Oui.

– Il va vraiment se tuer ?

– Non, c'est un postulant, mais ça pourrait aller vite ensuite.

– Et c'est plus important que de rester ici, avec moi ?

– Tu me fais du chantage ?

– Non.

– Tant mieux, parce que ça serait moche.

– Pourquoi ?

– Parce que ces gens ont besoin de moi. Et moi d'eux. C'est une question d'amour.

– D'amour ?

– Oui. Eux n'en ont plus assez pour vivre.

– Et toi ?

– Je m'assure que c'est bien le cas. Et quand ça l'est, ça me rassure. A chaque fois je me rends compte que j'en ai encore plus que ce que je croyais en moi. Je peux rester. Je peux vivre. Je le *dois*. Et eux ça leur permet de partir sereins, sans hésitation : ils sont réellement vides et prêts pour mourir.

– Et moi, je ne t'en donne pas assez pour que tu restes ?

– Pourquoi, tu m'aimes ?

– …

– Tu vois.

– Et toi, tu m'aimes ?

– Cette réponse n'est pas à la hauteur de notre

conversation. Mais je vais te dire : tu sauras que je t'aime si un jour il pleut des pétales de rose sur nous.

Là, j'ai compris que les choses ne seraient pas simples.

Mais si un jour il venait à tomber des pétales de rose, alors la route qui nous attendrait au-delà avait une chance d'être exceptionnelle. Ou bien nous serions deux junkies complètement camés sur la route de l'overdose car qui peut bien vouloir croire que les roses tombent du ciel sans une bonne dose de LSD dans les veines ?

Pendant ce temps au zoo, Tess s'est calmée, elle a cessé de me surveiller, mon petit chantage semble avoir fonctionné. Plus surprenant, elle se montre agréable. En l'absence de Michaud, elle me dit d'arrêter mes rapports quotidiens sur le transit des pandas, elle me paye un café régulièrement, et parfois se joint à moi pour mes pauses déjeuner. Nous parlons du suicide du directeur du personnel bien sûr, et cela n'étonne finalement personne. Le type était déglingué, il a juste fini par s'en rendre compte lui-même. Je me dis que c'est un beau gâchis, si j'avais su lire sa détresse plus tôt, j'aurais pu le guider vers Ophélie, pour qu'elle l'accompagne, comme ça j'aurais fait plaisir aux deux. Elle l'aurait certainement convaincu de ne pas procéder ainsi, d'épargner le pigeon. A moins que le volatile ait manifesté le souhait de partir avec son maître. J'ignore si on peut avoir ce genre d'échange avec un pigeon, même bien dressé. C'est une question fondamentale que personne ne pose jamais : lorsque le capitaine pirate coule avec son navire, est-ce que le perroquet se laisse sombrer ou est-ce qu'il s'envole, puisqu'il en a les moyens ?

Quoi qu'il en soit, je découvre une Tess drôle, plus agréable que je ne le pensais. Ce n'est plus la monomaniaque de la sexualité de ses bêtes, même si le thème revient souvent entre ses lèvres, mais une trentenaire pétillante qui déploie son énergie.

Un midi, alors que nous partageons un Tupperware de salade de pommes de terre assis face aux kangourous, elle me fixe un long moment.

– J'ai un bout de patate sur le coin de la joue, c'est ça ? je finis par demander.

– Non. Je te trouve beau. Je ne te l'avais jamais dit.

– …

– C'est vrai, plus je te connais, plus je te trouve séduisant. Tu as un côté lion en toi, tu sais ?

– Euh… non.

– On devrait s'accoupler.

Les kangourous se mettent alors à bondir au ralenti, le ciel s'obscurcit brusquement, les voix au loin se transforment en maelström inaudible comme une cassette dont la bande se prend dans le mécanisme du lecteur. Mes organes se liquéfient. Je tente de reprendre le contrôle :

– C'est pas toi qui m'expliquais que le sexe des lions est plein de picots qui font mal à la lionne ?

– Tu pourrais me faire mal, ça me dérangerait pas. Au contraire même.

Et encore une fois, mon organisme me rejoue sa même

danse paniquée : mes poumons ne pompent plus d'air, ils ont envie de bondir hors de ma poitrine, mon estomac se contracte pour en faire autant, ils cherchent tous à sortir, par tous les moyens possibles, par toutes les portes de secours existantes, le cœur mène la troupe, et le sauve-qui-peut. Je serre les dents, les fesses, et prie pour que le nombril soit bien étanche.

Je suis quand même le seul loser que ses propres organes veulent fuir lorsqu'il est terrorisé.

– Tess… nous sommes amis.

Réponse assez pathétique, je l'avoue, mais mon attention est principalement centrée sur mes sphincters.

– Et alors ? Tant mieux. Ça évitera les malentendus. On baise quand on veut, sans se prendre la tête.

– Comme des bonobos ?

– Comme les animaux que nous sommes.

– Tess, j'ai quelqu'un dans ma vie.

– La fidélité, c'est un concept philosophique. Te mine pas avec ça. D'un point de vue purement biologique, ça ne tient à rien.

– Ben, c'est un concept qui me tient à cœur quand même.

– Pourquoi ? Qu'est-ce que ça peut faire ? On ne le dira pas à ta copine si elle est jalouse.

– C'est pas une question de jalousie, c'est une question de confiance !

– La confiance, c'est ce qui fait les cocus.

– Moi j'y crois à la confiance. Pour notre construction. Comment tu veux que notre relation tienne dans le temps, après dix ans et bien plus encore, si je ne respecte pas ma copine dans ces moments-là ?

– Elle est pas là, qu'est-ce que ça peut faire ?

– Justement, c'est quand elle n'est pas là que je dois être encore plus droit vis-à-vis d'elle. C'est ça une relation, et l'amour c'est surtout tout ce qu'on ressent et tout ce qu'on fait quand l'autre n'est pas là. C'est ça la confiance. C'est ça la complicité. Savoir que l'autre est fiable.

– A quoi bon ? Tu te prives de plaisir et elle ne le saura jamais ?

– Peut-être, mais moi je le saurais. Ça influerait, d'une manière ou d'une autre, sur ce que je pense de moi, d'elle, de nous. Inconsciemment ça altérerait notre relation. Parce que la fidélité, la complicité, ça se construit par petits liens fragiles, sur le long terme, et c'est comme ça qu'on réussit à faire deux. Dans la sincérité, vis-à-vis de soi avant tout.

– C'est un peu des conneries sentimentales ça, non ?

J'ouvre la bouche pour faire fuser une bonne réplique cinglante et la seule chose qui me vient à l'esprit c'est :

– Oui, c'est des conneries sentimentales, t'as raison.

Parce que c'est exactement ça. De la guimauve. Du gnangnan.

J'étais un piment, vif et piquant. Je me suis laissé enrober d'une gigantesque couche de sucre et de caramel. Même d'un peu de Nutella.

L'amour a quelque chose d'incroyable. Ça vous rend

tendre, doux, sensible. Et probablement dégueulasse au goût si on y songe bien.

Bref, l'amour rend très con. Et à ce stade de mon existence, je suis le roi des cons.

Je songe à Ophélie, à son sourire Colgate, à ses mèches blondes. Non, je ne suis pas le roi, je suis l'empereur des cons.

Et puis merde… ça soulage d'aimer. Ça déporte une bonne partie des problématiques narcissiques, au moins momentanément, ça fait un bien fou. Je risque d'être un peu chiant auprès de mes amis pendant quelque temps, mais comme des amis je n'en ai pas vraiment, ça ne devrait pas bouleverser mon quotidien. Alors j'assume. Je me vautre dans le rose, dans le moelleux, dans le ridicule.

Et bien décidé à partir en croisade pour faire triompher mes vues, j'en remets une louche :

– Tu as peur de mourir, Tess ?

– Un peu comme tout le monde. Peur de mourir ou peur de ne plus vivre, en tout cas peur de l'inconnu, bien sûr.

– On a peur parce qu'on est seul dans la mort, tu sais ? Vraiment seul. Parce qu'au final, on est seul dans sa vie. L'autre ne sera jamais qu'un esprit totalement séparé de nous par l'implacable barrière de la chair. L'autre ne sera jamais nous. Jamais. Sauf si tu crées une véritable complicité. Un lien unique, extrême. Quasi fusionnel. Vient un moment où l'autre, malgré la barrière de la chair, tu le ressens tellement bien qu'il devient toi et toi lui.

– Ça s'appelle un bon plan cul…

– Non, je t'assure, je déconne pas, et c'est bien au-delà du sexe. C'est possible. Il faut du temps. Et il faut être à 100 %. Pas 98 %, non, 100 % avec l'autre, dans sa fidélité. Et je ne parle pas que de fidélité sexuelle, mais d'esprit, de pensée, d'âme. Si tu trouves quelqu'un avec qui tu peux te livrer à ce point et qui en fait autant, alors tu sais que tu as la personne avec qui vivre ta vie entière. Même quand c'est dur, même dans les différences, même dans les engueulades. Même quand l'autre t'horripile parce que tu le connais par cœur y compris dans ce qu'il a de pire à tes yeux. Si tu es toujours là après tant d'années, c'est que le pire ne t'effraie plus. Il n'y a plus de peur. Rien qu'une union, une cellule constituée face au reste du monde. Et là, tu ne seras plus seule, malgré la chair. Et du coup, ça rend les perspectives suivantes plus ouvertes.

– Tu parles de la vie après la mort ? Tu crois à ces conneries, toi ?

– Aimer quelqu'un à ce point te donne les ailes de la spiritualité. Un besoin de foi. Quelle qu'elle soit. Pour croire que ça ne s'arrêtera pas brutalement.

– Tu es croyant ?

– Absolument pas.

– Alors ?

– Mais l'amour me donne envie de croire à quelque

chose. Je ne sais pas à quoi, et c'est déjà une réponse qui me convient à ce moment de ma vie.

Pour le coup, j'en fais presque trop. Le plus affligeant c'est que je n'invente rien, sur le moment je crois à chaque mot que je prononce, gagné par l'euphorie niaise de l'amoureux. Je vomis mes bons sentiments comme un prêcheur vertueux qui rentre le soir même se branler devant YouPorn… comme tout le monde.

– Ouais, tu fais tes courses, quoi. Le libre-service religieux.

– Peut-être…

– Pierre, c'est des conneries ! Tu peux pas croire en un Dieu tout en réfutant les principes du bouquin qui en parle, qui l'a inventé ! On ne pioche pas dans la Bible, le Coran, la Torah et je ne sais où encore comme on picore au buffet du Club Med en délaissant ce qu'on n'aime pas ! La religion c'est pas un repas à la carte, tu prends le concept entier ou tu ne prends rien. Je te rappelle que les bouquins en question ont été rédigés selon la parole divine, en réfuter des pans entiers c'est réfuter ce Dieu. Chaque être humain ne peut pas inventer sa propre religion faite de bric et de broc. Autant jouer aux Lego ! Ou autant reconnaître qu'on se fabrique soi-même son propre Dieu selon ce qui nous arrange, donc qu'il n'existe pas réellement mais qu'on se rassure comme on peut.

– Il y a plusieurs religions justement pour que chacun y trouve sa réponse en fonction de ses besoins.

– C'est la preuve que la religion a été inventée par les

hommes, pour les hommes. Elle répond au besoin de chacun selon sa culture !

– Ou que Dieu est adaptatif.

– Pour un mec qui ne croit pas, quel prosélytisme !

– Non, je suis amoureux, c'est tout.

Tess lève les yeux au ciel.

– Tu ferais mieux de tirer un coup, ça te rendrait moins chiant !

– C'est ce que je fais figure-toi, c'est le concept d'être amoureux à deux tu sais…

– De tirer un coup avec moi, j'entends ! T'enrichir quoi ! Multiplier les expériences ! Pourquoi un être humain devrait s'arrêter de lire sous prétexte qu'il a trouvé un super bouquin ?

– Tu compares la sexualité à la littérature maintenant ?

– L'analogie en vaut bien une autre. T'imagines la pauvreté intérieure du type qui n'a lu qu'un seul livre parce qu'il l'a trouvé si bien qu'il n'est pas intéressé par les autres ?

– Pour toi, la fidélité est une notion archaïque ?

– Illusoire. Une mesure pratique, inventée pour tenir les villes, pour que les gens se civilisent, pour parvenir à vivre dans une certaine cohésion, bref, pour permettre une société pyramidale, avec des institutions.

– Pourtant il y a des animaux fidèles.

– Rares. Très rares. Tellement qu'ils sont anecdotiques. Je dirais même que c'est une anomalie.

– J'aime cette anomalie. Elle nous singularise. Et les animaux fidèles le sont peut-être parce qu'ils ont un besoin d'amour énorme. Et qu'on ne comble ce besoin qu'avec une relation totale, forte, complice. Donc exclusive.

C'est un mec qui a trompé sa copine précédente une demi-douzaine de fois la dernière année qui tient ce discours. J'étais malheureux. On ne baisait plus. Tout se résume en ces deux phrases. Je n'en suis pas fier, mais pas honteux non plus, faut pas déconner. Pourtant en cet instant, je crois à chaque mot qui sort de ma bouche. La complicité comme ciment d'une vie à deux épanouie. Et la fidélité comme base de la complicité.

– C'est ton point de vue. Je trouve ta bibliothèque intérieure bien pauvre, lâche Tess.

– Au contraire, toi tu lis des dizaines de livres…

– Des centaines.

– Ah. Des centaines, OK. Donc toi tu lis des centaines de livres, tu es spectatrice de ces ouvrages tandis que moi et ma douce nous rédigeons chaque jour les pages d'un bouquin vierge. Ce n'est pas la même chose. Tu confonds ce qui est figé et ce qui est vivant, ce que tu peux fabriquer, créer, vivre. Lire, c'est toi et toi seule qui te diriges vers ce qui est déjà défini, immuable, tandis qu'écrire, surtout à deux, c'est du partage, de l'inconnu, c'est faire, se propager. Tu marches vers un mur là où moi je te parle d'avancer vers l'horizon qui n'a pour fin que la portée de ton regard.

Tess hausse les épaules. Pas entièrement convaincue, même si je perçois que ce dernier argument a touché une corde sensible.

– Moi, dit-elle, tout ce que je te proposais, c'était de baiser un coup. C'est tout.

Le lendemain elle m'envoie un texto.

C'était bon hier. Merci pour ce moment.

Apparemment, je lui ai mis des graines saines dans la tête. Après tout, l'amour a peut-être du bon sur les autres, il éclabousse, il arrose de douces intentions, parfois. Je me prends même à croire en quelques idéaux positifs…

Trois jours plus tard, j'entre un peu vite dans le bureau du secrétariat, et je surprends Hugo en train de culbuter Tess sur les piles de calendriers du zoo pour la nouvelle année. Elle est penchée sur le bureau, le nez face au cliché d'un babouin souriant, Hugo dans le dos, le front moite, les joues roses et le souffle court.

– Oh pardon, dis-je. Bonne lecture, Tess.

Je m'éclipse. La demoiselle remplit sa bibliothèque.

En rentrant chez moi je n'arrive pas à m'enlever de la mémoire cette image un peu dégradante de mes collègues. Et curieusement, j'opère un lien comme seuls les mecs torturés peuvent en faire : j'imagine qu'Ophélie a déjà vécu quelque chose dans ce goût-là avant moi, se faire culbuter au boulot, sur un bureau, et ça me tord le ventre. Je me découvre jaloux. Jaloux de son passé. Je ne lui ai jamais posé de question sur sa vie amoureuse et sexuelle d'avant moi. Trop peur. Peur de souffrir. Peur du nombre. Quand l'autre a déjà partagé son corps avec beaucoup de monde, il y a un côté « usé par tous » très désagréable. On ne se sent pas privilégié, aucune exclusivité, aucune découverte, on ne fait qu'avancer sur une terre déjà foulée.

Je marche dans la rue et j'ai l'impression que tous les mecs me narguent.

Je suis le dernier sur la liste.

Pour un homme, c'est assez violent. Nous avons ce reliquat préhistorique de possessivité, cette notion de territoire à défendre, nous autres mâles. C'est comme ça qu'on construit notre tribu. Et *posséder* l'autre, la faire sienne, est toujours plus délicat quand on sait qu'il y en a tant qui l'ont fait avant soi. Ça paraît plus difficile, moins légitime, moins évident. Curieuse notion très animale. Typique de bien des hommes, à en croire mes souvenirs de conversations entre mecs. C'est pour ça qu'on ne peut pas être dans la même pièce qu'un ex de sa nana. C'est un défi à notre virilité. C'est comme si une femme se pointait à la soirée de sa vie pour se rendre compte que sa pire rivale porte exactement la même robe qu'elle, avec le risque qu'elle la porte mieux. Impossible.

Je bouillonne.

Je change de direction.

Et lorsque Ophélie ouvre la porte de son appartement, je lui dis bonjour d'un :

– Combien il y en a eu avant moi ?

Grands yeux bleus ouverts sur l'incrédulité.

– Pardon ?

– Je sais que c'est goujat, mais je veux l'entendre.

– Pourquoi ?

– J'ai besoin de savoir.

– Pourquoi ?
– Parce que je suis jaloux.
– Pourquoi ?
– Parce que je t'aime.
Et merde.

20.

L'avouer ainsi fut une grande défaite sur mes principes, mes convictions et ma maîtrise de moi. Bref, sur ma virilité.

Ophélie m'a toisé un long moment, sans réagir.

Ce qui ressemblait à une pointe d'agacement s'est dilué dans une larme de tendresse. Elle m'a pris la main et m'a entraîné dans son atelier. Elle venait de travailler sur les arômes qu'elle vaporise sur ses compositions synthétiques car il flottait encore des fragrances boisées et florales sous la verrière.

Elle s'est postée juste au milieu et m'a fait face sans me lâcher la main.

– Tu aimes celle que je suis ?

Trop tard pour reculer. Autant sauver ce qu'il reste de dignité en y allant franchement :

– Oui. Tout toi. Entièrement.

J'ai presque l'impression de sentir le caramel chaud, le crépitement de la chantilly qui fond par-dessus. Le cœur de piment a disparu sous des tonnes de sucreries. Mièvre est mon second prénom.

– Donc peu importe qui il y a eu avant toi puisqu'ils auront contribué à faire de moi celle que je suis.

Bof. Le mec que je suis est peu rassuré. J'ai envie de lui dire que ça ne change rien au fait que pour moi et au regard des autres, je ne suis toujours qu'un visage de plus au bout d'une longue liste. Il y a potentiellement eu tellement d'ex dans sa vie que ça me dévalue moi-même. Tout Paris l'a déjà possédée avant moi, c'est donc pas un grand mérite que d'être son mec. C'est ça le plus douloureux pour le mâle. Mais la femme qu'elle est attend autre chose, alors j'acquiesce doucement. Et surtout je réalise.

Je réalise que ma jalousie lui invente un passé dont je ne sais en réalité rien. C'est à moi que je fais du mal. Tout ça n'est probablement pas vrai. Je suis peut-être son cinquième ou sixième gars, mais je suis surtout celui qui fait qu'il n'y en aura plus d'autres. Peu importe les autres.

Les autres. Ça m'énerve tout de même.

A partir de combien estime-t-on que c'est encore acceptable ? Au-dessus de dix c'est trop ? Ça dépend de l'âge je dirais…

Je ne sais pas si elle pense comme moi. C'est que les femmes n'ont pas un territoire à posséder, elles, elles doivent le rendre viable. S'assurer que la friche masculine est bien devenue constructible. Et c'est pas simple non plus, je le concède, surtout si le territoire a déjà été viabilisé dans tous les sens selon les plans des précédentes. Faut tout reprendre à zéro parfois, au risque de creuser un peu trop et de tomber sur les canalisations posées par une ex.

Mon psy me disait que j'étais jaloux parce que je n'avais pas assez confiance en moi pour croire qu'on pouvait m'aimer totalement, pleinement, exclusivement. Moi j'ai envie de dire si, j'y crois. Je suis un mec bien. Pas le meilleur peut-être, mais bien.

Sauf qu'indépendamment de soi, dans le couple il y a l'autre. Ses pulsions, ses pensées, ses besoins, ses folies, ses perversions. Tout ce qui peut le ou la conduire, un jour, à sauter le pas avec un(e) autre. Pour une heure ou pour la vie. Trahir. Déconstruire de l'intérieur. Faire germer la graine qui pourrira tout le reste.

Le beau discours tenu à Tess le midi même est rongé par le vice de la jalousie. C'est un sentiment terrible, odieux par moments. Je voudrais l'atténuer, l'amputer de moi. Mais je sais aussi qu'en ce monde d'équilibre, il est certainement le pendant de la passion. Si je me coupe de ma jalousie, je me coupe d'une partie de mon amour pour elle. Si je racle le sucre caramélisé, j'arrache la chantilly, le Nutella, et je remets le piment à vif, bien piquant.

Ne reste que la modération. Passer mes élans destructeurs au tamis de la bienveillance, pour protéger notre relation. Ne pas l'agresser inutilement.

Putain, quelle banalité affligeante ! La même trajectoire que n'importe quel mec qui tombe amoureux. Aucune singularité. Aucune personnalité. Comme un ordinateur dans lequel on lance le programme « amoureux donc jaloux donc dans la problématique de la confiance ». Clichés sur clichés sur clichés.

Je suis un album photo de l'humanité dans toute son uniformité.

Et là, Ophélie fait quelque chose d'inattendu : elle tire sur une chaînette qui pend du plafond.

Déclic. Ressorts. Mécanismes. Basculement.

Le décor s'altère. Le monde s'effrite, mais il le fait avec beaucoup d'élégance. Des morceaux de sa beauté tombent du ciel.

Des fragments de la chair du monde.

Je cligne des paupières. Caresses de soie sur mes joues.

Ophélie me regarde, ses lèvres ouvertes de joie.

Nous sommes l'un contre l'autre.

Il pleut des pétales de roses rouges.

Elle m'aime.

19.

– *Elle* va te détruire.

La voix de mon psy se fraye un chemin jusqu'à mon cortex primitif, et j'en ai la chair de poule. La chair de crocodile serait plus juste compte tenu des zones reptiliennes qui sont activées par ce grand gourou de mon inconscient. Avoir la chair de poule c'est mignon. Se couvrir de chair de crocodile, ça c'est effrayant. Et c'est tout lui.

Ce type a le don de m'appeler quand je suis le moins vigilant, que je décroche sans regarder qui c'est ou en me fichant de répondre à un numéro inconnu.

Il développe :

– Tu vas tomber amoureux. Parce qu'elle est belle, intelligente, et qu'elle va savoir te parler. Aujourd'hui elle sait apaiser ta jalousie, avec le temps elle oubliera de le faire, peu à peu elle se lassera de tes angoisses, voire elle jouera avec, pour prendre le pouvoir dans votre couple, pour asseoir sa domination.

– Ce n'est pas une perverse manipulatrice.

– Tu ne la connais pas assez pour dire ça.

– Je le sens.

– Avec l'acuité d'un amoureux ? Autant dire que tu ne reconnaîtrais pas un clown à un enterrement.

– Je n'ai pas envie de vous parler.

– Elle retournera tes faiblesses contre toi. Et tu sais comment ça va finir ?

– Vous avez oublié ? Je ne vous paye plus pour entendre vos conseils pourris.

– Elle finira par te vider de tout, dignité, amour-propre, énergie, envie de vivre, espoir. C'est un vampire.

– Vous m'emmerdez.

– Cette clé qu'elle t'a donnée, tu sais ce qu'elle ouvre ? Ta propre boîte de Pandore : c'est la clé de tes démons, Pierre. Tes démons.

– Vous avez raison. Et il en vient justement un pour me prendre mon téléphone et couper cette communication.

Je raccroche.

Je suis nerveux. Ce type me stresse. Son existence même est devenue source de terreur. Je ne le vois jamais, pourtant il sait presque tout, comme s'il était là. J'ai le sentiment qu'il connaît Ophélie mieux que moi, comme s'il s'agissait de sa patiente. Est-ce qu'un psy peut faire ça ? Intervenir entre ses patients ? Certainement pas… Mais le mien est unique en son genre.

Je tente de me calmer en buvant un demi-litre de Coca, mais ça ne va pas mieux. Je me lance dans une longue partie infructueuse de pêche téléphonique qui ne fait que grossir ma liste de numéros abandonnés. Dans ces moments-là, au moins, j'ai l'impression que le temps se dilue. J'en ressors fatigué, parfois avec le sentiment que le monde m'a échappé ou que je l'ai fui. J'ai même parfois l'impression d'un long black-out… C'est apaisant.

Dans l'après-midi Ophélie passe me chercher à l'appart et nous nous promenons sur les quais, main dans la main, le menton enfoncé dans notre écharpe pour résister au froid de février. Nous explorons chacun le caractère de l'autre. Nos conversations requièrent un haut degré de concentration car elle a trois voire quatre vies et je comprends vite qu'elle aime assez peu parler de ses existences précédentes tout comme j'évite de m'attarder sur celui que j'étais avant la dépression. Sauf que depuis, je ne suis pas grand-chose. Difficile de parler de soi pendant des heures quand on est un nouveau-né.

Alors nous confrontons nos goûts. Devant des galeries d'art, sous des façades d'immeubles, en faisant du lèche-vitrine. Nous laissons nos imaginations délirer en inventant une histoire aux nuages, des conversations aux oiseaux (il faut toujours que les pigeons aient un petit accent un peu drôle dans nos imitations, c'est étrange cette obsession du pigeon qui serait une sorte de sous-oiseau…), une vie aux passants. Devant chaque nom de rue dont nous ignorons de qui il s'agit, Ophélie propose une identité sur laquelle je viens broder ma version des faits, et nous traversons plusieurs arrondissements en réécrivant l'histoire de la capitale. Notre Paris est coloré, plein d'extravagants, de mystères, de romances, saupoudré d'un peu de magie, de quelques complots, d'une bonne centaine d'anachronismes, bref, c'est une chronique passionnante qui naît au fil de nos pas.

En fin d'après-midi, tandis que nous nous sommes réchauffés autour d'un chocolat chaud et d'une tarte aux pommes tiède, dans un élan d'espièglerie Ophélie m'entraîne dans les toilettes du salon de thé et là elle m'embrasse fougueusement, comme un cri du cœur destiné à ma queue. Je la prends contre le mur, brutalement, rapidement, nos souffles chocolatés mêlés, les hanches moites, je l'attrape par les cheveux, je la traverse, ses fesses sont le butoir de ma fougue, je vois sa main se plaquer brusquement contre la porte, ses doigts se crisper. Elle retient un gémissement et l'excitation monte en moi.

Elle m'incite à aller plus fort. À tout donner, à la prendre tout entière, à entrer en elle jusqu'au bout du bout. Elle m'agrippe par les reins, elle veut plus encore. Elle veut que je me répande en elle.

Je jouis longtemps, fort, en jets puissants, comme si ma semence voulait atteindre son cœur pour lui dire combien je l'aime, pour qu'elle le comprenne bien. Que ce soit inscrit, physiquement, dans son sang.

C'est une de ces belles journées en amoureux, de celles qui vous font vous endormir aussi heureux qu'inquiet, de peur que cela s'arrête un jour. Parce que notre bonheur c'est une joie au conditionnel permanent, où plane le spectre de la déception, de la perte et de la souffrance. Nous ne serons jamais heureux qu'à travers le doute.

J'apprends à la connaître dans son quotidien. Il y a finalement moins de coups de fil pour sa collection de suicides que je le craignais. Parfois elle doit s'absenter toute une journée, voire toute la soirée, parfois je sais qu'elle passe sa nuit entière au chevet d'un candidat à la mort. Je fais avec. Je commence à m'habituer. Je sais que je dois la partager, je me fais une raison parce que c'est avec des gens qui seront bientôt décédés. Difficile d'être jaloux dans ces conditions, ce serait égoïste.

Mais j'avoue que parfois ça me pèse un peu. Alors je lui pose plein de questions sur la mort. Est-ce qu'elle les voit partir ? Est-ce qu'elle ressent quelque chose, comme une âme qui quitte l'enveloppe charnelle ? Est-ce qu'elle a peur des fois ?

Elle me dit juste qu'on ne peut pas se méprendre lorsque quelqu'un n'est plus : ses muscles sont totalement affaissés, ça se voit jusque sur le visage, on ne peut pas croire qu'il dort, on sait instantanément qu'il est mort. Si la vie n'est que doutes, la mort est une certitude.

Je partage à mon tour ma vie : le zoo, mes collègues, je lui raconte tout, le Hugo supervilain en devenir, la Tess nymphomane, les pandas, les cours de théâtre où Julia n'est plus revenue… Et ça ne va guère plus loin puisque ma vie se résume à ces quelques points.

Jusqu'à ce lundi matin de fin février où j'arrive au zoo peu avant huit heures, de bonne humeur après un week-end tendre sous la couette.

Deux hommes, l'air pas très aimable, m'accueillent dans la salle du personnel. Ils me demandent mon identité et ce que je fais ici puis se présentent :

– Brigade criminelle. Nous sommes là pour enquêter sur le meurtre.

– Finalement c'était pas un suicide ?

Ils se regardent, surpris.

– Un suicide ?

– Michaud, avec son pigeon.

– Le directeur du personnel, comprend alors un des deux flics. Le gars dont on nous a parlé tout à l'heure.

L'autre acquiesce. Et moi je fais la connexion :

– Attendez, il y a eu un meurtre ? C'est pas Michaud ?

– Tatiana Teskowitz.

Je secoue la tête, circonspect.

– Tess, précise un flic. C'est comme ça qu'elle se faisait appeler.

– Tess ? je répète, incrédule. Elle… est… morte ?

– Oui.

– Mais… vous êtes sûrs ?

– Oui.

– Mais… morte… genre *vraiment* morte ?

C'est que depuis quelque temps je cotoie toutes sortes de morts non définitives.

Les deux flics m'observent comme deux tigres regarderaient une petite gazelle entrer docilement dans leur cage et leur passer sous le nez sans s'inquiéter le moins du monde pour son intégrité. Hallucinés.

– Vous connaissez plusieurs degrés de mort ? finit par demander le flic le plus grand.

– Plusieurs nuances.

– Faudra nous expliquer ça. La différence entre un peu mort, à moitié mort et complètement mort.

– Je vous présenterai ma copine.

Dit comme ça, j'ai l'impression de passer pour un nécrophile.

Je parle sans émotion, encore sous le choc de la nouvelle.

– Vous la connaissiez bien, Tess ?

– Comme une bonne collègue, dis-je d'un ton monocorde. Elle est morte comment ?

– Pas toute seule.

– C'est pas un suicide ?

– A moins qu'elle soit capable de se mettre un bon coup de pelle en pleine tête, de partir ranger la pelle en question, et de rentrer chez elle pour y mourir, non.

– Avec une pelle ?

– Ça pose un problème on dirait ?

Ma bouche s'assèche.

– Vous avez arrêté le coupable ?

– C'est en cours.

– Vous avez un suspect ?

– Plusieurs.

– Ils sont où ?

– Nous les interrogeons en ce moment même.

– Et vous… En ce moment même ? Je suis un suspect ?

– Ça dépend. Vous faisiez quoi hier soir ?

– J'étais avec ma copine.

– Celle qui est un peu ou à moitié morte ?

– Elle est totalement vivante.

– Toute la soirée ?
– Oui… Ah non.
– Non quoi ? Elle n'est plus totalement vivante ?
– Non, j'étais avec elle *presque* toute la soirée.
– Son nom ?
– Ophélie Elseneur.
– Adresse ?

Je la leur donne, avec son numéro de téléphone portable, pour qu'ils vérifient. Le grand insiste sur un point :

– Avec elle *presque* toute la soirée, c'est-à-dire ?
– Elle a dû s'absenter.
– Longtemps ?
– Entre dix-neuf heures et vingt-trois heures.
– Et vous êtes resté seul pendant tout ce temps ?
– Bah oui.

Les deux flics se regardent, complices.

– Donc, vous étiez proche de Tess ?
– Pas au sens où vous l'entendez je crois.
– Jamais couché avec elle ?

L'autre flic s'empresse d'ajouter, comme si ça lui brûlait les lèvres :

– Parce que d'après vos confrères, elle était plutôt… ouverte.

– Disons qu'elle préférait une bibliothèque bien remplie de livres passables à une petite étagère de chefs-d'œuvre. C'était une collectionneuse.

– Ce qui signifie que vous avez couché avec elle ou pas ?

– Ben non.

– Vous dites ça comme un regret.
– Comme une évidence.
– Parce que vous êtes un chef-d'œuvre ?
– Euh… non, mais un bon bouquin j'espère.
– On vous annonce le meurtre de votre collègue et ça n'a pas l'air de vous traumatiser…
– J'intériorise.
– Pas d'émotion ?
– Si, ça fiche un coup. Enfin, moins qu'à elle de toute évidence…
– C'est tout ?
– Vous voulez quoi ? Que je me roule par terre en hurlant ?
– Au moins un peu d'affect…
– C'était ma collègue, pas ma sœur. Elle était bizarre, et je ne la connaissais pas depuis des années non plus ! Alors oui, ça me perturbe pas mal, mais non, je ne suis pas en pleurs, pas là, maintenant, devant vous. C'est comme ça que je fonctionne moi, j'ai pas la larme facile. Trop de choc tue l'émotion.
– C'est le moins qu'on puisse dire.
– Vous êtes de sa famille ou quoi ?
– On aimerait comprendre…
– Moi aussi. Vous avez interrogé tout le monde ?
– C'est en cours.
L'autre intervient :
– Pourquoi ? Vous pensez à quelqu'un en particulier ?
Je hausse les épaules.
– Non, pas vraiment.

En fait si, je pense à Hugo bien sûr. Hugo et sa manie de vouloir donner des bons coups de pelle pour remettre sur le droit chemin. Pourtant ma bouche demeure scellée. Le supervilain est-il né là, sous mes yeux, sans que j'aie rien fait pour l'en empêcher ? Suis-je responsable de la mort de Tess ? Complice par mon silence ?

Après François Michaud et son pigeon, c'est au tour de Tess, ça commence à faire beaucoup en peu de temps.

Pas encore assez pour parler de malédiction bien sûr.

Mais un bon début.

De toute la matinée, je ne vois pas Hugo une seule fois. Je finis par le croiser le midi, à l'entrée du zoo, en pleine conversation avec ce qui ressemble à un journaliste, dictaphone à la main. Hugo me voit et pointe son index dans ma direction. Je le salue. Un flash crépite. Je suis immortalisé dans un sourire gêné et la main molle en suspension dans l'air.

Une photo idiote, un peu grotesque, où je découvre une partie de mes dents supérieures, comme un chien dont la babine serait coincée. J'ai le regard terne qui me donne un air particulièrement con. Le genre de cliché qu'on aimerait détruire aussitôt.

Manque de bol, il va être à la une dès le lendemain matin.

18.

A trop vivre dans sa bulle d'amoureux ridicule, on finit par se couper du monde.

C'est pour ça que je n'ai rien vu venir. Ni le journal avec ma photo dans les kiosques, ni personne pour me prévenir. Surtout que c'était un jour de repos, une RTT, une journée en suspension dans le réel, sans but, sans obligation, rien qu'une parenthèse pour soi.

Ophélie passe me chercher sans trop parler, elle m'a juste dit qu'on devait aller faire un truc et elle m'entraîne sur le pont des Arts, là où des centaines et des centaines de couples étaient venus accrocher des cadenas gravés à leurs initiales pour célébrer leur union. Il y en avait tant que l'amour a menacé de tout faire s'effondrer dans l'eau, alors on a remplacé les grilles par du plexiglas et la voirie a défait tous ces petits couples. Le plastique c'est fantastique. Le vide à la place de ces alliances de forcenés. Triste.

La veille au soir j'ai tenté de la joindre pour lui raconter le meurtre de Tess, pour ne pas rester seul chez moi, mais elle était en intervention une partie de la nuit. Suicide avorté au dernier moment. Elle sera de mauvais poil. Elle déteste les gens qui font les choses à moitié, sans motivation. Pour mourir de son propre chef, il faut être résolu, répète-t-elle souvent, ce n'est pas pour les indécis. Le suicide ce n'est pas pour les mous. Et comme elle est tombée sur une molle, elle a perdu sa nuit. C'est pour ça qu'elle ne parle pas beaucoup ce matin-là.

Au milieu du pont, il y a encore quelques arceaux métalliques où des irréductibles peuvent planter les crocs si on est observateur. Ophélie s'arrête devant, elle fait surgir deux cadenas de son sac et me demande de me plaquer contre la rambarde et de fermer les yeux, ce que je fais sans poser de question, curieux de savoir ce qu'elle a en tête, tout excité. Con jusqu'au bout. Moi je ne vois que la mièvrerie de nous inscrire à notre tour dans la béatitude béatifiante et bêtifiante collective.

Avant que je puisse réagir je sens un bracelet métallique se refermer sur chacun de mes poignets et Ophélie recule pour me fixer.

Je suis menotté aux cadenas, soudé au pont des Arts.

– Là je suis sûr que tu ne pourras pas te défiler.

– …

– Tu vas t'expliquer ?

Ophélie n'a plus le même visage. La sérénité a disparu, remplacée par une colère froide.

– Bien sûr, dis-je.

– Vas-y, je t'écoute.

– Mais à quel sujet ?

C'est dans ces moments en particulier qu'être amoureux

est dangereux. Lorsqu'on n'a plus aucune barrière, plus aucune couche protectrice. Tout prend des proportions alarmantes. Chaque mot devient une arme dévastatrice et je toise Ophélie avec une angoisse non feinte.

– A ton avis ?

– Bah… justement, je n'en sais rien.

– Tu te payes vraiment ma tête !

Elle sort un journal tout froissé de son sac. Sur le côté de la une, je découvre mon visage idiot de la veille, avec un titre racoleur : « Meurtre au zoo de Vincennes ! L'amant suspecté. »

– Ah, merde.

– Comme tu dis.

– Non, c'est la photo, elle est vraiment nulle. Je ressemble à rien là-dessus.

– C'est tout ce que tu as à me dire ?

– Tu ne vas tout de même pas croire ce torchon ? Si j'étais l'amant de cette fille, tu serais la première à le savoir !

– Pas certaine, non.

– Mais enfin, Ophélie !

Je me rends compte qu'elle est bien plus sérieuse que je ne pensais. Entre sa confiance en moi et sa confiance en la presse écrite, elle a déjà fait son choix. Et ça me désole.

– Arrête, tu ne vas pas croire ça ! C'est des conneries ! Je t'ai tout raconté à propos de Tess, c'était une nymphomane !

– Et c'est ton excuse pour te la taper, ça ? « Désolé, chérie, je la sautais juste parce qu'elle était nymphomane.

Fallait bien que je fasse quelque chose ! » Dans cinq minutes tu vas me raconter que c'était pour lui rendre service uniquement ? Ou qu'elle te violait peut-être ?

Il y a une masse noire qui circule derrière ses pupilles de saphir. Une présence inquiétante. Elle est vraiment furieuse. J'en prends conscience. Ce n'est pas juste une petite scène, presque pour jouer, pour donner un peu de piment à notre couple. Ophélie est profondément meurtrie, elle y croit.

– Absolument pas, je lui réponds, très sérieux. Même pas une fois.

Ophélie regarde son journal. Puisque c'est écrit, ce doit être vrai. Au moins une base de vérité…

Elle s'approche, se colle à moi et glisse une main dans la poche arrière de mon jean pour prendre mon téléphone. Elle consulte le journal des appels, semble se satisfaire de ne pas y voir le nom de Tess, puis vérifie les SMS et là, elle se raidit brusquement.

Le portable jaillit sous mes yeux. Obligé de pencher la tête en arrière pour voir le texto de Tess.

C'était bon hier. Merci pour ce moment.

– Ah, ça, dis-je stupidement.

– Oui, ça.

– Nous avons eu une belle conversation.

– Tu te fous de moi, Pierre.

– Non, je te jure !

– Quel genre de femme enverrait un texto comme ça après une *discussion* ?

– Ben, Tess !

Ophélie vire du rouge furieux au blafard. Elle secoue la tête avec toute la déception du monde dans le regard. Elle tire une paire de petites clés de sa poche et les lance dans la Seine.

– Ophélie ? Qu'est-ce que tu fais ? Déconne pas ! C'est juste un malentendu !

– Tu as raison, confirme-t-elle sur un ton glacial, nous deux c'est un gros malentendu.

Elle fait volte-face.

– Tu me laisses là ? Comme ça ?

– Tu n'es plus mon problème.

Et elle s'éloigne.

Les rares passants m'ignorent complètement. Un jour de semaine, à cette heure-là, ce sont presque tous des touristes ou des gens pressés d'aller bosser, donc je suis moins intéressant que les monuments de Paris ou que la vitesse à laquelle les pieds peuvent engloutir les lattes du pont pour le traverser.

– Ophélie ?

J'espère que c'est une mauvaise blague. Qu'elle va se retourner, hilare.

– Ophélie ?

Elle accélère et devient une silhouette floue.

– Ophélie ?

Cette fois je l'ai à peine prononcé, plutôt un miaulement un peu risible. Elle s'est barrée. Je suis seul, menotté à des cadenas sur le pont des Arts. Je crois que je vais bientôt refaire la une du journal…

Le plus humiliant ce ne sont pas les passants qui se marrent, ni les pompiers qui sont pliés en deux tandis qu'ils s'efforcent de me libérer à la pince, non. Le plus dur pour l'amour-propre, c'est ce con de photographe qui n'en manque pas une, et qui mitraille, encore et encore, pour s'assurer que si ma mémoire me fait un jour défaut, lui aura fait et vendu les photos qui seront imprimées à jamais pour me rappeler ce mauvais moment.

Le temps de m'expliquer avec la police, de régler la prestation des pompiers, et je fonce chez ma fleuriste collectionneuse de suicides pour m'expliquer avec davantage de conviction. Je sais que c'est juste une question d'énergie, de mots, d'intentions. Je vais lui parler d'elle, de moi, de nous, jusqu'à ce qu'elle réalise que je ne peux pas l'avoir trompée.

Je sonne plusieurs fois, j'insiste, puis je finis par utiliser ma clé pour entrer. Elle n'est pas là. Alors j'attends. Elle n'a pas de bureau à l'extérieur, c'est ici, dans son atelier, qu'elle travaille. Au pire elle rend visite à des clients… Puis je réalise qu'elle avait pris sa journée pour la passer avec moi. Elle doit donc être en train de marcher là-dehors, dans les rues de Paris, malheureuse, bouleversée. Ça me serre le cœur.

Je reste là, assis droit sur le canapé, pendant des heures. Au fil du temps qui s'écoule, je m'affaisse peu à peu. Le soir je suis vautré de tout mon long, le menton enfoncé entre les pectoraux. Elle n'est toujours pas rentrée.

Je me suis interdit de l'appeler. Je voulais un échange physique, les yeux dans les yeux, mais je finis par composer son numéro. Répondeur direct. Je m'impose un message unique, court. Pendant deux heures je la rappelle en tombant à chaque fois sur le répondeur. Je me convaincs que c'est mieux de ne pas en relaisser un autre, le premier était clair, il ne faut pas trop en faire.

Le soir, je lui ai laissé dix-neuf ou vingt messages, j'ai perdu le compte. Et je ne parle même pas des textos. Du premier, très réfléchi, très posé, au dernier, une simple succession de points d'interrogation désespérés sur trente-deux lignes.

Les heures se dilatent, les minutes comptent double. Puis triple.

Ophélie ne rentre pas. Où est-elle ? Elle n'a pas tant de connaissances que ça depuis qu'elle est Ophélie, une petite vingtaine à tout casser, ceux qui étaient présents à son anniversaire. Ophélie est pétillante, elle noue le contact en vitesse, se remplit un répertoire en quelques jours, mais ce n'est que de l'à-peu-près, du provisoire ou du superficiel. Pour l'heure sa seule amie c'est Julia.

Elle dort chez Julia.

Moi je couche avec Insomnie.

Je finis par piquer du nez vers trois heures du matin, et me réveille en sursaut à sept. Toujours personne.

Je laisse un message au zoo : je suis malade. De toute façon, depuis le suicide de Michaud, c'est un peu l'anarchie question gestion du personnel.

J'arpente l'appartement de long en large toute la matinée. Le midi mon estomac se met à s'exprimer plus fort que moi, pourtant je n'ai pas la force de lui donner ce qu'il réclame.

Une autre nuit à l'attendre. Son répondeur est saturé, je ne peux même plus m'adresser au néant qui s'intercale entre nous.

Cinq jours sans nouvelles. J'ai harcelé Julia jusqu'à ce qu'elle me réponde. Son SMS était très clair.

Je n'ai plus de nouvelles d'Ophélie depuis que tu es avec elle et ne souhaite plus en avoir. Démerde-toi. Suis contente d'apprendre que ça va mal par contre. Morfle, connard.

Je suis angoissé. Flippé. Terrorisé. Est-ce que je peux passer au commissariat pour signaler la disparition d'une fille déjà portée disparue et accessoirement morte plusieurs fois ? Si je trahis le secret d'Ophélie, jamais elle ne me le pardonnera. Jamais. Alors j'attends.

Je trouve son agenda professionnel, j'épluche le nom de ses clients, que j'appelle pour savoir s'ils l'ont vue. Aucune des nouvelles commandes n'a été honorée. Je passe régulièrement à mon appartement pour vérifier si elle n'y a pas laissé un mot, et j'en laisse un moi-même sur ma boîte aux lettres et sur ma porte, au cas où.

Le week-end file sans plus de signe de vie.

Le dimanche soir je comprends.

Je l'ai perdue.

Ophélie est morte une fois encore. Ce soir-là, tandis

que je regarde l'obscurité par la fenêtre, je me dis qu'une Caroline, Diane, Magali ou Stéphanie regarde la même obscurité en songeant à moi, ce salaud qui l'a trahie, et qu'elle préfère tout reprendre à zéro. Elle est comme ça, Ophélie. Excessive dans la vie parce que experte dans la mort, peut-être.

J'ai mal. Je sais qu'elle ne reviendra plus. Jamais.

Je ne la reverrai plus. Jamais.

Elle n'est plus. Je l'aimais.

Mais le lundi matin, alors que je suis finalement rentré chez moi pour la nuit, je suis réveillé à sept heures par des coups tambourinés contre la porte. Mon cœur est douloureux tant il bat fort.

Tous les espoirs sont permis. Les plus belles histoires sont celles qui ménagent de la surprise.

J'ouvre en grand, aucun mot n'est prêt dans ma tête, je n'ai que des émotions. J'improviserai. Elle doit m'écouter. Comprendre qu'elle s'est trompée toute seule. Que je ne l'ai pas trahie…

Les deux flics du zoo me fixent.

– Vous passez un pantalon et vous nous suivez, dit le premier.

– Maintenant ?

– Vous êtes placé en garde à vue.

– Maintenant ?

– Oui.

– Mais… pourquoi ?

– A votre avis ?

– Tess ?

– Ça, c'est à vous de nous le dire.

– Alors pourquoi ?

Mon cœur ne se calme pas. J'ai une boule dans la gorge. Mon estomac se tord comme un sac de frappe sous les coups du boxeur.

– Vous n'avez pas une petite idée ?

– Michaud ?

– Celui-là aussi vous voulez l'avouer ?

– Ben non, il s'est suicidé.

– Bon, on a fini de jouer au con ?

– Dites-moi, vous commencez à me faire peur.

Je panique. Je tremble.

– On l'a retrouvée.

– Qui ?

– Faites pas l'innocent. Vous savez très bien qui. C'est son téléphone portable qui a permis de l'identifier. C'est le numéro que vous nous aviez donné. Vous êtes placé en garde à vue pour meurtre, mon petit bonhomme.

Mes jambes ne me supportent plus. Mon corps entier ne me supporte plus. Même ma raison, à cet instant, ne me supporte plus, elle me quitte.

Je deviens fou.

Je pleure, effondré sur le seuil de mon appartement.

17.

Pris à la gorge. A la poitrine. A l'âme.

L'étau de la détresse se resserre.

On l'a retrouvée dans le canal Saint-Martin, elle flottait dans une robe verte, celle qu'elle portait le jour de notre séparation, entourée de fleurs synthétiques, les mains jointes sur le ventre. Elle avait l'air paisible.

Ce sont les deux flics qui me l'ont dit.

J'ai tant pleuré en garde à vue, j'étais si dévasté que de suspect je suis devenu casse-couilles. Vaguement victime. Ils m'ont pris en pitié. Je crois surtout qu'ils voulaient que j'arrête, que je me calme. Mais je n'y arrivais pas. A moins que ça ne soit un changement de tactique, la pression ne donnant rien, une tentative de compassion, pour que je finisse par lâcher le morceau.

Sauf que je n'ai rien fait. Et c'est là tout mon problème. Je n'ai tellement rien fait pendant une semaine, depuis notre dispute, que je n'ai aucun alibi.

Je leur ai demandé plusieurs fois s'ils étaient sûrs que c'était un meurtre et pas un suicide. La connaissant, je devais tout envisager, surtout pour une collectionneuse dans son genre. Quelle fin ça aurait été si elle avait décidé de se foutre en l'air ! Surtout que la présence de fausses fleurs tout autour de son corps était trop symbolique pour ne pas être prise en compte.

Mais apparemment, il n'y a aucun doute. Elle s'est fait étrangler. Marque profonde sur la gorge, os hyoïde brisé, bref, quelqu'un l'a suicidée contre son gré. Et ça, ça ne lui aurait pas plu.

Les flics me tapent sur l'épaule avec sympathie.

– Et puis le canal Saint-Martin, me dit le plus grand, ça te rappelle bien quelque chose, non ?

Pas la force de répondre.

L'autre flic, tout aussi désolé de devoir m'ennuyer avec ça, précise :

– C'est là que François Michaud a été retrouvé.

J'acquiesce. Je m'en fous un peu pour être franc.

– Ça fait beaucoup, Pierre.

– Oui, beaucoup, confirme le grand.

– Les deux qu'on repêche au même endroit, Tess qui se fait tuer à coups de pelle, tu comprends que pour nous, tu es un peu suspect ?

– Un peu beaucoup, précise l'autre.

Je finis par répondre :

– Oui, en effet. Ça fait beaucoup de beaucoup.

– On va être obligés de te considérer comme le meurtrier des trois, d'accord ?

Ils ont l'air abattus, comme si mon désespoir les avait contaminés.

– Vous me demandez mon autorisation ? dis-je entre deux sanglots.

– On préférerait faire ça d'un commun accord.

– Oui, insiste le grand, toi et nous sur la même ligne. Pas de chamaillerie.

J'ai l'impression qu'ils sont sur le point de pleurer avec moi, tous bras dessus dessous, dans la grande fraternité des accablés du monde.

– C'est-à-dire ?

– Eh bien nous on t'accuse parce qu'on est bien obligés, même si on a pas très envie, et toi tu te dénonces un peu, même si t'as pas très envie, comme ça on trouve un juste milieu et on passe à autre chose.

Je reste figé un bon moment avant d'ouvrir la bouche :

– Vous me prenez vraiment pour un con ?

Le grand explose brutalement, comme s'il s'était contenu trop longtemps, il tape du poing sur la table :

– Putain, tu fais chier ! s'écrie-t-il. On y était presque là !

– Ben non, on y était pas du tout, je me sens obligé de corriger.

– Allez quoi ! insiste l'autre plus fort. Tu peux bien faire un pas dans notre sens puisque nous on est compréhensifs !

– On marchande ma culpabilité, c'est ça ?

– On cherche un terrain d'entente.

– Allez vous faire foutre. Je n'ai rien fait.

Le grand est sur le point de me passer par la fenêtre,

son collègue lui barre le chemin et se penche vers moi, plus conciliant :

– Fais un effort, Pierre, tu nous donnes juste un petit truc et on te fout la paix.

– Je veux la voir.

– OK.

– Je veux la voir maintenant.

– Pas de problème. Dis-nous pourquoi ou comment tu l'as tuée, et dans les deux heures tu es face à elle.

– Vous n'avez rien contre moi parce que ce n'est pas moi, pour les trois. Je n'ai rien fait. Mais je veux la voir.

– Donnant-donnant, tu nous files une info sur le crime et on t'emmène aussitôt à son chevet.

– Je ne vous donnerai rien parce que je ne sais rien. C'est pas moi.

– Les trois sont des gens de ton entourage. On a avancé depuis qu'on t'a vu l'autre jour au zoo. On sait que François Michaud voulait te virer, que tu couchais avec Tess, qu'elle pouvait donc te balancer à tout moment à ta nana. Et avec Ophélie justement, c'est quoi le hic ? Vous vous êtes engueulés et ça a dégénéré ?

– Je ne couchais pas avec Tess.

– Les trois sont des proches. Tu es au centre du triangle.

– Mais ce n'est pas moi pour autant.

– Alors qui ? Qui connaît ces trois-là ? Qui a intérêt à ce qu'ils meurent ? Et qui voudrait te faire porter le chapeau ?

Pour le coup, ils marquent un point. Je n'ai personne dans mon entourage.

Mais pour deux des morts, il y a un coupable plausible.

– Vous avez interrogé Hugo ?

– Le responsable de la sécurité du zoo ? Oui. Sacré personnage.

– Il est obsédé par les coups de pelle, dis-je. Ça ne vous rappelle rien ?

Les deux flics se concertent d'un coup d'œil.

– C'est vrai qu'il est pas net.

Je ne suis pas fier de moi, mais usé par le chagrin et l'épuisement, c'est sa peau ou la mienne. Parti pour parti, j'y vais à fond :

– C'est un supervilain en puissance. Ce pourrait être le début de sa carrière. Il faut l'arrêter avant qu'il ne devienne intouchable.

Regards hallucinés.

– Dis, tu es sûr que ça va ? demande un des flics.

Si ça va ? Je crois rêver. C'est à mon tour d'exploser :

– Non mais vous êtes cons ou quoi ? Vous me demandez si ça va ? Putain mais qu'est-ce que vous croyez ? Vous n'avez pas de sentiments ? Pas d'yeux pour voir ? Aucune empathie ? Je suis là en train de crever de chagrin devant vous, je suis accusé de meurtres…

– Triple homicide, précise le grand.

– J'ai perdu la femme de ma vie, à jamais, je suis seul…

– La femme de ta vie… Faut pas dramatiser. Vous ne vous connaissiez que depuis quelques semaines…

– Quand on sait, on sait. Il y a des certitudes qui

s'imposent. Et ne me dites pas de ne pas dramatiser, putain ! Oui, je dramatise ! Je vis un drame ! Je suis un drame ! Merde !

– Bon, d'accord, on a compris…

– Non, je ne suis pas certain que vous ayez compris ! Je suis dévasté. Pas triste, non, DÉ-VAS-TÉ ! J'ai envie de crever. De la rejoindre. De plus voir vos gueules. Que vous pigiez que j'ai besoin d'être tranquille. De vous prouver mon innocence. Et je n'ai rien pour me défendre, je suis obligé de balancer un pote du boulot parce que c'est un vrai dingue, et vous me demandez si ça va ?

Regards décontenancés. Déconcertés. C'est exactement ça, des cons qui me cernent. Ils sont paumés. Ne savent plus quoi penser de moi.

Ils me laissent mijoter encore quelques heures et reviennent l'air moins agressifs.

– C'est bon, tu peux rentrer chez toi.

– Je voudrais la voir.

– C'est pas un musée. Elle a été autopsiée.

– M'en fous, je veux la voir.

– On verra ce qu'on peut faire, pour l'instant tu dégages.

– Je suis libre ?

– De rester à notre disposition.

– Je ne suis plus suspect ?

– Si.

J'attrape ma veste. Le grand flic me prend par la manche.

– De deux choses l'une. Soit tu les as tués tous les trois

et t'es un putain d'as de la comédie, et alors là je te tire mon chapeau. Mais sache qu'on te lâchera pas…

L'autre flic prend le relais :

– Soit t'es innocent et tu ferais bien de veiller sur toi, parce que celui qui dézingue dans Paris le fait tout autour de toi. Comme s'il t'en voulait personnellement.

J'acquiesce en silence.

C'est exactement ce que je me suis dit entre deux sanglots.

J'ai la mort aux trousses.

16.

Le plus dur quand on est cerné par la mort, c'est de vivre.

Juste vivre normalement. Manger, dormir, travailler. Les basiques, quoi.

J'avais plongé dans la dépression pendant plus de trois mois, j'ai rechuté pour le double avec la mort d'Ophélie.

Pendant six mois je n'ai fait que remplir mes journées de brouettes à Vincennes, et attendre que le temps file, le plus vite possible. C'est dans ces moments-là justement qu'il ralentit, ce salaud.

Parfois j'ai peur qu'au moment de mon dernier souffle je me souvienne seulement d'une poignée de courts et beaux moments noyés dans une mer d'ennui sans fin. Ce serait rageant. Le genre de truc à vous faire regretter de partir, à vous faire dire qu'il vous faut encore un peu de place sur terre, pour ajouter quelques bons souvenirs. Tout ce que je n'espère pas. Moi j'espère ma mort comme un soulagement, un besoin de repos après une trop longue période de vie. Au moins ça me fera partir avec le sourire. J'ai peur d'avoir peur au moment d'y aller. J'y pense souvent. C'est vraiment flippant.

Quoi qu'il en soit, l'enquête a fait un immense bond en avant un beau matin.

Les deux flics sont arrivés vers huit heures pour arrêter Hugo. On a appris plus tard qu'ils n'avaient rien contre lui, sinon les témoignages de ses collègues – dont moi – qui en parlaient comme d'un psychopathe en puissance. Bon, ils avaient tout de même découvert que Hugo avait fait huit ans d'institut psychiatrique pour tentative de meurtre. Ça, on ne le savait pas. Mais comme les flics n'avaient aucune autre piste, ils ont décidé que ce serait mieux de faire quelque chose. C'est tombé sur Hugo. Ça aurait pu être moi, j'étais le seul à connaître les trois victimes, et je n'avais aucun alibi pour les trois crimes, mais il n'y avait pas la moindre preuve matérielle, ni aucun passé de délinquant pour justifier devant un jury ma soudaine crise de démence. Alors qu'avec Hugo, en capilotractant, ça pouvait probablement passer. C'est ce qu'ont dû se dire les deux flics qui en avaient marre de voir traîner ces dossiers sur leur bureau. Quitte à boucler, autant bâcler.

Ce matin-là, Hugo les a vus approcher et il a tout de suite compris. Il les a accueillis d'un grand sourire factice et alors qu'ils pensaient pouvoir l'entraîner sans esclandre, il a saisi sa pelle et a dansé avec elle.

Il y a eu trois sons assez violents, sorte de gong qui se terminait par un bruit humide, et les deux flics sont tombés comme des fleurs fauchées brutalement.

Hugo a vu que je le voyais. Sa pelle à la main. Un filet de sang coulant sur le manche.

Il m'a fait un clin d'œil et puis il est parti. En courant.

Il aurait pu s'adresser à n'importe qui d'autre, il y avait un jardinier et une vétérinaire qui assistaient à la scène, mais non, c'est à moi qu'il a fait ce clin d'œil. Rien qu'à moi. J'en étais presque fier.

Personne, à ma connaissance, ne l'a jamais plus revu. Ce qui est sûr, c'est que Hugo avait une trop grande estime de lui pour finir en prison. Personne ne pourrait jamais l'enfermer. Ce type était la définition même de la liberté : une pulsion incontrôlable et violente.

Moi j'ai eu droit à la visite d'autres flics, un peu dans le même genre que les précédents, un grand et un petit, un plutôt doux et l'autre plus agressif. Ils m'ont posé des questions sur Hugo, sur moi, sur Ophélie, sur Tess, mais très peu sur Michaud. Même dans sa mort, Michaud n'aura intéressé personne. Puis, comme ça ne donnait rien, ils ont fini par me lâcher. Je pense qu'avec son double homicide matinal, Hugo avait signé aux yeux de tous pour les trois crimes précédents, même si nous ignorions ses motifs. Michaud et Tess encore, je pouvais imaginer, mais pour Ophélie, c'était plus compliqué. Etait-il jaloux de mon bonheur ? M'avait-il suivi le soir pour découvrir mon existence avec elle ? Hugo était une personnalité complexe, barrée, de celles dont les tenants et les aboutissants dépassent le cadre de la normalité, du compréhensible.

C'est ça qui a été le plus dur après avoir accepté la mort

d'Ophélie : se dire que jamais je ne saurais exactement la vérité. Celle de sa mort, de ses derniers instants, de ce qu'avait été sa dernière pensée, sa souffrance. Et pourquoi elle ? J'avais vu Hugo tous les matins pendant des mois et des mois, sans qu'il me regarde de travers une seule fois. Sans jamais le suspecter assez pour aller le coincer dans un angle, sans sa pelle, pour exiger des explications. Rien de tout ça.

A cette époque-là, je ne parlais pas encore de malédiction, je considérais que j'avais fait la mauvaise rencontre. Celle d'un malade qui avait fait basculer ma vie dans le mélo.

Il en a fallu un peu plus pour que je comprenne.

C'est en plein mois d'août que j'ai remonté la pente. Grâce à un petit bonhomme sans âge. Je venais de passer six mois à survivre, ma seule occupation pour me divertir fut de noircir des pages et des pages de numéros abandonnés. En six mois je n'ai eu que très peu de conversations intéressantes avec des inconnus. La spirale de l'ennui… Je rentrais bredouille de mes pêches téléphoniques, seulement vidé, et toujours avec le même sentiment réconfortant d'avoir disparu du monde pendant un moment. Mais ça m'a permis de me constituer une belle collection de carnets remplis de milliers de numéros non attribués. Très utile comme répertoire, ça.

J'ai rencontré Antoine devant l'église Saint-Augustin, un après-midi d'août. Le matin même, j'étais passé dans le quartier pour un rendez-vous chez le chiropracteur – mon dos me faisait souffrir depuis plusieurs mois et j'étais enfin disposé à m'en occuper – et m'étais rendu compte un peu plus tard que j'avais perdu mon portefeuille. Persuadé que c'était lors de ma sortie matinale que je l'avais égaré, j'y étais retourné, avec assez peu d'espoir, pour vérifier les alentours du banc où j'étais resté assis un bon moment, l'esprit dans le vague. J'étais souvent ainsi pendant ces six mois de tristesse, à m'arrêter pour réfléchir une heure ou deux, sans en ressortir plus apaisé qu'auparavant.

Aucun portefeuille, bien sûr.

C'est là qu'un petit homme s'est approché de moi.

Antoine a une épaisse couronne de cheveux blancs qui ceint son crâne lisse, quelques taches de vieillesse pour tous bijoux, une barbe de deux ou trois semaines, des yeux très clairs, malicieux comme tout, à peine deux fentes prêtes à lancer toutes sortes de regards, deux meurtrières dont il faut se méfier, et une petite bouche rose qui se tord dans tous les sens quand il pense.

Vu comme ça, Antoine n'inspire aucune méfiance. Il est le portrait craché du grand-père standard, un peu lunaire, bienveillant. On le croit distrait, toujours un peu ailleurs, pas très attentif.

C'est une façade.

Parce que Antoine est un vieux monsieur redoutable. Vif et fourbe quand il le veut. Il a trouvé la meilleure cachette possible dans ce monde pour avoir la paix : il se planque derrière le masque de la vieillesse.

Mais Antoine, lui, ne rate personne. Il voit tout. Il analyse tout.

Ce jour-là je suis accablé de n'avoir pas retrouvé mon

portefeuille, je finis par me vautrer sur le banc, lorsque Antoine approche d'un petit pas qui prend tout son temps, la force tranquille de l'âge – à moins que ce ne soit l'arthrose, on ne sait jamais avec les vieux. Il s'arrête devant moi et m'étudie un instant comme s'il me reconnaissait. Il hésite.

Pendant une seconde j'ai un peu peur, qu'il meure juste là devant moi, ou qu'il me demande un service, je n'ai pas du tout envie de l'aider, je suis fatigué, énervé et d'une misanthropie accablante.

Il hoche la tête.

– C'est bien lui, dit-il d'une petite voix.

Il sort alors un petit objet noir de sa poche de veste, l'ouvre et me compare à quelque chose qui se trouve dedans.

Je me tords le cou pour distinguer un portefeuille avec une carte d'identité à l'intérieur. *Mon* portefeuille !

– Jeune homme, ceci est à vous.

Je récupère mon bien, il ne manque rien à l'intérieur, même pas les soixante euros en liquide.

– Merci ! C'est génial, je croyais l'avoir paumé pour de bon !

– Je l'ai trouvé ici même ce midi.

– J'ai une sacrée chance quand même ! De retomber sur vous ici, maintenant, et que vous vous souveniez de moi !

– Je l'ai ouvert pour vérifier s'il n'y avait pas de numéro de téléphone et j'ai vu votre photo, là. C'est comme ça que je vous ai reconnu.

– C'est vraiment très sympa, merci…

Je sors un billet de vingt euros mais il tend la main pour m'arrêter :

– N'y songez même pas.

– Pour vous remercier de…

– Votre bonheur suffit au mien. Bonne journée, cher monsieur.

Il se penche un peu pour me saluer et fait demi-tour comme s'il n'était entré dans ce minuscule square que pour me rendre mon bien.

Je l'observe s'éloigner en dodelinant. Quel curieux personnage.

C'est plus fort que moi, je finis par me lever pour le suivre, amusé par sa personnalité. Il remonte le boulevard Malesherbes à son rythme, admire les façades haussmanniennes, scrute les quelques vitrines, et soudain s'arrête net pour ramasser quelque chose sur le trottoir. Il se redresse, regarde autour de lui et s'empresse de rattraper une vieille dame qui promène son chien. A cet instant, il fuse vers elle avec la souplesse et la facilité d'un félin, oublié l'âge, oublié l'arthrite, mettre la main sur mamie lui donne des ailes. Comme quoi, même à quatre-vingt-dix piges, un mec reste un mec, il suffit de savoir le motiver.

Il se met sur sa route pour la stopper, et lui offre son plus beau sourire. Il faut lui reconnaître ça à Antoine : il a de beaux restes. Il a dû en rattraper des filles sur les trottoirs de sa jeunesse !

Il lui tend ce qu'il a ramassé et la vieille s'extasie avant de le remercier chaleureusement. Ça en devient presque gênant pour moi.

Mais Antoine reste de marbre, il la salue et s'en va pour traverser.

J'hésite alors entre poursuivre ma petite observation ou rentrer m'abrutir devant la télé. Le suivre davantage ne me rendra pas meilleur, et ne servira même à rien du tout. Et puis j'ai eu ma dose de mieux-être pour la journée, après six mois de diète il est bon de ne pas trop insister, ne pas se gaver, on ne sait jamais.

Si l'épisode avec Antoine s'était effectivement arrêté là, je l'aurais oublié comme on oublie le souvenir d'une jolie fille aperçue à la terrasse d'un café, noyé par les flots de la vie quotidienne. Sauf qu'Antoine s'est rappelé à moi cinq jours plus tard, tandis que je déambulais sur les Champs-Elysées, les mains dans les poches, juste pour le plaisir de prendre l'air, d'entendre parler étranger tout autour de moi. Je trouve ça génial : s'offrir le sentiment d'être parti dans un autre pays juste en se promenant sur les Champs, parce que personne n'y parle français !

J'avance doucement, perturbé par la seule véritable question existentielle de tout homme qui cherche un peu d'occupation sur cette artère bondée : la Fnac ou le Drugstore ? Et brusquement la foule s'écarte devant moi et je tombe sur un petit homme aux cheveux blancs. Je fais un pas de côté pour éviter de le bousculer et ça n'est qu'au moment où il parle que je le reconnais :

– Tenez, je crois que vous avez perdu ça.

Il tend un portefeuille à un touriste asiatique qui le

regarde comme s'il entendait un singe lui adresser la parole. Le type reconnaît son bien et s'émerveille alors en saluant le vieux singe dans un babil étrange, plein de bruits dont j'ignore tout et de sourires rassurés.

Antoine lui tapote la main affectueusement et s'éloigne.

Cette fois c'est la fois de trop pour que je le laisse filer. Je m'interpose sur sa trajectoire.

– Monsieur ? Vous vous souvenez de moi ?

Il lève lentement ses yeux verts sur mon visage et fait une moue sceptique.

– Le devrais-je ?

– Nous nous sommes croisés la semaine dernière, square Marcel-Pagnol. Vous vous rappelez ?

– Eh bien… c'est que ma mémoire n'est plus ce qu'elle était… Je suis désolé…

Il m'offre un petit salut de la tête en guise d'excuse et manifeste le désir de repartir, mais je m'interpose à nouveau.

– Vous m'avez retrouvé mon portefeuille ! Vous avez oublié ? Comme à ce monsieur-là !

– Oh, ça, ce n'est rien. Il venait de le faire tomber, juste là, sous mes yeux.

– Dites, je sais que ça va vous paraître très… Enfin bref, je voudrais vous inviter à prendre un café avec moi.

Les deux meurtrières se rétrécissent tandis qu'elles se braquent sur moi. Je sens l'extrémité des arbalètes se pointer dans ma direction.

– M'inviter pour un café ?

– Oui. C'est… Je vous trouve sympa.

– Je ne suis pas un bavard.

– Ça tombe bien, moi non plus.

– Quelle formidable conversation nous aurions alors ! Ecoutez, c'est gentil à vous, mais je n'ai pas le temps.

– Une autre fois ?

– Il faudrait beaucoup de chance pour que nous nous recroisions.

– Sauf si nous convenons d'un rendez-vous…

J'ai d'un coup le sentiment de l'avoir insulté. Il me fusille du regard. J'entends presque les craquements des cordes, ses arbalètes prêtes à tirer.

– Vous êtes à ce point seul ? demande-t-il.

Je hausse les épaules.

– Pas vous ?

– Non.

– Ah.

– Vous devriez aller dans une maison spécialisée, vous savez. On y trouve des vieillards dans mon genre par centaines, et ils seront extrêmement heureux d'avoir de la compagnie.

C'est un comble : un vieux me propose, à moi, trentenaire, d'aller dans une maison de retraite.

– Ils sont séniles.

– Justement, ils auront l'impression que vous êtes leur petit-fils qui, lui, ne vient jamais les voir. Ça leur fera plaisir.

– Ça pourrait leur donner encore un peu d'énergie pour vivre un peu plus. Je m'en voudrais de provoquer pareille catastrophe. Pour eux comme pour nous et la planète.

Antoine hoche la tête.

– Pour le coup je suis bien d'accord, il faut savoir partir, ne pas s'accrocher indéfiniment.

– Alors pour le café, maintenant ou un autre jour, c'est non ?

– Oui, c'est non.

– Tant pis. J'avais l'impression qu'on pouvait devenir amis.

– Je n'ai pas le temps pour ça, j'en suis navré.

– Comme vous voudrez. Je m'appelle Pierre.

– Antoine, me répond-il un peu gêné.

– C'est triste de se présenter au moment de se dire adieu.

– C'est pour que cet adieu ait un sens.

– Ah.

– Oui, deux inconnus qui se disent adieu ça ne rime à rien. Alors que là…

– Oui, là, tout de suite, c'est plus dense.

– Bon, eh bien adieu, Pierre.

– Adieu, Antoine.

Et il repart dans la foule avec son air un peu absent.

Lorsqu'une heure plus tard je le recroise par hasard, un peu plus bas sur la même avenue, tandis qu'il tend un portefeuille à un autre touriste asiatique, je comprends alors que le gentil vieux monsieur est en fait le roi des pickpockets. Sauf que lui rend le fruit de ses larcins, sans avoir rien pris dedans.

Je me cache dans des renfoncements pour m'assurer qu'il ne peut me voir et je le suis un bon moment dans sa petite combine. Il se promène, il admire le ciel, il regarde les gens, se poste sur le côté de la chaussée pour observer le ballet des voitures, et je finis par saisir qu'il n'a pas de but particulier. Puis il se raidit et presse le pas pour s'accroupir près d'un kiosque à journaux. Là il ramasse quelque chose qu'il tient un court instant devant son nez. Une montre. Il pivote sur lui-même, étudie les gens à toute vitesse, passant d'un couple à un autre, d'un groupe à des badauds solitaires. Il les étudie attentivement et soudain s'élance vers une jeune femme qui prend une photo. Il lui tape sur l'épaule et lève la montre qui pend entre ses doigts. La jeune femme porte la main à son poignet, sa surprise se transforme aussitôt en joie. Elle le remercie chaleureusement mais lui l'a déjà saluée d'un rapide sourire et s'en est allé.

C'est à cet instant que je réalise que quelque chose cloche.

Le vieux bonhomme n'est pas un pickpocket.

Il trouve *vraiment* les objets perdus.

Plus fort encore : il retrouve leurs propriétaires.

Un peu distrait par ma découverte je suis moins attentif.

Et du coup c'est moi qui le perds.

Il se volatilise dans la foule.

15.

Pouvoir dépasser le désespoir, sur l'échelle de la dépression, c'est possible, mais on tombe alors dans l'ennui. L'un vient immanquablement après l'autre.

Quand on sort de l'état de profonde tristesse suit une interminable période d'ennui où l'on tourne en rond. Rien ne nous plaît plus. Rien ne nous attire plus. Ce n'est plus comme avant. Ce n'est pas qu'on soit encore dévasté par le chagrin (comme dans mon cas avec la mort d'Ophélie : je suis profondément triste et ça ne changera pas), mais plutôt que les sens perdent de leur acuité. La saveur d'un plat, même celui qu'on préfère, n'est plus aussi intense. Le corps d'une femme au bout de nos mains n'a plus un effet immédiat et enivrant. Une bonne soirée foot-bière-cacahuètes est déprimante rien que de l'envisager, même accompagnée du dernier super jeu vidéo sur Playstation. Il n'y a plus d'envie. Plus de sensations fortes. Tout est nivelé et le niveau est très bas.

C'est pour ça qu'Antoine m'a intrigué. Il était atypique, ce vieux bonhomme. Tant dans ce qu'il était que dans ses actes. J'en avais un peu marre de végéter devant ma télé tout le temps, ou de passer des heures à composer des numéros au hasard pour tomber sur des gens sans curiosité, malpolis, ou pour noircir mes carnets de numéros non attribués – et personne n'imagine à quel point il y en a ! Alors j'ai été attiré par ses étranges agissements. Il est devenu mon idée fixe, mon obsession. Le seul truc capable de m'intéresser quand je rentrais du boulot. J'avais envie d'en savoir plus, de le fréquenter, de le questionner. Mais j'avais déjà eu la chance de le croiser deux fois en une semaine, il semblait improbable que cela se reproduise une fois encore… Et j'ignorais tout de son identité.

Le week-end suivant j'ai arpenté le 8e arrondissement dans tous les sens, en guettant la moindre calvitie cerclée de blanc. Plus j'y songeais, plus le vieux monsieur me paraissait étrange. Il avait quelque chose de différent. Et une lueur brillait en lui, comme s'il savait quelque chose que nous tous ignorons. A vrai dire, plus j'y pensais plus j'avais l'impression qu'un ange avait pris son costume pour se frotter aux vivants.

M'est alors venue l'idée la plus saugrenue possible.

Je suis retourné aux alentours de Saint-Augustin, et j'ai marché pendant trois heures. J'avais mon portefeuille dans une poche, mes clés d'appartement dans l'autre, des poches mal fichues, j'avais pris soin de prendre cette veste pour cette raison, du genre qui ne garde rien bien longtemps. Je me suis promené, longuement, sans jamais rien vérifier – il fallait que ça ait l'air sincère – et en milieu d'après-midi j'ai fait une pause pour tester mon plan.

J'avais perdu mes clés. Avec une veste pareille, prévisible.

C'était complètement idiot. Une chance sur mille pour que ça marche. Sur un million. Bon, allez, sur un milliard.

Mais ce que j'avais vu de ce vieux monsieur me donnait une forme de foi. Un espoir. Et dans mon état, j'en avais bien besoin. D'une certaine manière il était la clé capable de me sortir de ma torpeur, de me redonner goût à quelque chose.

Et s'il en était capable ? Si ce vieillard avait vraiment un don incroyable pour trouver les objets perdus et ensuite les rapporter à leurs propriétaires ?

Je suis resté à l'attendre à l'entrée du parc Monceau pendant cinq heures.

Ça m'a coûté cent quarante-deux euros de serrurier finalement. Et le petit porte-clés en forme de tête de mort qu'Ophélie m'avait offert. J'y tenais énormément à ce porte-clés. J'étais tellement convaincu qu'Antoine me le retrouverait que je n'avais pas pensé une seconde à le garder avec moi.

Et plus encore, ça m'a coûté l'espoir qui grandissait en moi depuis quelques jours.

Je suis retombé dans l'ennui le plus désespérant. Pendant trois jours je suis rentré du boulot comme si mon corps pesait dix fois son poids, traînant la patte, des enclumes dans les godasses.

Et un beau soir, j'arrive sur mon palier et il est là. Ses petits yeux verts me fixant avec malice.

Je souris. Le premier vrai sourire sincère depuis une éternité.

– Vous avez retrouvé mes clés, dis-je avec assurance.

– Non, vous les avez perdues ?

– Euh… oui. Mais si c'est pas pour mes clés, que faites-vous là ?

Il hausse les épaules.

– J'avais envie de vous revoir.

– Alors vous avez claqué des doigts et hop, vous êtes apparu devant chez moi ?

– Non, je me suis souvenu de l'adresse sur votre carte d'identité.

– Ah.

C'est un « ah » déçu. Comme un gamin qui découvre soudain que la magie et les superpouvoirs n'existent pas du tout.

– Vous étiez touchant l'autre jour.

– Vous avez finalement trouvé le temps ?

– On ne trouve pas le temps, il n'est pas caché quelque part, en revanche on peut décider de prendre celui qui passe sous nos yeux et d'en faire autre chose.

– Je vous offre un café ?

– Je préférerais une bonne bière fraîche dans un bar, à l'extérieur. J'aime bien être entouré de vie.

– C'est sûr que chez moi, c'est pas la vie qui va vous étouffer.

Nous sortons et longeons plusieurs pâtés de maisons.

– Je vous ai pris pour un pickpocket au début.

Petit ricanement sec.

– Vous m'avez vu opérer ?

– Je crois bien, oui.

– Et vous en avez pensé quoi ?

– Je ne sais pas. Ça vous arrive souvent ?

– De tomber sur des objets perdus ? Tout le temps.

– Comment vous faites pour retrouver leurs propriétaires ?

– A votre avis ?

– Vous êtes attentif, vous remarquez ce que la plupart des gens ignorent. Et quand vous trouvez un objet perdu, tout de suite vous étudiez les personnes les plus proches, vous faites un peu comme Sherlock Holmes, vous faites des déductions…

Antoine sourit.

– Pas vraiment, non.

– Alors, c'est quoi ?

– Une sorte de don.

– …

– Oui, un don.

– Comme… un superpouvoir ?

– Si on veut.

– Attendez, ça vous arrive à quelle fréquence ? Un objet ou deux par saison ? Par mois ?

– Si je suis attentif ? Tous les jours, facile. Voire plus si je me concentre vraiment.

Les os de ma colonne vertébrale craquent les uns à la suite des autres, jusqu'à résonner dans mon crâne comme s'il était une immense cathédrale qui résonne. Vide. J'ai du mal à penser. A comprendre, surtout.

– Vous... vous voulez dire que vous faites ça tout le temps ?

Antoine acquiesce.

– Oui.

– Depuis... depuis longtemps ?

– Depuis toujours.

– Depuis que vous êtes né ?

– Je ne me souviens plus si ça remonte si loin, mais j'ai commencé très tôt, oui.

– C'est... flippant.

– Nous sommes tous doués pour quelque chose sur cette planète. La plupart des gens ne trouvent pas exactement pour quoi, et les rares qui ont le privilège de le découvrir doivent s'employer à s'en servir au mieux.

– Vous avez déjà fait des émissions de télé ?

– La télé ? Fichtre non ! A quoi bon la télé ?

– Parce que si ça passe à la télé ça existe. La télé dicte le vrai.

– Elle fait ça ?

– A cause de la masse. La masse regarde la télé. Donc si la masse croit en quelque chose, ça suffit à le rendre vrai.

– Raison de plus pour ne pas aller à la télé alors.

– Vous pourriez y apparaître pour partager votre don ! Pour le montrer !

– A quoi bon ?

– Pour prouver que ça existe !

– Non, cela compliquerait ma tâche.

– C'est dingue quand même !

– Et toi, Pierre, sais-tu pour quoi tu es doué ?

On entre dans l'intimité. Il me tutoie.

– Moi ? Non, pas vraiment.

– Il y a forcément quelque chose que tu fais très bien.

J'hésite. Puis l'évidence me saute aux yeux :

– Je suis doué pour la dépression. Pour ne plus aimer vivre. Mais je n'ai pas le courage d'en finir. Je rate même mes dépressions, elles ne sont pas assez violentes pour que je veuille me tuer. Il doit y avoir une sorte d'anticyclone permanent en moi, même tout petit, qui empêche la formation de tempêtes trop dévastatrices. Je ne fais rien entièrement. Je ne fais que des bouts de choses. Mais je suis quand même doué pour la dépression, surtout depuis un an.

– Je ne crois pas que ce soit un don, ça.

– Non, vous avez raison, ça ressemblerait plus à une… malédiction. Oh merde. Je suis maudit.

C'est la première fois que je mets un nom sur ma poisse.

– Crois-tu que ça existe vraiment les malédictions ?

– J'ai perdu la femme que j'aimais. Elle est morte assassinée. Comme mon employeur et mes deux collègues de boulot. Enfin, pour le dernier, il est plutôt porté disparu. J'ai aussi tellement foiré ma vie précédente que j'ai décidé de la fuir totalement et de m'en faire une autre ici, maintenant. Je n'ai donc plus de famille. Plus d'amis non plus.

– Ça fait beaucoup.

– Vous voyez…

– Mais de là à parler de malédiction… Une malédiction c'est quelque chose qui se formule. C'est l'intention d'une personne vis-à-vis d'une autre. Une malédiction ne tombe pas par hasard sur quelqu'un.

– Vous voulez dire qu'on m'a… que j'ai un ennemi ?

– C'est ce qu'impliquerait une malédiction.

– Et vous croyez aux malédictions, vous ?

– Absolument pas.

– Alors pourquoi me dites-vous tout ça ? C'est anxiogène !

– Pour te répondre, c'est tout.

– Vous me faites peur.

Antoine me pousse dans un petit bar désert et nous commandons deux demis.

– Mais tu as un domaine dans lequel tu es doué, martèle-t-il.

– Qu'en savez-vous ?

– C'est ainsi. Question d'équilibre. Tu as forcément un don ! Ne fais pas comme tous ceux qui passent leur existence sans découvrir lequel.

– Ah, bah, on est bien parti avec moi !

– Parce qu'ils ne cherchent pas *réellement* ! As-tu envie de chercher ?

– Pourquoi pas ?

J'ai répondu sans grande conviction et Antoine l'a senti. Il embraye :

– Tu as des passions ?

– Non.

– Aucun passe-temps ?

– Non. Ah si.

Je lui raconte mes séances de pêche téléphonique et cela l'amuse beaucoup.

– Voilà un bon début ! s'exclame-t-il.

– C'est ironique ?

– Pas du tout. C'est trop atypique pour ne servir à rien. Tu verras, à un moment ou à un autre, ce petit jeu va se révéler utile.

Je suis sceptique. L'unique intérêt que j'y vois c'est de parfois tomber sur un ou une inconnue qui a de la conversation, et de faire une belle rencontre sans lendemain, rien qu'avec des mots.

– A toi de découvrir comment rendre cela utile, insiste-t-il.

Je n'en ai pas envie. C'est justement la vacuité de ma démarche qui la rend intéressante. Elle ne sert à rien, ne va vers rien, n'a aucun sens. Je prends conscience que c'est un bon résumé de mon existence.

Les gens vivent pour construire, un couple, une famille, avoir des enfants, les éduquer pour contribuer à l'avenir, prolonger leur propre dynamique de vie, certains sont même performants au quotidien pour l'humanité, dans leur métier… Pour moi, rien de tout cela. Que j'existe ou pas ne change rien. N'a absolument aucune incidence sur rien. Je ne contribue qu'à l'inertie de la masse, rien de plus. En définitive, mon unique source de satisfaction se trouve dans les petits plaisirs de la vie. Une bonne baise. Une bonne bouffe. Une bonne biture. Je suis un animal. Rien de civilisé. De civilisant.

Je sens mon anticyclone s'effilocher brusquement. La

dépression gagne du terrain. Les nuages noirs s'amoncellent.

Antoine vide le fond de son verre, étouffe un rot, s'essuie les lèvres du bord de la paume et pivote pour me faire face.

– Travailles-tu demain ?

– Oui.

– Les jours suivants ?

– Oui.

– Prends un congé.

– Pour quoi faire ?

– M'assister.

– Pardon ?

– J'ai besoin d'un assistant. Tu vas m'aider.

– A retrouver des objets perdus ?

– Et leurs propriétaires.

– Mais… pour quoi faire ?

– Que ressens-tu quand tu perds quelque chose ? Surtout quand c'est quelque chose d'important ?

– Ça m'agace.

– Ça c'est la conséquence. Mais en termes d'émotions ?

– De la tristesse ?

– Es-tu sûr ?

– Du vide. On ressent un petit vide.

– Exactement. Parce que nos objets font partie de nous. Ils nous complètent, parfois nous définissent. Perdre un portefeuille, un briquet, une veste ou un sac, c'est perdre un fragment de soi, un bout d'identité, de mémoire, de vie.

– Alors on va combler des vides ?

Antoine me regarde, un sourire au coin des yeux.

– Tu as tout compris, répond-il, son index pointé sur mon cœur. Nous allons combler les vides.

Il me fixe rendez-vous le lendemain matin et je l'observe s'en aller sans un mot de plus, il a l'air satisfait.

Le salaud est parti sans payer.

14.

Et le lendemain je me retrouve donc rue de Padoue, dans le 17e.

J'ai hésité toute la soirée, la nuit entière même. L'idée de contribuer à combler le vide des autres m'a plongé dans des tourments inattendus. J'ai le sentiment d'avoir passé des heures au bord d'un précipice, la pointe des pieds au-dessus du vide, prêt à basculer à tout moment, pour toujours, dans le néant, vers une mort effrayante.

J'ai constaté combien ma première dépression m'avait révélé : était apparu un moi lucide, plus égoïste diraient certains, réalisant la fulgurance de son existence, l'urgence d'abandonner les codes, les futilités de la société, pour être un peu plus soi. Conscient que le politiquement correct est un lénifiant, un anxiolytique de masse pour apaiser la meute, mais aussi une gomme à individus, qui uniformise. En sortant de ma dépression, j'étais tranchant. Acide. Presque méchant, même si je préfère parler d'une intelligence de profit personnel. Ce qui me profite, tant que ça ne détruit pas l'autre, m'est utile et donc agréable. Tomber amoureux m'a peu à peu remis sur un chemin plus balisé, pour me « conformiser », me normaliser, pour ne pas craindre d'être rejeté par Ophélie. Je me suis attendri. J'ai effacé les aspérités de ma personnalité pour ne pas repousser Ophélie, pour lui laisser de la place. Pour exister socialement, pour rassurer. Perdre celle que j'aimais, replonger dans les ténèbres m'a ouvert les yeux. J'ai même songé pendant plusieurs semaines à reprendre son activité, auprès des postulants au suicide, de les accompagner. Je n'y suis pas allé parce que je les aurais tous poussés à en finir. Je n'aurais trouvé aucune excuse à aucun. Aucune raison de vivre. Je n'ai pas la neutralité objective d'Ophélie en la matière. Je suis un partisan du « Si tu en as l'envie, surtout ne nous prive pas de ta mort ». J'aurais dressé un portrait de l'existence tellement amer et sans aucun fard que les plus hésitants seraient passés à l'acte sans douter. Je l'ai compris un soir, lorsque je suis tombé sur un cas surprenant lors d'une de mes pêches téléphoniques.

– On ne se connaît pas ? a répété le type sans aucune émotion dans la voix.

– Non.

– Alors pourquoi vous m'appelez ?

– Comme ça.

– Sans raison ? Juste un numéro au pif ?

– Exactement.

– …

On a attendu au moins trente secondes que l'un ou l'autre se décide à enchaîner.

– Vous êtes comme un signe alors, a-t-il fini par dire.

– Un signe de quoi ?

– Je ne sais pas. Un signe de la vie. Divin. Ou de n'importe quoi d'autre qui régit l'univers, un signe.

– Pourquoi serais-je un signe ?

– Parce que je m'apprêtais à faire une grosse bêtise.

Il avait dit ça comme un gamin. Moi j'ai pensé à un truc du genre retourner mettre un coup dans une ex un soir de déprime, ou se mettre une mine à en vomir tout le bar le lendemain matin. Mais non. C'était une grosse bêtise de la catégorie supérieure. LA grosse bêtise. La dernière, tout au sommet de la liste.

– Vous allez sauter la femme de votre meilleur pote ? j'ai dit.

– Non. J'étais sur le point de… de me tuer.

Il avait dit ça normalement, comme si c'était banal.

– Là, tout de suite ?

– Oui. A un coup de fil près, j'y étais.

– C'est-à-dire que…

Hésitation.

Pas lui :

– C'est-à-dire que j'ai mon portable dans la main, mon arme de service dans l'autre.

– Ah merde.

– Comme vous dites.

– C'est sérieux alors.

– Oui, plutôt.

– Arme de service comme policier ?

– Gendarme.

– Bon.

– Vous allez me dire quoi ?

– Comment ça ?

– Pour m'en empêcher…

– Il faut que je dise quelque chose ?

– Bah… oui. Ce serait mieux, non ?

– Sinon vous allez le faire après avoir raccroché, c'est ça ?

– Probablement. J'étais très motivé, vous savez. J'ai mis deux heures à me préparer. Vous avez un peu tout gâché.

– Je suis désolé.

Je l'étais véritablement. Confus de lui ruiner son dernier moment.

– Alors vous allez me dire quoi ?

– Ben…

J'ai cherché mais rien ne venait. Que lui dire ? Que la vie est belle ? Faux, la vie est cruelle, douloureuse et injuste. Que l'amour à lui seul mérite de rester encore un peu ? Foutaises, l'amour n'est que frustration, aigreur et désillusion. Qu'il devrait penser à tous les orgasmes dont il allait se priver ? Rien à branler : quand on est sur le point de se suicider, c'est qu'on a tiré tout ce qu'on pouvait de ses pulsions sexuelles. Qu'il devrait songer à tous les gens que ça allait rendre malheureux ? Surtout pas, ça pourrait être une bonne motivation au contraire.

Je n'ai trouvé aucun argument pour qu'il reste en vie.

Pourquoi le suis-je moi ? Par flemme. Par narcissisme, parce que me tuer ce serait me priver de toute chance de jouir de quelque chose, ne serait-ce qu'une fois encore.

– Vous ne devriez pas faire ça.

– C'est tout ?

– Je ne trouve rien de mieux.

– C'est un peu pauvre comme argumentation.

– …

– …

– …

– Vous savez quoi ? me dit-il. Je ne vais pas le faire.

– Ah. Comme quoi, c'était pas si dur de vous couper dans votre élan. Vous l'avez fait tout seul.

– Non, je n'ai objectivement aucune raison de continuer à vivre, au contraire. Mais vous êtes un signe. C'est ce que je pense. Oui. Ça me dépasse, mais je vais écouter ce signe.

– Bonne nouvelle alors.

J'avais dit ça sans joie aucune. A vrai dire je m'en foutais complètement.

– On verra. En tout cas merci.

– Ben, y a pas de quoi.

– Adieu.

Quand il a raccroché j'ai su que toute personne un tant soit peu désespérée qui entrerait en contact avec moi serait prête pour commettre l'irréparable. Lui, il n'était juste pas prêt.

Je suis ainsi. Lors de ces six derniers mois, je suis redevenu moi-même, celui qui est tout au fond de ma personnalité, l'être brut, primaire, égoïste pour sa propre survie, replié sur lui, sans plus aucun vernis.

Alors l'idée d'aller rendre des services toute la journée pour n'en rien tirer m'a terrorisé. A quoi bon ? Toute cette énergie, ce temps, pour quel résultat ? Le bonheur des autres ? Je ne suis pas mère Teresa. Je ne suis même pas croyant. Mon Dieu, c'est moi, mon plaisir. Et mon Dieu est mourant. Depuis sa naissance. Il va crever un beau jour et il n'en restera que ses jouissances, aussi futiles qu'elles aient été.

Pourtant je suis rue de Padoue, à huit heures trente du matin.

Le gendarme dépressif m'a hanté toute la nuit. Moi, son précieux signe. « A un coup de fil près », cette phrase a résonné encore et encore contre les parois de mon crâne. Il va vivre parce qu'un abruti compose des numéros au pif pour tuer le temps. Les premières minutes j'ai trouvé ça ironique. Puis, un bref instant, dans cette demi-torpeur qui nous fait basculer dans le sommeil, j'ai cru entrapercevoir un sens à tout ça. Comme si tout ce que je vivais depuis plusieurs mois n'était qu'une accumulation de signes. Alors je me suis réveillé et le soupçon de compréhension s'est envolé : tandis que moi je glissais du côté des éveillés, la vérité a filé dans l'oubli des rêves. J'ai passé les heures suivantes à réfléchir, à tenter de recoller les sensations, pour comprendre. Et si tout ce que je vivais n'était pas dû au hasard ? Des morts, trop, des rencontres singulières, presque trop aussi, des numéros à l'aveuglette, la plupart mort-nés, moi qui sauvais une vie… *par hasard* ? Quelque chose d'improbable, d'énorme se tramait là-dedans, à quatre heures du matin j'en étais convaincu. Mais je n'ai rien compris et à six heures je ronflais, toute évidence dissipée.

Sauf que moins de trois heures plus tard je me tiens

devant un petit vieux qui fait le bien pour rien et mes cernes sont si laids qu'on dirait des culs de rhinocéros.

Antoine me tend un sac à dos.

– Ton équipement.

Je le regarde comme on regarderait son chat s'il se mettait soudainement à parler.

– Il faut un équipement pour ça ?

– Une bouteille d'eau, des barres de céréales, ce genre de choses.

– On va vraiment sauver le monde ?

– Oui.

Moi je suis sarcastique. Lui est très sérieux.

Et nous voilà à arpenter les rues, le vieux monsieur à la couronne de cheveux blancs avec le jeune cynique dépressif. Il ne lui faut pas une heure pour remarquer un sac à main en cuir posé sur un banc.

– Notre première prise, s'exclame-t-il fièrement.

Il le soupèse. Je propose :

– Et si on regardait dedans ?

– Inutile, il est à cette femme là-bas qui s'éloigne avec ses amies.

– Juste par curiosité.

Antoine me fixe, l'œil sévère.

– Par voyeurisme ?

– Euh… non, par curiosité.

– C'est moche, Pierre.

Je hausse les épaules.

– Après tout, on va lui rendre un sacré service, on peut bien se faire plaisir en fouillant un peu ses affaires.

– Tu veux la… voler ?

– Non ! Tout de suite les grands mots ! Je veux juste regarder. Mater son agenda, sonder ses petites affaires, imaginer sa vie, quoi !

– Mais… pour quoi faire ?

Antoine semble réellement confus. absolument dépassé par toute notion de plaisir un peu déviant.

– Vous n'éprouvez jamais une certaine joie à mater les petites culottes que votre voisine met à sécher sur son balcon ? Juste pour se rincer l'œil ?

Il secoue vivement la tête.

– Elle a quatre-vingt-douze ans !

Je me marre.

– Je ne vois pas ce qu'il y a de drôle.

– Je déconne, papi, je déconne. Bon, le sac est à cette fille là-bas, vous êtes sûr ? Vous l'avez vue assise ici ?

– Fais-moi confiance.

La fille nous saute au cou de bonheur, elle n'avait même pas remarqué son oubli. Elle semble aussi lunaire que moi quand j'ai trois grammes d'alcool dans le sang. En plus, elle n'est même pas jolie. Elle est comme le monde : mal fichue.

Deux heures plus tard, c'est un chien que nous trouvons. Il erre comme un touriste chinois sans carte, l'air abattu. Je propose d'appeler la centrale canine et de se servir de son tatouage pour obtenir l'adresse du propriétaire. Antoine secoue la tête. Ce type est hallucinant. Il sait déjà où vit le chien. Je le charrie un peu, je n'y crois pas une seconde, mais la maîtresse du petit bâtard est folle de joie. Papi : 2. Moi : 0.

– Comment vous avez su ?

Il fait la moue, comme si ça tombait sous le sens.

– Je le savais, c'est tout.

– Mais vous avez vécu dans ce quartier ?

Il ne répond pas. Je me dis que c'est une chance incroyable de tomber sur LE chien qu'il connaît. Lui semble trouver ça normal.

Nous marchons à travers trois arrondissements, les yeux grands ouverts, à guetter chaque banc, chaque recoin, chaque rebord de fenêtre, en quête de notre pitance. Et comme une succession de petits miracles, nous trouvons. A la fois les objets, mais aussi leurs propriétaires.

Je perds peu à peu mes repères en réalisant que tout est évidence pour Antoine. Plus je le suis, moins je comprends. Plus je doute. Est-il si bon observateur que ça ? Car tout se fait avec une telle facilité, une telle clarté à chaque fois…

Je finis par lui demander :

– Pourquoi vous tenez tant que ça à m'emmener avec vous ?

– Pour la compagnie.

– C'est tout ?

– Je suis un vieux monsieur un peu singulier.

– Et alors ?

– Tu es un jeune homme un peu singulier. Nous

devrions nous écouter, nous sommes faits pour nous entendre.

– C'est quoi le but de tout ça ?

– Le but ?

– Oui, pourquoi on use nos semelles ainsi ?

– Je te l'ai dit hier : pour combler des vides.

– Mais ça nous apporte quoi, à nous ?

Là il s'arrête au milieu du trottoir et me toise sévèrement.

– Tu es borné, mon garçon, dit-il, un peu agacé.

– J'aime comprendre.

– Non, tu aimes contrôler, ce n'est pas pareil. Allez, viens. Je sens que nous avons du pain sur la planche du côté de Saint-Lazare. Les gares sont une mine pour les gens comme nous.

Je soupire, agacé à mon tour par le manque d'explications. Je commence à perdre patience.

– Tu parlais de plaisir déviant ce matin. Tu sais ce qui me ferait plaisir ?

– Oh, on se calme, Antoine. Moi, les vieux messieurs, c'est pas mon truc !

Il ne relève même pas et enchaîne :

– Ce serait que tu me racontes tes meilleures conversations de pêche téléphonique. J'adorerais !

– Si c'est que ça, je devrais pouvoir vous satisfaire.

Et voilà que nous passons trois heures de plus à discuter – moi surtout, en lui faisant le récit de mes plus belles tirades – tout en récupérant une sacoche, une parka, deux portefeuilles et un parapluie. Je suis tellement plongé dans mes souvenirs, pour essayer de lui retranscrire au mieux les échanges que j'ai eus avec des inconnus, que je ne prête même plus attention à ce qu'il fait. C'est devenu machinal.

Ce n'est que le soir, lorsque nous rentrons chez lui, épuisés – ma langue surtout –, que je prends petit à petit conscience de ce qui s'est passé.

L'évidence me tombe dessus brutalement. Je ne peux plus la nier.

– Dites, vous n'êtes pas une sorte de Sherlock Holmes, pas vrai ? Ce n'est pas de la déduction que vous faites. C'est de la divination.

Il lève une épaule et penche un peu la tête en même temps. Je sens une pointe de fierté en lui.

– C'est un don, je te l'ai déjà dit.

– Quand vous trouvez un objet, vous *savez* à qui il est. Vous le sentez.

– On peut dire ça comme ça.

– C'est surnaturel.

– Ne dis pas ça, c'est un mot effrayant, *surnaturel* !

– En même temps, vous êtes effrayant quand on y pense !

Antoine m'observe un instant pour jauger mon sérieux.

Je le rassure d'un rictus même si je ne suis pas véritablement rassuré moi-même.

– Je suis sur le cul, Antoine, vraiment sur le cul.

– Je ne me rends plus compte. J'ai toujours fait ça.

Il me tapote l'épaule amicalement.

– Demain nous remettons ça. Même heure même lieu, d'accord ?

J'acquiesce, encore sous le choc.

– Et avec beaucoup d'autres conversations passionnantes à me raconter ! réclame-t-il en me raccompagnant à sa porte.

Je viens de vivre l'expérience la plus surprenante de mon existence.

Et lui plante des petites graines dans mon esprit, sans que je m'en aperçoive.

Elles germent à toute vitesse.

Pas plus tard que le soir même.

13.

Elle a une voix agréable, douce, presque familière.

– On ne se connaît pas, vous êtes sûr ?

– Certain. J'ai composé un numéro au hasard.

– Pourquoi ?

– Pourquoi pas ?

– C'est pas un peu… ça fait un peu truc de pervers, non ?

– Pourquoi dès qu'on sort des sentiers battus, on passe pour un anormal ?

Je lui ai dit ça sans animosité, sans aucune tension, un simple constat, pour qu'elle y réfléchisse.

– Pas faux.

Bingo.

Il est vingt et une heures trente, le meilleur moment pour la pêche téléphonique. Soit les gens sont peinards en famille à s'abrutir devant la télé pour oublier leur journée de merde et ils ne décrochent pas, soit quand ils le font ils sont assez tristes parce que parfois seuls, et dans ce cas ils se prêtent plus facilement au jeu. J'appelle toujours en numéro masqué, pour éviter d'être rappelé, et je le fais de mon téléphone fixe quand c'est possible, pour m'assurer que la liaison sera bonne, on ne sait jamais… Ce sont ces rituels-là qui saupoudrent l'instant d'une certaine excitation. Ce soir, lorsque j'ai pris le combiné pour m'installer sur le sofa, mon carnet de numéros abandonnés sur les genoux, j'ai senti monter un léger picotement dans les reins.

Les vieux penseraient aussitôt sciatique. Moi je parle d'une excitation presque sexuelle.

Du coup je réalise que la fille a peut-être raison, c'est un truc de pervers. Mais à force d'en parler toute la journée avec Antoine, je suis rentré avec l'envie subite d'épuiser mon combiné en essayant tous les numéros possibles.

– Et c'est quoi le but de cet appel alors ? Vous voulez me draguer par téléphone ?

– Pas du tout.

– Ah bah merci !

– Je veux juste parler à quelqu'un que je ne connais pas, que je ne rencontrerai jamais. Une discussion sans lendemain.

– Comme la baise d'une nuit.

– …

Vicelarde. Elle ramène tout au cul. On dirait un mec.

J'aime beaucoup sa voix, elle me rassure. Elle est familière, comme un membre de ma famille. Du coup j'ai envie de faire durer cette conversation, je me prends à flipper qu'elle raccroche trop vite.

– Vous êtes heureuse dans la vie ?

– C'est drôlement intime ça comme question !

– On ne se connaît pas.

– Justement !

Et là je lui sors mon discours habituel : puisqu'on ne se connaît pas, qu'on ne se rappellera jamais, ça fait un peu sens de pouvoir tout se dire, sans craindre que ce soit répété, puisque j'ignore tout d'elle, que c'est mieux qu'un psy car nous ne sommes pas enfermés dans un cadre, il n'y aura pas de conséquences, on peut tout se balancer, et ainsi de suite. Je suis parfaitement rodé.

Mais, d'abord réticente, elle insiste :

– Comment je sais que vous n'êtes pas un ami qui me fait une blague ?

– Ce serait con.

– Les gens sont cons.

– Pas faux.

Un ange passe.

– Vous êtes marié ? me demande-t-elle.

– Non.

– En couple alors ?

– Non.

– Gay ?

– Non.

– Donc votre truc c'est d'appeler des inconnues pour vous exciter ?

– Pas du tout. Enfin si, j'appelle des inconnus, mais pas pour… C'est juste que j'aime discuter avec des inconnus. Ça n'engage à rien, du coup on finit par tout se dire.

– Et vous n'avez jamais rencontré personne avec cette combine ?

– Si, une fois, mais ce n'est pas le but.

– Et c'était comment cette rencontre ?

– Franchement ?

– Franchement.

– La réalité s'est montrée comme elle est toujours : décevante.

– La fille était moche ?

– Qui vous dit que c'était une fille ?

– Vous l'avez rencontrée et vous avez dit ne pas être gay. Donc c'était une fille. Vous y êtes allé en vous disant : « Au mieux c'est la femme de ma vie, au pire je tire ma crampe. »

– Oui, c'était une fille.

– Et elle était moche.

– Un peu.

– Vous avez couché avec elle ?

– Un peu.

– C'est quoi coucher un peu ?

– C'est quand on couche sans conviction, sans pulsion, sans désir très marqué. Juste histoire de tirer un coup en fait.

– Le genre de fille que jamais vous n'auriez demandée en mariage, mais pour vous vider…

– On peut dire ça…

– Ça confirme ma théorie.

– Votre théorie ?

– Qu'il y a des filles-décharges, et d'autres viables. Elle, ça devait être une fille-décharge.

– Vous me faites peur.

– Les viables sont des terrains à bâtir, suffit de rencontrer le bon entrepreneur, pas le loser, l'arnaqueur ou celui qui bricole à la va-vite un samedi sur quatre comme il y en a beaucoup, mais en tout cas ces filles-là sont parées pour construire sur le long terme. Alors que d'autres sont juste des décharges. Les mecs leur passent dessus pour se vidanger et repartent au bout de quelques heures ou quelques mois, voire quelques années quand ils sont feignants. Mais ces filles-là ne construisent rien.

– C'est terrible cette idée.

– Moi je suis une fille-décharge.

– Faut pas dire ça.

– Je le sais, je suis lucide, je l'ai accepté, c'est moins pénible. Le pire est toujours moins dur à vivre quand on l'accepte.

– Tout de même… Votre voix est douce, vous semblez jeune pour tenir un discours aussi définitif.

– J'ai vingt-sept ans.

– Le temps de changer… Vous verrez, la décharge, dans deux ou trois ans, ce sera un complexe hôtelier avec triple piscine, golf et villas de luxe.

– Vous me prenez pour une partouzeuse ?

– Non, je voulais dire… C'était maladroit, mais vous avez compris.

– Je vous taquine.

– Ah. Tant mieux alors. Parce que votre idée de filles-décharges ou viables, je n'aime pas trop. C'est fataliste. Je crois qu'on est ce qu'on fait de sa vie. Une fille-décharge le sera parce qu'elle accepte de se faire traiter comme telle. Si elle gagne en estime de soi, elle viabilisera son terrain, et finira par construire.

– Vous êtes un optimiste.

Je pouffe.

– Moi ? Certainement pas ! Je serai le premier à vous dire de crever la bouche ouverte parce qu'il n'y a aucun espoir dans cette vie de merde, mais c'est juste que je suis cynique, pas fataliste.

– En amour aussi vous êtes cynique ? Ça doit être compliqué.

– C'est une bonne définition de ma vie amoureuse ça, compliquée.

– C'est pour ça que vous êtes célibataire ?

– Pas à cause de mon cynisme, non.

Si j'embraye sur ma malédiction c'est un coup à la faire raccrocher, alors je contourne le problème :

– En matière sentimentale, disons que c'est les montagnes russes sur l'Himalaya.

– Vous avez encore de l'espoir ?

– De l'espoir, non, mais j'ai une bite donc j'ai forcément de l'envie. L'un dans l'autre, ça peut faire illusion.

– Envie de rencontrer la bonne un jour ?

– Oh là ! Terrain glissant !

– Vous l'avez déjà eue et vous l'avez perdue, c'est ça ?

– Peut-être bien, oui.

C'est elle qui a pris le contrôle de la conversation. Elle m'a retourné.

– Vous êtes un homme, vous êtes soit un entrepreneur, soit un salisseur. Ou l'intermédiaire, celui qui navigue entre les deux : le bricoleur. Dans quelle catégorie vous vous placez ?

– Eh bien là, vous n'auriez pas plutôt une catégorie genre fossoyeur ?

– Pardon ?

– Je suis veuf. On peut dire ça comme ça.

Silence.

– Je suis désolée. Sincèrement.

Nouveau blanc. Il y a quelques parasites sur la ligne, distants, les spectres de millions d'autres conversations probablement.

– J'aimerais bien vous rencontrer, elle dit, vous semblez être quelqu'un de bien.

– C'est le téléphone.

– Vous avez souffert dans la vie, non ?

– Je vis donc je souffre, comme nous tous.

– C'est votre devise philosophique ? Du Descartes mâtiné de Sade ?

– Mâtiné de Marilyn Manson. Avec les clous et tout.

– J'aime bien votre voix. Elle m'est familière.

– Je me disais la même chose. Vous êtes un peu enrhumée, ça vous donne un petit charme en plus.

Incroyable le pouvoir du mot *veuf*. En un instant nous avons basculé de l'autre côté, elle est attendrie, de pervers potentiel je suis passé au pauvre chou qu'il faut consoler. Elle veut me rencontrer !

– C'est quoi votre prénom ? Juste le prénom.

– Pierre.

– …

– Allô ?
– …
– Allô ?
– Pierre ?
– Oui. Et vous ?
– Si je vous dis… Julia, vous me répondez quoi ?
– Oh. Merde.

12.

M'a-t-elle pardonné pour un coup de fil qui lui a remonté le moral ? Non, pas vraiment. Mais Julia me rappelle dix minutes plus tard :

– Voyons-nous.

– Là, tout de suite ?

– Oui.

– Je croyais que je devais crever comme le connard que je suis ?

– C'est ce que tu fais, crever, non ? A petit feu, depuis la mort d'Ophélie…

– OK. J'arrive.

Et voilà comment je me retrouve à traverser Paris, tard le soir. Je croise tous ces visages pressés, la plupart sont pressés par la vie, par le travail, par l'envie d'oublier, de boire, de baiser… Les éclairages de la ville nous tombent dessus comme des anges étranges cherchant à illuminer certaines parties de notre être seulement, ils mettent en lumière ce qui les intéresse à cette heure de la nuit. Ils ne soulignent pas ce qu'il y a de plus beau en nous, bien au contraire, ils sont sans concession. Ils creusent les orbites, allongent les pommettes, prolongent les anfractuosités. Avec eux, nous ne sommes plus des composites sociaux, nous sommes des œuvres brutes, presque inquiétantes. La nuit, ce qu'il y a de plus singulier, de plus sombre en nous ressort. La nuit les humains sont vrais. La nuit nous ne pouvons mentir sur tout, tout le temps, la vérité remonte.

Les boucles rousses de Julia m'ouvrent la porte.

Je reçois un texto au même moment.

C'est un numéro inconnu.

En le lisant c'est moi qui me sens comme un con nu.

Totalement privé d'intimité.

Ne fais pas ça. Rentre chez toi. Ecoute-moi ! Rentre. Maintenant.

Mon psy. Ce malade est encore après moi. Plus de nouvelles pendant presque six mois, je pensais être débarrassé. Au tout début, juste après la mort d'Ophélie, il a tenté de prendre contact, savoir comment j'allais. Je n'ai pas répondu, je n'ai rien dit, et il a fini par me laisser en paix.

J'écarte Julia pour aller directement à la fenêtre de son salon jeter un œil dans la rue. Je ne vois personne. Les porches sont plongés dans l'obscurité. Il peut être là, quelque part, à m'avoir suivi, ramassé dans les ténèbres pour m'espionner. A moins qu'il ne soit dans une des voitures garées dans la rue…

– Un problème ? me demande Julia.

– Je m'assure que mon psy n'est pas là.

– Ton psy ?

– Oui. C'est un psychopathe.

– Ah. Sympa les soirées avec toi dis donc…

Elle me tend un verre de whisky.

– Je ne suis pas fan d'alcools forts.

– Bois-le quand même. Ça va te détendre. Et le whisky c'est bien, ça fait saliver.

Julia dans toute sa splendeur.

– Tu as une sale gueule, ajoute-t-elle.

– Merci.

– C'est vrai. On sent que tu as besoin de sortir, de t'aérer. Tu ressembles à un vieux tapis qui aurait pris la poussière trop longtemps.

– Tu comptes me battre à la fenêtre ?

– C'est une idée.

– Toi tu sembles bien.

– Bien ? C'est tout ce que tu trouves ? Je me fais chier à me faire un super maquillage et tu me trouves juste *bien* ? T'es naze, Pierre.

Je hausse les épaules. En même temps, je ne suis pas venu là pour lui faire la cour. Julia est mignonne, volcanique, donc une bonne affaire pour le pieu. J'ai cessé de me mentir sur ma venue dans l'ascenseur. Je ne suis pas là pour parler d'Ophélie, pas là pour me sentir mieux, ni pour m'excuser auprès de Julia. Je suis là parce que j'ai senti qu'il y avait un plan cul possible. J'en ai besoin. Sentir une peau contre la mienne, de la vie contre moi, frissonner, gémir, jouir.

Et c'est exactement ce qui suit.

Julia ne tarde pas à m'embrasser furieusement. Il est clair que ma bouche est son terrain de jeu, le bac à sable de sa langue, enfant turbulent, superactif, qui met du sable partout, faut que ça gicle, faut que ça s'exprime.

Pour un mec qui est aussi vivant qu'un fantôme depuis six mois, ça fait tout de suite beaucoup de vie d'un coup. Je me laisse faire. Elle a pris les choses en main. De toute manière, que je le veuille ou non, Julia aurait pris le dessus. C'est elle qui mène, qui ordonne, qui contrôle, qui domine.

Ses seins dans ma bouche. Mes fringues qui tombent. Sa langue sur moi, partout. Elle sur moi, partout. Moi en elle, partout. Elle qui jouit. Elle qui m'intime de jouir à mon tour. Nous repus.

Puis elle se lève, enfile un peignoir tout élimé, et me regarde, un peu irritée.

– Qu'est-ce qu'il y a ?

– Ben c'est fini, donc tu peux te rhabiller, me dit-elle.

– Maintenant ?

J'ai le sexe encore tout humide, les tempes moites, et le souffle un peu court.

– Oui, maintenant.

– Tu veux que je parte, c'est ça ?

– Oui, c'est ça. On a bien joui, maintenant tu te casses.

Elle ne me dira pas un mot de plus, seulement son regard impatient qui considère que, quoi que je fasse, ça ne sera jamais assez rapide. Sur le seuil, la chemise mal boutonnée, les lacets pas faits, je me retourne.

– Bon. Bah, bonne nuit.

Elle m'adresse un de ces sourires factices qui ne sont même pas là pour être polis tant l'agacement est notable.

– On se rappelle et on…

Elle claque la porte.

En temps normal je me sentirais soulagé, peinard pour la nuit, toute tendresse inutile épargnée, pas de question sur le lendemain, sur l'amorce d'une relation, rien que la jouissance et le reste de la nuit pour en profiter paisiblement, seul. Surtout avec une fille comme Julia, capable d'exploser à tout moment. Dans les secondes qui ont suivi mon orgasme, ma raison est réapparue et je me suis dit que je venais de faire une gigantesque connerie. Dès la première rencontre j'avais identifié en Julia le potentiel bon plan cul-emmerdement maximum.

Et pourtant, non. Rien de tout ça.

Je me répète mais je crois que notre monde refuse d'entendre une évidence qui simplifierait tellement nos rapports si on l'acceptait *vraiment*. Les hommes, quand monte la fièvre de l'orgasme, deviennent de vrais animaux. Prêts à tout pour se libérer, à séduire jusqu'à l'excès, à mentir, à tout accepter. A peine sont-ils soulagés, la civilisation revient en eux, et c'est souvent le désastre. Je crois que, dans ces moments précis, nous ressemblons à des tueurs en série. La pulsion a été irrésistible. On sait qu'il ne faut pas le faire avec cette fille, mais c'est plus fort que nous. On se trouve des prétextes, des excuses, on est certain de trouver une solution pour s'en sortir, plus tard. Mais au moment où le « crime » est commis, on réalise, on se remet à penser avec tout notre cerveau, et plus seulement avec la partie reptilienne. Et c'est souvent la catastrophe.

Le pire là-dedans, ce sont tous les mecs lâches qui s'embarquent dans des relations, juste pour « assumer » d'avoir sauté une fille une nuit. Ces mecs pas heureux, qui font semblant, qui essayent.

Cette nuit, j'ai le sentiment d'avoir été baisé par un de ces mecs, et d'être moi, celui qui n'assume pas.

Je me sens sale. Sali.

Du coup je ne rentre pas à mon appartement, j'erre dans Paris, les pensées tourbillonnantes, qui s'agglomèrent pour former des îlots de secours, avec des noms improbables tels que Retourner-la-baiser-maintenant, Sortir-pour-en-baiser-une-autre, ou encore Rentrer-se-cachetonner-de-somnifères-avec-quelques-rasades-d'alcool-pour-pas-rester-éveillé-trop-longtemps.

Et je suis devant le pont des Arts.

Il y a tous ces cadenas rivés à la rambarde comme autant de militants amoureux qui se seraient enchaînés aux rails d'un convoi transportant des déchets radioactifs. Ils sont de retour, rivés à des chaînettes, à des filins emmaillotés sur la main courante au-dessus du plexiglas. La mairie de Paris a tenté de les faire disparaître, d'empêcher leur prolifération, en vain. Ce pont est devenu un signe manifeste de protestation : les sentiments ont le droit de s'afficher. C'est le QG des indignés de l'indifférence quotidienne. Des écolos de l'amour urbain. Des réfugiés du cœur.

Autant de sans domicile fixe qui viennent de se reloger dans l'âme d'un ou d'une autre.

Et forcément, je repense à Ophélie.

C'est ici que je l'ai vue pour la dernière fois. Pas contente.

Je me promène jusqu'à effleurer l'endroit précis où j'ai été prisonnier de sa colère. Il y a encore les marques des menottes, la peinture est écaillée sur l'acier.

Elle me manque. Son espièglerie, son grain de folie. Son odeur. Son corps.

– Je t'avais prévenu, me dit une voix que je connais bien.

Il est là, accoudé à la rambarde, comme moi. Je n'ai pas besoin de tourner la tête pour savoir que c'est lui.

Je regarde la Seine au loin.

Je ne suis pas furieux de le découvrir là, je suis trop fatigué pour ça. Trop vidé.

– C'est plus fort que vous ? Faut que vous me suiviez tout le temps…

J'ai dit ça sans animosité, tout doucement. Apaisé.

– Sans moi tu vas te perdre. Je peux te remettre sur le bon chemin. Je peux te sauver.

– C'est un défi que vous vous êtes fixé ? Un besoin salutaire pour votre âme ?

– Tu ne comprends pas.

– Non, je l'avoue, je ne comprends pas. Et en même temps, je n'ai pas envie. Je m'en fous. Vous êtes barjot.

– Pourquoi tu ne m'as pas écouté tout à l'heure ? Pourquoi tu l'as sautée cette fille ?

– Vous étiez l'oreille collée à la porte ?

– Tu ne m'écoutes jamais. Pourtant je t'avais mis en garde. Et regarde-toi maintenant…

– Quoi ? J'ai tiré un coup, je me porte bien, merci.

– En dérivant ici à deux heures du matin, les larmes aux yeux ?

– Je vous emmerde.

– Cette fille, comme l'autre, ne sont pas pour toi.

– Foutez-moi la paix.

– Pierre, on ne renonce pas à sa vie. Ce n'est pas comme ça qu'on va mieux.

– J'ai fait un choix. Je me sens bien à présent.

– En renonçant à tout ce que tu étais avant ? A ton travail, à ta petite amie, à tes copains, à ta famille ? A toi, finalement.

– Un nouveau départ.

– Ça ne marche pas comme ça. Regarde-toi. Tu es dépressif, tu dois te faire soig…

– Lâchez-moi. J'ai bien compris qu'il y avait une sorte de blessure narcissique en vous, pour m'avoir perdu brutalement du jour au lendemain, mais foutez-moi la paix. Acceptez de vous dire que vous avez perdu un patient, et que c'est la vie. Arrêtez de m'espionner, de tout vouloir contrôler. Vous êtes effrayant. Vous vous en rendez compte ?

– Les choses ne vont pas aller en s'arrangeant, tu te trompes.

– On parle de moi ou de nous là ?

– Tu ne règles jamais aucun problème, tu caches la

poussière sous le tapis. Viendra un moment où une rafale va venir le soulever et tu t'étoufferas avec toute la merde entassée là.

– Au moins ça pimentera ma vie.

– Tu penses égoïstement. Tu t'enfonces dans une spirale, pour t'autodétruire, et tu ne penses même pas aux autres. A tous ceux que tu entraînes avec toi dans ta descente.

– Qui donc ? Je n'ai personne.

– Ta famille pour commencer.

– Ils m'ont déjà oublié à l'heure qu'il est.

– Ça te rassure de le croire.

– Si vous le dites…

– Et les gens que tu fréquentes désormais ? Cette fille par exemple.

– Julia ? C'est pas un mec comme moi qui va la perturber !

– Tu ne penses que pour toi, à travers toi, sans inclure les sentiments du reste du monde.

– Ça m'a plutôt réussi jusqu'à présent.

– Tu trouves ?

Un soupir exaspéré gifle la nuit à ma droite et se disperse aussitôt dans la brise.

– Tu existes, Pierre. Cela signifie que tes actes et tes mots ont des conséquences. Rien n'est figé. Tu interagis avec le monde. Tu en fais partie, que tu le veuilles ou non. Et chacune de tes décisions l'impacte. Pas seulement ton petit univers bien égoïste, mais celui des autres. La vie des autres.

– J'ai bien compris la leçon, inutile d'insister.

– Je n'en suis pas si sûr. Tu trouves le monde sale, moche et injuste ? Mais tu te comportes toi-même de cette manière. Le monde n'est pas un mur sur lequel on peut frapper pour qu'il nous renvoie la balle, c'est un partenaire. Tu le trouves nauséabond ? Eh bien au lieu de le traiter comme tel, cherche plutôt à le rendre plus viable et il le deviendra.

– Oui, oui, je connais le discours…

– Pierre, je t'en supplie, cesse de te mettre des œillères, accepte mon aide. Prends la main que je te tends. Nous pouvons tout arranger ensemble. Tout améliorer.

Paris est illuminé de l'intérieur, les fenêtres brillent comme des yeux attentifs à la nuit, et les rares passants, au loin, sont à peine des silhouettes, des ombres anonymes.

Cette conversation m'ennuie. Je veux être l'une de ces personnes que je devine, sans visage précis, sans destination, rien qu'une trajectoire, pas de sillage, pas d'obligation, seulement vivre : être dans l'élan de son existence.

Mon passé ne m'intéresse plus. Je n'ai pas de plan d'avenir. Je suis seulement un point fixe sur une courbe, rien qu'un point. Et j'avance dans la nuit parisienne.

Je cligne des yeux et je réalise que je marche sur les quais.

J'ai largué mon psy. Il n'a pas insisté. Mais je me doute qu'il sera à nouveau sur mon répondeur demain ou dans la semaine.

Tout ce qui compte à cet instant, c'est de marcher.

Rentrer, dormir, et oublier. Demain sera un jour nouveau. Le sommeil aura lavé les scories de la veille. Les états d'âme ne sont, en définitive, que des fragments de mots à la craie, mal effacés sur un tableau noir, et dormir c'est mettre un coup d'éponge humide.

Je veux qu'elle soit très humide mon éponge. Qu'il ne reste rien au réveil, pas même le fantôme évanescent d'une boucle ou d'une ponctuation. Alors je vais m'imbiber avant de me coucher.

Mon psy a beau dire ce qu'il veut, interagir avec le monde m'attire peu. Je ne veux pas le subir non plus, tout ce que je veux c'est le traverser.

Ma vie n'a pas de conséquences. C'est moi la conséquence.

Du moins c'est ce que je pense, pendant encore quelques heures.

Avant d'apprendre, dans la matinée, que Julia s'est jetée par la fenêtre de son appartement vers quatre heures du matin.

La conséquence c'est une énorme flaque de matière cérébrale répandue sur le trottoir, avec tout son sang.

Ce midi-là, je comprends enfin qu'il est question de malédiction dans mon existence.

Je suis une malédiction.

Pour quiconque m'approche.

Je suis venimeux. Ce que je touche meurt.

Vivre tue. A petit feu. Vivre à mes côtés est foudroyant.

A onze heures et quelques ce matin-là, mon portable sonne. C'est mon psy. Il lui suffit de me dire : « Elle est morte. Julia s'est jetée par la fenêtre cette nuit… » pour que je raccroche sans le laisser finir.

Je sais ce qu'il me reste à faire.

C'est à mon tour d'être déterminé.

11.

Enfermé dans ma conviction d'être maudit, j'opte pour une mesure radicale mais efficace.

Usé pour usé, autant ne plus faire de vieux os. Je me prépare un cocktail de médicaments, deux bouteilles de vin liquoreux – j'ai choisi un Château Climens, je veux partir en beauté – et je m'installe sur mon sofa, concentré pour ne rien oublier, comme avant de partir pour un long voyage. Et comme avant de partir pour un long voyage, j'ai le sentiment désagréable d'avoir bel et bien oublié quelque chose. Du coup je ne pense qu'à ça.

Je ne peux pas avoir oublié de dire au revoir à quelqu'un, je n'ai plus personne. Antoine ne m'en voudra pas, il y a trop de bienveillance en lui pour ça. Et puis compte tenu de son âge, je ne fais que prendre une très courte avance sur lui.

Je n'ai pas oublié de couper le gaz, et puis quand bien même ce serait le cas, ça n'irait pas contrarier mes plans, mais plutôt les renforcer.

Aucun chat ou chien à nourrir. Aucun visa à demander – enfin j'espère –, ce serait con de se faire refouler à la frontière, paraît que ça arrive parfois. On appelle ça des expériences de mort imminente.

Je suis donc prêt.

Les pilules m'attendent sur la table basse, tout un verre plein. Anxiolytiques puissants, somnifères, aspirine à haute dose, j'ai tout mis. C'est mon billet aller. Manque plus que le *Guide du routard mort* et quelques devises étrangères, même si j'ignore en quoi on paye au paradis… En bons sentiments ? Je serai un véritable clodo là-haut… Pourvu que j'aie assez de miles maléfiques pour parvenir à l'autre escale, enfer et contre tous, j'ai toujours préféré Milton à Voltaire de toute manière. Je pourrais peut-être descendre violer une petite vieille histoire de me garantir une place, pour obtenir la carte Premium infernale – place VIP garantie pour l'éternité.

Je divague.

Impossible de me décider.

Il suffit d'avaler quelques poignées, mais je n'y arrive pas. Pas encore. Je mesure pleinement ce que cela signifie. L'arrêt de tout. De moi. Du monde. Car le monde n'existe qu'à travers moi. Si je meurs, il meurt aussi. Et j'ai du mal à le tuer. A tous les détruire. Leur dire adieu.

A l'instant où je parviendrai à me lancer, tout sera réglé, déglutir sera comme de balayer d'un revers du bras tout ce qu'il y a sur la surface du globe, mais je ne veux pas que ce soit le fruit d'une impulsion subite. Je veux que ce soit un geste mûrement pesé, savamment orchestré, pleinement voulu et dont je savourerai chaque étape. Je veux sentir couler la mort dans mon œsophage et assister au déracinement de tous les arbres au ralenti, voir les immeubles s'effondrer comme des œuvres de sable dans la tempête du crépuscule, je veux contempler l'effacement progressif de toutes les silhouettes humaines. Je veux les voir saigner, se vider de toute la merde que sont les hommes, tirer la chasse sur eux, mes dernières piques d'humour seront eschatologiques.

Au lieu de ça, le cocktail diabolique me nargue. Il est le chat du Cheshire qui me propose d'être mon guide en ce monde effrayant tout en disparaissant à chaque embranchement.

J'ai décidé de mourir. Mais pour quelle raison au juste ?

Pour ne plus vivre.

C'est un bon début.

Et quoi d'autre ?

– Je n'ai plus rien à finir, dis-je tout haut. Tout ce que j'ai commencé est achevé. C'est-à-dire à peu près rien.

J'imagine soudain mon psy assis dans le fauteuil d'en face. Il secoue la tête lentement.

– En es-tu si sûr ?

– J'ai renoncé à ma vie pour tenter d'en vivre une autre qui ne m'épanouit pas plus. Toutes mes relations sentimentales ont débouché sur la mort de mes partenaires...

– Toutes ? Tu parles de Julia aussi ? Parce que tu l'as aimée ?

– Avec mes couilles, oui.

– Hypocrite. Tu te mens.

– En tout cas j'ai perdu Ophélie.

– Et il n'y a rien d'autre dans ta vie ?

– Un vieux bonhomme doucement fou. Je ne vais pas lui manquer.

– Lui as-tu au moins dit au revoir ?

– A quoi bon ?

– Il n'a pas été réglo avec toi ?

– Si.

– Alors tu aurais pu l'être avec lui. Il culpabilisera certainement après ton départ…

– Tant pis.

– Il y a donc quelqu'un pour qui ta vie compte.

– Il ne me connaissait pas il y a quinze jours. Il s'en remettra. De toute façon, c'est plus prudent pour lui.

– Pourquoi donc ?

– Parce que me côtoyer, c'est crever. A cause de la malédiction.

– Non, les malédictions n'existent pas, répond mon psy imaginaire.

– Je suis maudit, c'est une évidence. Michaud, Tess, Hugo, Ophélie, Julia… Tous meurent ou disparaissent.

– Ne serait-ce pas plutôt que tu cherches la compagnie de gens qui te ressemblent ?

– Ophélie et Tess étaient très différentes.

– Pas tant que ça. Des excentriques. Des originales. Chacune à leur manière. Tu t'entoures de gens singuliers. Des gens qui jouent avec le bord du monde, qui sont sur l'arête du gouffre. Il ne faut pas s'étonner si certains tombent.

– Ils tombent tous.

– Parce que personne ne leur tend la main.

– Et pourquoi je ne tombe pas, moi ?

– Tu es sur le point de le faire…

– J'ai tenu bon depuis le temps…

– Il y avait quelqu'un qui te tendait la main.

– Vous ?

– Oui.

– Je crois que je vais sauter alors.

– Ne sois pas idiot. Ne renonce pas à tout.

– Ophélie a été assassinée.

– Par Hugo. Tu t'es entouré de personnes extrêmes. Elles ont agi à leur image.

– J'ai l'impression que tout tourne autour de moi.

– Tu as catalysé les déviances de chacun, tu es comme un détonateur. Parce que tu rassembles autour de toi des gens qui pourraient faire ce que toi tu n'oses pas, tu t'entoures de personnes tout aussi déséquilibrées que toi mais plus déterminées.

– Vous êtes en train de me dire quoi, là ? Tant que je n'aurai pas réglé mes propres problèmes je vais continuer de me choisir des amis de ce genre et je vais les regarder mourir parce que moi je suis incapable de me tuer ?

– Ou parce que tu refuses d'aller mieux…

– Vous avez raison, il est temps que je sois plus courageux.

– Tu vas prendre la main que je te tends ?

– Pour une fois je vais aller au bout de ce que j'entreprends.

Je me penche, j'attrape le verre rempli de pilules, une bouteille de vin, et je m'enfile une longue rasade de blanc liquoreux. Je sais qu'il faut se rendre un peu ivre pour que ça passe mieux. Je vide la bouteille à moitié.

Cachetons. Cachetons. Cachetons.

C'est parti.

Je termine la bouteille, et j'attaque la suivante. J'ai englouti un tiers de mon cocktail. J'en prends encore quelques-unes. Les pilules magiques, celles qui vont m'ouvrir la voie de l'éternité. Ou du néant, c'est selon.

Je termine la seconde bouteille, enfin je crois.

A ce moment-là, je ne sais plus trop ce que je fais, ce que je pense, ni même qui je suis. Il y a comme une mer qui monte devant mes yeux, comme si je glissais dans la baignoire, mes sens s'engourdissent, je ne respire plus très bien.

La chaleur n'est plus seulement à l'intérieur, elle m'entoure.

Je pars.

Adieu monde. Adieu vous. Adieu tout.

Ma tête s'enfonce sous le niveau de l'eau, je ne respire plus. Je suis ailleurs. L'autre monde m'attend.

C'est donc ça, mourir. Une sorte de naissance à l'envers, de la chaleur, un sentiment d'être enveloppé, dans un liquide opaque. C'est logique. Je vais bientôt entendre mon propre cœur battre à toute vitesse, puis un autre, plus lent, plus magistral. Celui de Dieu. Celui qui m'a donné la vie. Ma mère. Mes ancêtres. Et tout s'arrêtera d'un coup. Ce sera fini. Je serai mort.

Il y a quelque chose de beau finalement dans la mort. Bien plus rassurant que je ne le craignais.

C'est doux, presque lyrique.

Soudain la chaleur intérieure devient acide. Elle tourbillonne. Puis remonte à toute vitesse.

Je dégueule deux litres de vin cachetonné sur la moquette et m'effondre dedans, la joue dans la tiédeur de mon suicide avorté.

Et je ronfle, probablement.

J'ai même raté ma mort.

10.

Dans mon échec, j'ai réussi à entrapercevoir une vérité. Moi qui croyais n'avoir rien pour me retenir, j'ai compris qu'il y avait bien quelque chose qui m'attendait, que je devais terminer avant de partir.

Le matin même, dans un sale état qui me fait deviner ce que ça doit être de vivre dans la peau de Gérard Depardieu, je me jette sous la douche pour laver la couche de connerie qui m'enveloppe depuis la veille et je file rue de Padoue.

Antoine est chez lui. A peine la porte ouverte, il me tend mon sac à dos.

– C'est une grosse journée aujourd'hui, dit-il. Je le sens. Beaucoup de gens ont perdu un bout d'eux-mêmes.

– Attendez. Je ne suis pas sûr de venir.

– Pourtant tu es là…

– Pour vous parler. Pour comprendre.

– Comprendre ?

– Qui vous êtes. Votre bonté. Votre existence. Qui êtes-vous, Antoine ? Pourquoi êtes-vous si généreux, totalement dévoué aux autres ?

– Parce que je suis comme ça. C'est tout. Il y a des gens pervers, des gens manipulateurs, menteurs, voire criminels. Moi je suis naturellement bon. C'est l'équilibre du monde.

– Vous êtes né comme ça ?

– Est-ce qu'un pervers, un sale type naît comme ça ?

– Non, je ne crois pas. Il le devient.

– Donc tu as ta réponse.

– Alors pourquoi on croise plus souvent les mauvais que les gens comme vous ?

– Mais tu en croises sûrement, des êtres bons. Tu ne les vois pas, c'est tout. Faire du bien est moins visible et notable que faire du mal. Le mal a cela d'intéressant qu'il attire l'attention, qu'il donne l'illusion à quelques-uns d'exister là où le bien passe inaperçu, il se fond dans le quotidien car le bien n'est que l'huile des rouages du temps. Quand tout fonctionne, on ne s'en occupe pas. Mais dès que la rouille apparaît…

– OK, le bien c'est l'huile, le mal c'est la rouille… C'est pas un peu cliché tout ça ?

– Parce que nous nous cachons derrière des images d'Epinal. Fondamentalement, le bien et le mal n'existent pas. Ce sont des concepts pour parler de valeurs, de forces opposées.

– Et l'être humain lambda, c'est qui, lui ?

– La plupart des personnes sont plutôt enclines à être neutres, ce sont elles qui font l'équilibre harmonieux du monde. Moi je suis un excès. A ma manière je ne suis pas plus bénéfique qu'un mauvais homme, et pas moins négatif que lui. Car je suis trop positif. Trop bon. Pour équilibrer, il faut un sale type pour chaque homme dans mon genre.

– Vous croyez qu'il existe votre alter ego inverse quelque part ? Un homme particulièrement négatif, mauvais ?

– Probablement. Sinon c'est qu'il en faut beaucoup d'un peu mauvais pour équilibrer. L'univers est une balance. Il faut que les plateaux soient en permanence au même niveau, sinon c'est le chaos. Au début, il n'y avait pas d'équilibre, rien que des forces opposées titanesques dans un maelström terrible. Ça a explosé instantanément, et maintenant que le cosmos est en expansion, les équilibres s'opèrent à tout moment.

– Plus l'univers se répand, plus nous approchons l'équilibre parfait alors ?

– Peut-être.

– Et alors, que se passera-t-il quand on l'atteindra ?

– Je l'ignore. Tout se figera dans une harmonie globale, parfaite, pour l'éternité. Ou bien nous repartirons dans le sens inverse, comme un yoyo sans fin.

– Et comment je fais, moi, si je veux atteindre le point d'équilibre interne ?

– Toi ?

Il a un petit rictus qu'il ne parvient pas à dissimuler.

– Toi, tu écoutes ta petite musique intérieure.

– Et si je n'en ai pas ou qu'elle est déréglée ?

– C'est que tu ne l'écoutes pas. Parce qu'elle existe, elle est impulsée par les battements de ton cœur, par les vibrations de ton esprit. Ta partition s'est écrite pendant ton enfance, à l'homme de savoir maintenant la jouer pour s'apaiser.

– Mais je fais comment ?

– Pose-toi la question de ce que tu fais ici, sur terre.

– Et si j'étais un de ceux qui équilibrent le monde face à vous ? Si j'étais un excès inverse à vous ?

– C'est possible. A toi de savoir écouter.

– Nous pourrions être ennemis. Ce serait dommage.

– Pas ennemis. Juste opposés.

– Il faudrait s'affronter, comme un superhéros face à son supervilain.

– Non. Parce que le monde a besoin des deux. Pas d'affrontement.

– J'ai quelque chose à accomplir, Antoine, ça je veux bien le croire. Même la mort ne veut pas de moi, c'est donc que je n'ai pas terminé ce pour quoi je suis ici.

– Tu crois au destin maintenant ?

– Non, mais il y a trop de choses bizarres autour de moi. Une partie de moi ne veut pas disparaître pour que je leur trouve un sens.

– Et tu ne perçois pas encore ce que c'est ?

– Non.

– Cherche mieux.

Il reprend le sac à dos.

– Je suis viré ?

– Non, tu pars en mission, seul.

– Je n'ai pas votre don.

– Ce ne sera pas nécessaire. Tu as déjà mis la main sur le propriétaire de ce qui est perdu.

– Je dois retrouver quoi ? Où ?

Il pose son doigt sur mon cœur.

– C'est à toi de me le dire.

Et il me claque la porte au nez.

Les relents de vin blanc me montent soudain à la tête, j'ai comme envie de mourir, complètement cette fois.

Je suis venu comprendre qui est Antoine, parce que le vieux bonhomme donne du sens à son existence, parce que j'ai compris que je ne sais pas qui je suis, ma trajectoire personnelle m'échappe, et je repars encore plus perdu qu'en arrivant. Pourtant c'est juste là, sous mes yeux, je le devine.

Incapable d'affronter le soleil de Paris et les hordes de badauds, je rentre chez moi, et j'ouvre toutes les fenêtres en grand pour évacuer les relents de suicide qui y règnent.

Je tourne en rond. La moindre bouteille d'alcool sur une étagère, dans la poubelle ou au frigo me donne envie d'expulser tous mes organes par la bouche.

Incapable de dormir. Incapable de végéter devant la télé ou Internet. Je ne veux plus m'abrutir, fuir. Je veux vivre. Même si ça doit être pour en finir ensuite. Mais j'ignore quoi faire de moi.

Je finis par tomber sur mon sofa.

Besoin de parler. Sans engagement. De faire confiance au hasard.

Pêche téléphonique.

Mais soudain cette démarche m'apparaît dans tout ce qu'elle a de non-sens. A quoi bon ?

Je feuillette mes carnets de numéros abandonnés. Combien de milliers ? Que sont-ils devenus ?

Je repense à ces gens avec qui j'ai parfois parlé.

Je repense à celle qui un jour m'a dit que si je retombais sur elle, nous nous rencontrerions. Voilà qui aurait du sens.

Mais le hasard ne nous a jamais remis en communication.

Jade. Elle s'appelait Jade.

Je contemple tous ces numéros.

J'avais noté le sien dans un coin. Je sais pourtant qu'elle en a changé depuis, elle avait dit qu'elle le ferait. Je le compose, j'ai envie de savoir.

Le vide. Puis la voix anonyme, celle d'une femme qui n'existe pas, pour m'annoncer que ce numéro n'existe pas non plus. Je suis dans un non-monde de non-existence.

Maintenant Jade est un autre numéro. Un nouveau-né.

Peut-être un de ceux-là justement. Peut-être qu'on lui a attribué un de ces numéros sans propriétaire que je collectionne…

Je prends la première page de mon premier carnet.

L'idée est folle. Idiote. Démentielle.

Mais elle m'amuse.

Je compose le premier numéro. Rien. Le vide. La non-existence.

Le second. Idem.

Et ainsi de suite sur près de vingt pages.

Personne ne sait combien de numéros vierges, non attribués, on peut composer en une journée et une soirée. Personne sauf moi.

On peut en composer un carnet et demi.

Je le sais, je viens de le faire.

Une dizaine seulement ont été affectés. C'est peu. Je les ai rayés aussitôt de mon carnet, bien entendu.

Le lendemain, je recommence, je termine le deuxième carnet avant midi et j'enchaîne.

Je ne vais plus au zoo, j'en suis lassé. J'ai un peu d'argent de côté, de tout petits besoins, je vais tenir quelque temps. La priorité est à ma survie. Et survivre c'est taper des touches de combiné en plastique pour entendre une femme qui n'existe pas m'annoncer que je cherche à joindre des gens qui n'existent pas. Ou plus. Ou pas encore.

C'est à devenir fou. Mais j'aime ça. J'en suis presque excité.

Je suis le premier explorateur du néant. Je suis un pionnier. Je fouille le non-monde à coups de touche verte « appeler », et je rentre au bercail entre chaque tentative en pressant la rouge.

Tout l'après-midi je m'use le cartilage de l'oreille, je souligne chaque numéro essayé et je passe au suivant. J'arrive au troisième carnet.

Les rares moments où une rencontre s'opère, je suis bref, je demande Jade et je raccroche dès qu'on m'explique que c'est une erreur.

La soirée, je suis une épave, je me traîne jusqu'à mon lit où je m'endors sans avoir dîné.

Troisième jour d'exploration.

Je commence à comprendre Christophe Colomb, Ernest Shackleton ou Neil Armstrong. C'est dur d'être un aventurier, de progresser dans des terres inconnues et de tenir bon. Le pire adversaire c'est soi-même. Mais dans mon cas, soi-même est une motivation, puisque si je ne continue pas, soi-même va probablement mourir. En tout cas c'est une option très envisagée.

J'ignore pourquoi je continue. Et si par miracle je la trouvais, cette Jade, quelle différence cela ferait-il ? Est-ce que ma vie aurait plus de sens pour autant ?

Ce que je sais c'est que constituer ces carnets a occupé de longues heures dans ma vie, même si c'était futile sur l'instant. Et aujourd'hui, ils ont leur raison d'être.

Je compose et je compose encore des numéros. Les chiffres se mélangent parfois. Je suis obligé de fixer le mur pendant une minute pour que mes yeux redeviennent opérationnels.

Ce troisième jour, tandis que mes pensées perdent en clarté, une femme répond un peu avant dix-sept heures :

– Allô ?

– Bonjour, je cherche à joindre Jade.

– Jade ? Non, c'est une erreur, il n'y a pas de Jade ici.

– Désolé.

Pourtant cette voix me dit quelque chose. J'hésite à raccrocher.

– Bonne journée, dit-elle.

Je la coupe dans son élan de me renvoyer au néant :

– Attendez ! Je crois qu'on se connaît.

– Je ne sais pas. Vous êtes ?

– Pierre.

– Ah. Vraiment navrée, vous devez faire une erreur de numéro, je ne connais pas de Pierre.

– Pourtant c'est un prénom commun, vous devriez bien en avoir au moins un dans votre entourage.

– Et vous seriez celui-là ?

– Ben peut-être. Sinon je vous propose d'être votre Pierre. Comme ça vous en connaîtrez un.

Silence.

– Allô ?

– Cette Jade que vous cherchez, vous l'avez rencontrée où ?

– Ici. Enfin je veux dire par téléphone.

Nouveau silence. Deux fois plus long.

– Comment vous avez fait ? dit-elle enfin.

– Pour ?

– Me retrouver.

Mon cœur se réveille. Il accélère. Il rugit. Une vraie Ferrari.

– C'est vous ?

– Oui.

– Pourquoi avoir dit non au début ?

– Vous avez essayé tous les numéros de France depuis notre rencontre téléphonique ?

– On peut dire ça.

– Vous êtes fou.

– On peut dire ça.

– Vous me cherchez depuis notre discussion ? C'était il y a des mois !

– Alors Jade n'est pas votre vrai prénom ?

– Je suis désolée.

– Pourtant on s'était dit qu'on ne se mentait pas.

– Je ne vous connaissais pas. C'était comme un jeu. Et puis je vous l'avais dit il me semble : mentir sur le prénom est acceptable, c'est le reste qui ne le serait pas.

– Vous m'avez manqué.

– …

– Non, je vous jure, c'est pas une connerie. J'ai souvent pensé à vous. Elle était belle notre rencontre.

– …

– Je ressemble à un psychopathe, c'est ça ?

– Oui.

– Votre vie est belle depuis notre première conversation ?

– Elle file. Et vous ?

– Pas terrible.

– C'est pour ça que vous passez votre temps au téléphone, dans le vide ?

– Certainement.

– Tout de même, c'est assez improbable ! Que vous retombiez sur moi !

– Vous aviez parlé de chance, de bonne étoile. A croire qu'il y a un peu de tout ça dans ma démarche.

– J'avais aussi fait une promesse.

– C'est vrai.

– Vous serez déçu, Pierre. On l'est toujours par la réalité. Toujours.

– Pas si je n'attends rien de particulier.

– Le téléphone c'est comme Internet, on y projette beaucoup de ses propres fantasmes. Donc on est forcément déçu ensuite.

– Ça signifie que nous allons nous rencontrer ?

– Donnez-moi une bonne raison de ne pas avoir peur de vous.

– Honnêtement ? Je n'en vois pas. Je crois que j'aurais moi-même peur de me rencontrer.

– Au moins c'est sincère.

– On peut faire ça dans un lieu public, et on se promet de ne pas se rappeler ensuite, de ne pas insister si nous n'avons finalement rien à nous dire.

Silence. Elle réfléchit si fort que je peux entendre les crépitements électriques de ses neurones.

– Je ne vous force à rien, dis-je doucement.

– Je ne me sens pas contrainte.

– Vous pouvez raccrocher et oublier tout ça si c'est ce que vous préférez.

J'ignore pourquoi, mais cette rencontre me fait revivre, il y a de l'espoir qui renaît en moi. L'espoir que tout est possible, que demain peut avoir de l'intérêt.

– J'ai fait une promesse, n'est-ce pas ?

– Oui, c'est sûr. Cela étant, si vous le voulez, je vous en libère. Je ne veux pas vous obliger.

– Une promesse est une promesse, Pierre.

Je me redresse sur mon canapé. Les os de ma colonne

vertébrale craquent les uns après les autres comme un réjouissement collectif.

– Il faudra me dire votre vrai nom alors, dis-je.

– C'est Constance.

Constance. Rien que son prénom rend amoureux. Cette fille est une ligne droite, régulière et rassurante.

Bien sûr, à ce moment, je ne me doute pas une seconde qu'elle va finir éventrée sur les murs de mon appartement. Eclatée. Répandue. L'épilogue de sa vie rédigé en suspension jusque sur mon plafond.

Alors nous prenons rendez-vous.

Rendez-vous avec la mort.

9.

Le rôle d'une vie. Etre soi. Trouver le ton juste. La petite voix intérieure.

C'est finalement la chose la plus difficile dans l'existence d'un homme que d'endosser sa propre peau jusqu'au bout, de se trouver, vraiment, de ne pas se mentir.

La deuxième chose la plus difficile, c'est de parvenir à ne pas se grimer face à l'autre, ne pas se survendre, ne pas se travestir au moment de séduire. Je sais comme nos jeux de désir passent par le respect de certains codes, dont celui de se présenter sous son meilleur jour, mais il faut définir le juste équilibre entre « Je te montre ce que j'ai de meilleur pour t'attirer » et « Voilà ce que je suis, c'est à prendre ou à laisser ».

Avec Constance, cet équilibre s'est opéré tout naturellement. Je n'ai pas eu à réfléchir, calculer, retrancher ni ajouter.

Notre première rencontre a donné le ton.

Je l'ai vue assise à la terrasse d'un café, et c'était comme s'il y avait un rayon de soleil posé juste sur elle. Mes yeux ont fait le point sur son visage, et le reste du monde est devenu flou. Une fille plutôt jolie. En tout cas singulière, avec un bouquet de cheveux noirs qui retombaient tous du même côté. Un grain de beauté au coin de la lèvre supérieure. Et quand elle a levé sur moi ses yeux noisette, je suis devenu un écureuil. J'étais amoureux de ses prunelles. Je voulais les garder pour l'hiver, et peut-être même pour tous les hivers suivants.

Elle tenait ouvert devant elle son signe de reconnaissance : un livre de David Nicholls, *Pourquoi pas ?*. Je me suis approché et j'ai agité doucement mon propre livre. Je lui avais dit que j'arborerais un roman de Françoise Bourdin. J'avais choisi *D'espoir et de promesse*.

– Toute notre histoire est résumée dans les titres, elle dit.

– En même temps je n'avais que ça sur mes étagères, ou un Dostoïevski…

– *Crime et Châtiment* ?

J'acquiesce.

– Mauvais message, confirme-t-elle.

Elle boit un lait fraise. Personne ne boit plus de lait fraise. C'est la preuve qu'il me fallait pour croire pleinement à son originalité.

Je m'installe en face et la contemple un long moment.

– Tu me mets mal à l'aise, finit-elle par avouer.

Rictus. Plus je la regarde, plus je la trouve jolie en fait. Elle a une beauté progressive. Il y a des beautés myopes – belles de loin –, des beautés presbytes – à tomber par terre mais insupportables à vivre de près –, des beautés astigmates – en clair moches. Constance, elle, est une beauté progressive. Plus on l'observe, plus on découvre de petits détails qui font son charme.

– C'est étrange de mettre un visage sur une voix.

Elle approuve.

– Tu ne m'avais pas menti, confie-t-elle.

– Sur quoi ? Mon physique ?

– Oui. Tu es un garçon pas mal, mais ce sont tes yeux qui font la différence. Sinon tu es relativement banal.

– Ouch.

Elle me regarde, un peu surprise.

– Ben ça fait mal à entendre, je précise.

– Ce sont pourtant les mots que tu as employés toi-même.

– Mais dans ma bouche ça passait. Dis, tu te souviens exactement des mots que nous nous sommes dits ?

– Dans le moindre détail. Pas toi ?

– Si. C'est ça qui est surprenant.

– A croire qu'il y a eu un peu de magie ce jour-là. C'est pour ça que je n'étais pas très chaude à l'idée qu'on se rencontre. La réalité casse la magie.

– Qu'est-ce que tu fais dans la vie ?

– Mon boulot n'a aucun intérêt. Aucun. C'est purement alimentaire. Par contre, j'ai beaucoup de hobbies à côté.

– J'aime bien ce mot, *hobby*. Quand j'étais gosse je croyais que les hobbies c'étaient des petites créatures. A cause du roman de Tolkien, *Bilbo*.

Elle me regarde sans l'amorce d'un soupçon de fragment de sourire.

Du coup je me sens obligé de préciser :

– *Bilbo le Hobbit.* Je confondais les deux mots… Alors quand on me demandait si j'avais des hobbies je répondais : « Non, mais j'ai un copain imaginaire, c'est un peu pareil, sans les pieds poilus ! » Je suis longtemps passé pour le gentil crétin de mon école…

Elle hausse les sourcils comme on le ferait face à un dingue qui vous garantit de vous donner les prochains chiffres de l'Euromillions.

Enchaîner. Vite. Vite.

– Et donc toi, dis-je, tu as des hobbies ?

Elle, clémente, enchaîne vite :

– Oui, dont le principal est l'évasion.

– L'évasion ? je répète en riant. Pourquoi, tu vas souvent en prison ?

Pathétique.

Elle, très sérieuse :

– Je vis en prison en fait.

Moi, soudain très emmerdé, je me sens obligé de trouver une réponse à la hauteur de la situation, alors je sors mon argument le plus efficace, la somme de toutes mes pensées concentrées dans ces instants de grande détresse :

– Ah.

Elle, manifestement plus rompue à ce genre de rapports compliqués, précise aussitôt :

– Je m'évade tout le temps.

– Ah, je redis, histoire d'insister sur mon argument. Et là… là par exemple, pour venir ici tu… tu t'es évadée ?

– Non, là tout de suite c'est pour de vrai.

– Pour de vrai ? Euh… je ne comprends pas.

– Je m'évade le reste du temps, de ma vie qui m'ennuie. Mais là je ne m'ennuie pas.

– …

– Je lis des tonnes de romans et je regarde des films par dizaines chaque mois. Ma prison, c'est l'ennui.

Je soupire… rassuré.

– J'ai cru que tu allais vraiment en prison.

– C'est guère mieux…

– Tu parles à un mec dont le hobby est d'appeler des inconnus pour discuter.

– C'est vrai.

– Et à part fuir la vie, tu fais quoi quand tu en es prisonnière ?

– Je cours, j'adore courir. Je vais à des expos, souvent, mais je m'y emmerde beaucoup. Je ne comprends pas les gens qui passent deux heures à lire tous les commentaires sur les tableaux. Moi je préfère jeter un œil, ça me parle ou ça me parle pas, c'est tout. Je fais du zapping artistique.

– Si ça t'emmerde, pourquoi tu y vas alors ?

– Parce qu'il faut bien s'occuper. Et ça me fait des sorties. Et puis tout le monde y va, alors j'y vais. Je suis pas moins mouton que tout le troupeau. Ça me fait des sujets de conversation avec les autres.

– Tu sors beaucoup ?

– Le soir ? Non. Enfin comme tout le monde, je sors quand je suis célibataire, et je ne sors plus beaucoup dès que je suis en couple.

– C’est dommage, ça fait du bien de sortir, même en couple.

– C’est vrai. Mais la foule rassure quand on est seul, et elle oppresse quand on est deux. C’est une des conséquences étranges d’être en couple.

– Pas faux. D’autres hobbies ?

– Oui, j’en ai plein je te l’ai dit. Je tiens un blog qui parle de tout et de rien, mais ça me prend du temps, et j’adore louer un camping-car pour visiter une région de France. Dès qu’il fait beau je suis sur la route. Je fais des collections aussi !

Je me redresse sur ma chaise. La dernière collection dont j’ai entendu parler c’était des suicides, alors maintenant, forcément, je suis méfiant.

– Je collectionne les livres bien sûr, mais aussi les animaux empaillés, les vieilles affiches de films, les capsules de bières du monde entier, les préservatifs, les fleurs séchées, bref, j’en ai plein.

– Les préservatifs ? je demande en imaginant deux options dont l’une me donne la nausée.

Elle hausse les épaules, un peu gênée.

– Je l’ai commencée à seize ans, jamais eu le cœur de la jeter.

Elle ne paraît pas y porter grande importance, donc des capotes dans leur emballage. L’honneur est sauf.

– Et ton boulot alimentaire, c’est quoi ?

Elle secoue la tête.

– On s’en fout. Et toi alors, à part t’emmerder tous les soirs au point d’appeler des inconnus, tu fais quoi ?

– Je ramasse la merde des animaux du zoo de Vincennes. Pas très glamour, je te le concède.

– Non, mais drôle !

– Et j'aide aussi un vieux monsieur à retrouver des objets perdus puis leurs propriétaires. Rien de bien fou.

– Des objets perdus ? Il faut m'expliquer là…

– Ce type est comme un superhéros…

– Je ne crois pas aux superhéros.

– Alors c'est une sorte de… de… une sorte d'ange en fait.

Même expression que tout à l'heure avec le hobbit.

– Je ne crois pas aux anges.

– J'imagine… Il faut le rencontrer pour le croire. Il trouve les… En fait ça ne sert à rien que je t'explique, il faudrait que tu le voies.

– Pour ça il faudrait qu'on décide de passer du temps ensemble, dit-elle avec un peu de malice dans le regard.

– Eh bien… oui, c'est sûr. Tu n'en as pas envie ? Tu ne veux pas apprendre à mieux me connaître ?

– Tu me dragues ou tu me proposes une amitié possible ?

– Je sais pas. Il faudrait déjà qu'on se découvre un peu.

– Viens, on va faire un ou deux musées ensemble, on sera tout de suite fixés.

– La théorie du musée pour jauger du potentiel d'un couple, je connais pas.

– C'est pourtant simple. Si tu pinailles sur tout, le choix de l'exposition, la sélection des tableaux, si tu lis tous les textes dans le détail en t'interrogeant métaphysiquement sur chaque toile tandis que moi je fais tout le contraire, on saura déjà qu'on est radicalement différents.

Je ne suis pas convaincu par l'argumentation, mais son physique est à lui seul une thèse en deux volumes que je noterais d'un bon 90C et qui suffit à me retourner le cerveau pour la suivre où elle le voudra, le temps d'un après-midi en tout cas.

Mais avec Constance, tout est limpide. Elle dit ce qu'elle pense, et comme elle pense ce qu'elle dit, tout est simple. Elle se dévoile dans sa normalité, et m'incite naturellement à faire de même dans mon anormalité. Elle s'amuse de mes commentaires parfois cyniques, elle pouffe de mon indifférence régulière, me trouve drôle quand je crois ne pas l'être, m'ignore quand je cherche à le devenir, et elle finit par marcher en me tenant le bras.

Le soir même, j'ai l'impression qu'elle me connaît mieux que quiconque, pour la première fois depuis longtemps je n'ai rien caché, rien déguisé, j'ai été moi-même. Et je crois qu'elle a aimé ce qu'elle a entraperçu. Je la raccompagne jusqu'à la gare du Nord et au moment de se séparer, je lui demande si elle veut qu'on se revoie.

– Moi j'en ai envie, je me sens obligé de lui préciser comme un gamin.

– J'ai passé un très agréable moment. Donc c'est un grand oui.

On s'observe, un peu gênés, presque tendrement.

Mon organisme prend les devants, il a soif d'elle, ce monstre. Prêt à tout pour s'épancher à sa fontaine de vie.

Je lui attrape le bras et m'approche. Elle se dérobe d'un doux sourire.

– Le baiser c'est l'antichambre de l'amour, dit-elle. Et je veux prendre mon temps. Si nous nous embrassons, nous glisserons rapidement vers nos chairs. Je préfère attendre. Je trouve qu'aujourd'hui les gens ont désacralisé le baiser alors que c'est le « je t'aime » du corps. Regarde les couples qui ne s'embrassent plus, ils ne s'aiment plus. On dirait même que ça les dégoûte. Ils veulent bien faire l'amour pour se soulager, mais se dire « je t'aime » avec le corps, en s'embrassant vraiment, ça non. Je donne beaucoup d'importance au baiser. Je ne veux pas le galvauder, ni le hâter. Tu comprends ?

J'opine du chef. Même si le vrai chef en moi, à cet instant, n'opine pas du tout parce qu'il a compris qu'il resterait sur sa faim encore un moment.

Elle dépose un baiser sur ma joue, et le contact de ses lèvres tendres suffit à me faire frissonner.

Je me suis attendri. Une vraie merde.

C'est fou le mal que peut vous faire une grosse dépression.

Je la regarde partir dans le hall de la gare.

Puis je rentre chez moi.

Sur le paillasson, une surprise m'attend. D'habitude, devant leur porte, les gens trouvent une enveloppe, un bouquet de fleurs, ou un petit colis bien emballé.

Moi, c'est un petit vieux tout recroquevillé que je découvre.

Antoine.

Il est adossé à ma porte et se relève péniblement à mon arrivée.

A peine l'effort fourni qu'il retrouve son air calme et me tend un sourire.

– Qu'est-ce que vous faites là ? je lui demande. Vous avez retrouvé mes clés, c'est ça ?

– Ah non, toujours pas, répond-il, un peu contrarié.

– Qu'est-ce que vous faites là alors ?

– Envie de me faire offrir un café.

– Vous avez quelque chose à me dire ?

Il hésite.

– Non.

Il est embarrassé. Du coup il devient embarrassant. Le genre de mot qui, au singulier, finit toujours par déborder sur le pluriel. Nous sommes embarrassés, l'un face à l'autre.

– Ah.

– Juste pour le plaisir de bavarder, ajoute-t-il sans y croire lui-même.

Il est curieux, Antoine. En même temps, c'est lui qui a raison. Il faut profiter des moindres occasions avec les gens qu'on apprécie. Car on peut les perdre à tout moment.

Et comme j'ai une malédiction, moi plus que tous, je dois profiter.

A peine entrons-nous qu'il plisse les lèvres, toujours un peu gêné, et qu'il me dit, très solennel :

– En fait si, Pierre, j'ai quelque chose à te dire.

– Tant mieux, les conversations sont moins chiantes quand elles sont remplies de mots.

– Mais ça pourrait ne pas te plaire.

On devrait toujours se méfier quand on trouve un petit vieux sur son palier. Toujours. Un petit vieux sur son palier, ça ne peut jamais être une bonne nouvelle. Jamais.

8.

De ce qui pouvait sortir de la bouche d'Antoine, je m'attendais à tout, sauf à ça.

J'envisageais qu'il puisse me demander de ne plus l'accompagner, ou me raconter qu'il venait de draguer une mamie Alzheimer en lui retrouvant son caddie dans un supermarché du coin, j'ai même songé (dans une brève illumination de mes fantasmes pourrissants) qu'il puisse m'annoncer avoir retrouvé Ophélie… Même si, pour ce dernier espoir, c'était totalement fou puisque j'avais assisté à son enterrement, et que dans un moment d'égarement, avant d'aller à ses funérailles, j'avais osé soulever le couvercle du cercueil pour m'assurer que c'était bien elle. C'est que je commençais à la connaître la garce… Mes nuits et mes cauchemars se sont longuement souvenus de cet instant de réalité insoutenable et je regrette parfois encore d'avoir soulevé ce putain de couvercle, quand bien même cela m'aura permis de ne plus nourrir de rêves idiots à ce sujet. Ophélie est bien morte ce jour-là, assassinée par cette raclure de Hugo, j'ai vu son visage de morte laide. Et contrairement à ce que diront tous les psys de la planète, parfois il est préférable de laisser le couvercle occulter la vérité.

Antoine se tient là, dans mon salon. Il me regarde avec la tasse de café que je viens de lui servir entre les mains.

– J'ai bien réfléchi, commence-t-il.

– C'est déjà ça.

– Je veux que tu me remplaces.

Là je penche la tête. Mes sourcils se lèvent. Et ma bouche se tord légèrement dans une grimace qui témoigne de toute mon incompréhension.

– Moi ?

– Oui, toi.

– Mais…

– Tu feras parfaitement l'affaire.

– Mais…

– Je vais te montrer deux ou trois trucs, le reste coulera de source, tu verras.

– Mais…

– Et puis tu y prendras goût, j'en suis certain.

– Mais…

– J'ai pris mes dispositions. Tu vas être performant. Beaucoup plus que moi qui suis très vieux maintenant.

J'arrête de disperser mon énergie dans des suspensions inutiles, je continue de m'opposer, juste pour le principe, pour la rythmique globale, car je sens que ça prolonge l'élan d'Antoine et me laisse du temps pour préparer une réponse à la hauteur, mais je n'y mets plus la même indignation, de toute façon papi a manifestement un fil à dérouler, que je proteste ou pas.

– Mais.

– J'arrête tout, c'est à toi de continuer.

– Mais.

– Sois confiant, tu vas y arriver. Tu seras très bon. Je vais finir de te former.

– Mais.

– Et puis tu…

– Attendez. Vous avez *commencé* à me former ?

– Depuis notre première journée ensemble. Je ne m'en étais pas rendu compte, alors que c'était une telle évidence ! pouffe-t-il, même si ça n'amuse que lui. Pourtant je n'ai jamais pris qui que ce soit sous mon aile, il fallait donc que ça ait un sens.

– Non, justement ça n'a aucun sens, Antoine. Je n'ai pas votre don.

– Ça s'apprend. Et puis tu as le tien de don.

– Moi ? Un don ? Lequel ? Celui d'être maudit ?

– Tu tombes sur les personnes que tu recherches. Toujours.

– …

– De ce que tu m'as raconté sur ta vie, tu tombes toujours sur la personne qu'il te faut. Que tu le veuilles ou non, c'est un don. La personne qui va satisfaire tes envies, tes besoins… Si tu cherches la personne qui a perdu quelque chose, tu finiras par la retrouver. J'en suis certain.

Je ne sais plus quoi répondre.

Alors je retombe sur ce qui fait mes valeurs à moi :

– Mais vous êtes comme un superhéros alors que moi je suis juste un type crayonné à la va-vite, pour le décor.

– Détrompe-toi. Nous avons tous un potentiel à excès. Il est temps que tu sortes de l'anonymat pour exploiter ton potentiel.

– Mais si je fais ça, si j'en fais trop, comme vous, ça veut dire que quelqu'un, quelque part, va devoir se hisser à son tour, pour contrebalancer mes actions ultrapositives. Quelqu'un de mauvais ! Pour l'équilibre du monde.

– Certainement.

– A quoi bon ? Je veux pas être responsable de la naissance d'un supervilain, moi ! C'est bien aussi un monde plus arrondi, avec moins d'excès !

– Tu dis ça parce que tu as peur.

– Non, parce que je n'en vois pas l'intérêt.

– L'intérêt c'est de trouver ta voie. De t'épanouir pleinement.

– Je suis un type du décor, de ceux qu'on ne remarque pas, un anonyme de l'histoire, et ça me plaît comme ça.

– Ça va changer. L'histoire se tisse au gré des courants principaux, ceux de la masse, mais parfois une tempête locale, un séisme, bref, un imprévu peut modifier légèrement ces courants, leur donner une impulsion nouvelle. Sois un des ces micro-bouleversements.

– Mais… et le zoo ? Les animaux ont besoin de moi.

– Leur merde peut se passer de tes services, même exceptionnels.

– Et de quoi je vivrais à la longue ?

– J'ai déjà fait le nécessaire. J'ai amassé un petit pécule au fil du temps, il te permettra d'être actif sans te soucier des aspects matériels de la vie.

Après toutes ces années dans mon corps, je découvre brusquement que mes sourcils ont une capacité supérieure d'ébahissement. Mes yeux sont sur le point de tomber de leurs orbites.

– Mais pourquoi moi ? je finis par demander.

– Parce que tu as ce qu'il faut en toi. Ça ne demande qu'à s'exprimer.

– Je croyais que vous étiez venu à moi pour me rendre mes clés…

– Non, je suis venu à toi parce que tu avais perdu quelque chose. Je t'ai aidé à le retrouver.

– Quoi donc ?

– Un sens à ton existence. C'est ce que je fais, tu te rappelles ? J'aide les gens à retrouver ce qu'ils ont perdu.

– …

– Je t'aide à trouver du sens.

– En me faisant parler de mes pêches téléphoniques, vous m'avez donné envie d'en refaire. Et j'ai rencontré une fille bien. C'est peut-être juste ça que vous deviez m'aider à trouver. Une fille bien.

– Peut-être, mais pas seulement. Cette fille va t'équilibrer. Moi je te donne du sens.

– Je ne sais pas, Antoine…

– Réfléchis. Je te laisse la semaine pour ça. Mais tu y viendras, tu verras. Je vais t'apprendre. Te montrer comment tout ça marche. Et tu seras bon.

– Est-ce que j'ai vraiment envie de voir l'envers du décor ? On ne s'amuse plus et on n'a plus peur quand on a visité le train fantôme en plein jour…

– Viens dimanche pour me donner ta réponse. Je suis confiant, Pierre. Tu es le garçon de la situation. Tu as dormi pendant trop longtemps. Tu n'as pas fait profiter le monde de tes talents, c'est du gâchis. Il est temps de te réveiller. Tu t'es laissé engourdir par les plaisirs faciles de l'existence des simples mortels. Deviens celui que tu es tout au fond. Révèle-toi. Les autres ont besoin de toi. A dimanche.

Il est parti sur ces mots, en me donnant la désagréable impression que nous étions deux anges qui, sortant d'une longue fête alcoolisée, venaient de se réveiller pour constater que leur coma éthylique avait fait beaucoup de dégâts sur terre.

J'ai passé une semaine épouvantable. La pire de toute ma vie je crois bien.

J'ai commencé par découvrir un virement inattendu sur mon compte. Le montant était tellement gros qu'on m'a appelé sur mon portable. Moi. La banque m'a appelé *moi*. Ça n'était jamais arrivé. J'étais le genre de mec auquel on envoyait un texto type pour le prévenir d'un dépassement imminent de son plafond, le mec qu'on ne prenait même pas la peine d'appeler – pourquoi mettre de l'humain là où la machine peut faire le boulot puisque les enjeux ne valent pas qu'on s'implique ? Et là, ils m'ont appelé. A trois reprises, trois banquiers différents.

Le montant ne rentrait pas dans la fenêtre du logiciel de gestion de compte. Il a fallu qu'on me le dicte par téléphone tellement il y avait de chiffres. On m'a tout de suite dit qu'une donation de cette importance allait engendrer une imposition suffisante pour combler le déficit des retraites durant toute une année. A vrai dire, je m'en foutais un peu de payer autant d'impôts vu tout ce qui allait quand même me rester.

Les banquiers m'ont dit que l'argent venait d'un paradis fiscal, impossible de retracer le nom du propriétaire précédent mais moi je n'ai eu aucun doute sur son identité.

Ce salaud d'Antoine était richissime.

C'était un chantage abominable. Inadmissible. Criminel.

J'ai eu l'impression qu'il m'achetait.

En même temps, à ce prix-là…

Dans un moment comme celui-ci, la solitude est pesante. Ne pas pouvoir partager ses doutes, ses effondrements, ses collisions. Pendant la semaine, j'ai eu le sentiment d'être le pôle Nord et que 90 % de ma banquise s'effondrait dans l'océan pour m'auto-noyer. Mon réchauffement climatique à moi prenait l'apparence d'un vieux monsieur trop gentil m'imposant de devenir lui en plus jeune.

Devenir bon. Philanthrope. Offrir mon temps, mon énergie, mon attention aux autres sans rien espérer en retour. Sinon qu'en échange je recevais un paquet de cash dont je n'aurais guère le temps de profiter…

J'ai souvent voulu appeler Constance pour lui raconter. Mais comment démarrer sereinement une relation avec une fille en lui annonçant qu'on vient de toucher plus de fric qu'elle ne pourra jamais en compter ? Alors j'ai opté pour la politique du mort : ne rien dire, juste attendre que ça passe.

Le mardi j'ai donc fait une syncope. Le mercredi j'ai cherché les statistiques du nombre d'objets perdus à Saint-Barth, aux Maldives, et à Bora-Bora – après tout, dans le contrat, il n'était pas stipulé où je devais situer mon champ d'action… Le jeudi j'ai déprimé en imaginant ce que serait ma vie à ne faire que des choses positives. Le vendredi j'ai déprimé en songeant à ce que j'allais refuser. Puis dans la nuit je me suis dit qu'après tout, qu'est-ce que ça pouvait bien faire si j'acceptais le pognon sans faire le clown derrière ? Qui allait vérifier ? Antoine, du fond de sa future maison de retraite ? Le samedi j'ai fait du lèche-vitrine toute la journée sur Internet en me disant que tout ça pouvait être à moi. Et la nuit suivante je me suis dit que je ne pouvais pas garder cet argent sans faire le job. C'était un coup à choper un *bad* karma, à se faire maudire encore plus, sur dix générations, et en matière de malédiction j'étais déjà pas mal servi… J'allais donc devoir me faire tondre de tout cet argent. Vidé le compte en banque. Egorgé le livret d'épargne en obésité morbide.

Le jour du Saigneur est arrivé plus vite que prévu.

Je suis allé chez Antoine pour l'heure du déjeuner. J'étais tout tremblant. Les mains moites.

Incapable de savoir ce que j'allais lui dire. Je ne voulais pas me comporter en Judas, le trahir, juste pour garder le pognon, mais j'étais incapable de faire une croix sur ma vie de débauche non plus.

J'ai frappé mais personne n'a répondu. Comme la porte

n'était pas fermée à clé – Antoine ne ferme jamais car il a perdu ses clés il y a des siècles de ça, un comble ! –, je suis entré.

– Antoine, c'est moi.

Je l'ai trouvé assis sur le canapé. On aurait pu croire qu'il était endormi.

Mais Ophélie avait raison : quand on est mort, tous les muscles sont relâchés, et plus rien n'est vraiment pareil.

Alors j'ai tout de suite vu qu'il était mort.

Ça m'a fait un coup.

Et que je le veuille ou non, j'étais riche à en crever aussi.

7.

Son psy est une bouée de secours quand l'océan de la vie s'agite et qu'on est trop submergé et fatigué pour nager sereinement. Quand on peut avoir confiance en lui. Car le mien serait plutôt du genre à vous plonger la tête sous l'eau à la limite de la noyade juste pour bien vous prouver que c'est lui qui a le contrôle.

Je l'ai su quand j'ai reçu une nuée d'appels inconnus dans les jours suivant la mort d'Antoine. Je n'ai répondu à aucun. Tout ce que j'espère c'est que ce soit lui, puis que ma malédiction finisse par le frapper.

Je n'ai jamais décroché, en croisant les doigts pour que ça ne soit pas Constance.

J'ai épluché la presse toute la semaine pour voir ce qu'ils disaient sur Antoine. Et pour un type qui avait fait autant de bien autour de lui, on ne disait pas grand-chose. La preuve s'il en fallait que tout le bien du monde n'est plus du tout populaire par les temps qui courent. Montrez vos seins à la télé, tuez vingt-cinq personnes en criant des slogans nazis ou encore faites un truc débile mais qui passera partout sur Internet et vous ferez la une sur Yahoo, mais pour ce qui est des saints, vous pouvez faire une croix sur leur popularité. La bonté finira has been.

Pour la presse, pour le monde donc, ce n'était que la mort d'un vieillard dans son appartement, de cause naturelle probablement. Il faut dire que j'avais pris soin de virer le coussin sur ses genoux. Ça pouvait très bien être son doudou pour la sieste… tout autant que l'arme du crime. Et comme je venais de toucher une fortune grâce à lui, j'étais un coupable idéal, aussi j'ai préféré prendre les devants et déplacer ledit coussin de quelques mètres. J'avais assez d'emmerdes comme ça pour ne pas devenir encore suspect dans une autre affaire de mort louche. C'est que les flics sont assez peu réceptifs quand on leur parle de malédiction.

Les premiers jours, j'avoue avoir tellement flippé que les enquêteurs débarquent que je n'ai presque pas été triste pour Antoine. Je lui en voulais surtout. De m'avoir mis dans la merde, de m'avoir filé tout son fric sans me demander mon avis, de m'imposer son boulot de philanthrope débile… Puis, voyant que personne ne remontait jusqu'à moi (la banque m'avait garanti qu'il était impossible, à cause du paradis fiscal, qu'on découvre d'où provenait l'argent), je me suis peu à peu apaisé.

Là j'ai éprouvé du chagrin.

Il allait me manquer, ce vieux bonhomme. On se connaissait à peine, mais c'était déjà beaucoup pour moi. Forcément, c'était le seul individu vivant de mon répertoire. C'est comme ça que je me suis retrouvé devant ma liste d'amis depuis un an. Ce n'était pas un calepin, c'était un cimetière.

C'est ce qui m'a fait hésiter longtemps à recontacter Constance. J'avais peur pour elle.

Et puis, un soir, je me suis lancé :

– On se voit ?

– D'accord.

Une conversation de deux secondes. C'était écrit sur mon iPhone : deux secondes. J'ai espéré que ça ne serait pas prophétique sur la durée de notre relation.

Et on s'est vus.

Cette fille est forte. Elle a très rapidement cerné que ça n'allait pas malgré mes efforts.

J'avoue :

– Quelqu'un que j'aimais bien est mort.

– Un parent ?

– On peut pas dire ça.

– Un ami ?

– Non, on peut pas dire ça non plus.

– Un collègue ?

– Non, pas ça non.

– Alors c'était quoi ?

– Ben justement je sais pas trop…

– Un mentor ?

Je hausse les épaules.

– C'est ce qu'il aurait voulu.

– Pas toi ?

– Non, je ne crois pas.

– On a toujours le choix dans la vie. Même quand la vie

semble nous dire le contraire. C'est une question de priorité.

– On dirait du moi.

Elle sourit. Elle est ravissante quand elle dévoile ses dents ainsi.

Je finis par lui prendre la main. Elle ne refuse pas.

– Il a une tombe quelque part ce monsieur qui n'a pas de position bien définie dans ta vie ?

– Oui. C'est moi qui ai payé. Il n'avait pas de famille.

Quand je dis que c'est moi qui ai payé sa tombe, on pourrait plutôt dire que c'est lui qui se l'est payée par mon intermédiaire.

– Oh. C'est triste. Il est enterré où ?

– Tu veux voir ?

Elle acquiesce et nous terminons devant un mausolée disproportionné. Il ressemble à un minuscule temple romain, avec ses colonnes, son fronton et sa porte noire.

– C'est un peu… monumental, dit Constance.

– J'ai pensé qu'il méritait un truc dans ce genre.

– Qui prend autant de place ?

– Euh…

– Ou tape-à-l'œil ?

– Bah… non. Juste un truc un peu original. Pour faire passer le message que là-dedans repose un type hors norme.

– C'est quoi ce nom ?

Constance me désigne l'inscription au-dessus de l'entrée : « Saint Antoine de Padoue ».

– Personne ne connaissait son vrai nom de famille.

Comme c'était un mec bien, très bon, et qu'il habitait rue de Padoue… c'est tout ce que j'ai trouvé.

– Bon, c'est pas mal, mais c'était déjà pris.

Je hausse les épaules.

– Et puis c'est humble en plus, qu'elle ironise.

Je re-hausse les épaules.

Nous continuons de nous promener dans le cimetière, et nous discutons de nous, de nos vies. Elle me fait parler plus que je ne m'en serais cru capable. Je lui dis tout. Tout sauf pour l'argent. Je ne suis pas encore assez à l'aise avec ça.

Et elle se confie en retour. Nous nous découvrons pas mal de points communs. Elle m'apaise. Sa douceur, sa franchise, sa simplicité me font du bien.

Il y a moins d'un an, je tombais amoureux d'une autre fille dans un autre cimetière. L'écho morbide de l'existence me fait frissonner, pourtant je passe outre. J'ai toujours aimé les cimetières, depuis que je suis tout petit. L'idée de dormir tout le temps, pour toujours, m'avait beaucoup séduit à cinq ans, m'a un jour raconté ma mère avant d'ajouter que ça n'était pas juste pour mon frère qui, lui, aurait certainement aimé ne pas y passer sa vie. Ma mère.

Constance est une grande adepte de sophrologie, l'harmonie de l'esprit. Elle m'en parle tant et si bien qu'on finit dans mon appartement à méditer pendant une heure et demie. Avec une autre qu'elle, je me serais endormi, jeté sur elle ou levé pour picoler une bière le temps qu'elle finisse ses incantations ésotériques. Mais là je reste, concentré sur moi, sur ma respiration, sur mon cœur, je finis par sentir mon système sanguin, la plante de mes pieds, le bout de mes doigts, et quand elle arrête de parler avec cette voix posée et reposante, presque hypnotisante, je me sens totalement détendu et bien dans ma peau.

Notre relation s'installe progressivement dans cet échange, nous parlons beaucoup, tout le temps même, nous nous prenons dans les bras, nous nous respirons, et parfois nos lèvres s'effleurent, mais nous n'allons pas plus loin. J'ignore pourquoi.

Je vais être honnête, Constance a un corps parfait à mes yeux, fait pour la jouissance, je n'arrête pas de penser à lui faire l'amour… Pour être vraiment tout à fait honnête, je n'arrête pas de penser à la baiser, même. Je m'imagine la retourner dans tous les sens, la remplir, qu'elle dégouline de moi toute déglinguée, déguenillée par mes assauts, presque dégoûtée par notre sexe sale, nos cris bestiaux, nos accouplements sauvages qui sentent le cul comme une fleur d'amour. En général, après de telles images je bande comme un lion. Je me sens comme un priapique naturel qui vient de s'enfiler toute une boîte de Viagra. Pourtant quand nous sommes ensemble, il ne se passe rien. Comme le besoin impérieux de savourer chaque étape, de prendre son temps.

Je me dis que le premier baiser sera inoubliable.

Alors qu'on oubliera la première baise.

Trop d'excitation tue l'excitation. Ou plutôt la rend trop brève, comme un tronc saigné pour la première fois depuis longtemps et qui déverse sa sève comme un trop-plein de vie… OK, j'arrête la métaphore.

Pendant plusieurs semaines, nous errons dans les rues de Paris, nous traversons des expositions que nous regardons à peine, nous pique-niquons dans les jardins et parcs de la ville, on file chez Mickey bouffer du rêve de gosse le temps d'une journée… Le monde moderne me fascine, pour une poignée de fric on peut retrouver ses émotions oubliées, presque puériles. Magie des années actuelles où véritablement tout s'achète.

Nous terminons une partie des journées chez moi, à nous épurer en écoutant la voix de Constance qui guide nos séances de sophrologie.

Avant elle, j'aurais écrit que sophrologie rime avec connerie. Que c'est le genre de merde pour les gens qui ont du temps, du pognon et des convictions à perdre. Mais écouter sa voix quand je suis allongé, ou assis en tailleur, me guider vers ce qu'il y a de plus essentiel dans mon propre corps, ça me repose. Je me sens moi-même quand on termine. En descendant loin dans mes viscères, en explorant ce que je suis dans ma chair, j'ai l'impression de refermer des portes inutiles sur des pièces vides dans mon être, de mettre un terme à des courants d'air qui m'étourdissaient. En gros, je fais un vrai gros ménage de printemps, je me débarrasse de mes épaisseurs superflues.

Peu à peu je réalise que l'amour d'Ophélie m'avait rendu con, attendri, caramélisé jusqu'à l'extrême… Ma relation avec Constance me spiritualise, me rend moins sourd à moi-même, à mon corps, à ce que je suis fondamentalement.

En bref, elle me rend tout aussi con, mais différemment.

Je ne m'intéresse pas plus au monde extérieur pour autant, je ne deviens pas meilleur, plus serein face aux autres, mais certaines de mes tensions internes s'apaisent. Je gomme toutes les petites voix discordantes qui me polluent au quotidien, je répare les micro-douleurs, et je me recentre sur ce que je suis là, maintenant, l'être principal. Je deviens attentif à la fibre primale, et je gagne en assurance, en puissance, en calme.

Ce con d'Antoine avait peut-être raison : j'ai un don pour rencontrer la personne qu'il me faut.

Constance finit par avoir un double de mes clés, elle vit dans un tout petit appart à Villetaneuse et ça devient vite plus simple pour nous qu'elle squatte chez moi quand bon lui semble. Elle y enregistre les vidéos de son blog, qu'elle tient avec une régularité admirable. Elle n'y parle de rien, c'est le principe. Constatant qu'on trouve de tout sur Internet, qu'elle ne pouvait pas faire mieux, elle a décidé de faire le premier blog où on ne trouve absolument rien. Moi au début je lui ai dit que c'était justement le concept des blogs en général, on n'y trouve pas grand-chose, sinon le néant humain dans toute sa misère individuelle banale et inintéressante. Mais elle n'est pas de cet avis. Alors elle pose son Mac un peu partout et se filme en train de raconter des choses sans utilité, sans intérêt. Elle ne donne pas son avis sur un film ou un livre, non, ça serait déjà quelque chose ; elle, elle raconte le temps qu'il fait mais sans entrer dans les détails qui seraient de l'information. Elle prend soin de dire : « Dehors aujourd'hui, il fait un temps désagréable selon moi. » Ou bien : « Ce matin j'ai lu et c'était assez mauvais », sans qu'on sache si c'est un livre ou un magazine, ni même le titre. « Je suis une fille et j'avance en âge », « Vous êtes sur mon blog, un espace à moi, sur Internet, pour moi et aussi pour vous. Donc pour nous tous », « J'adore la politique même si je ne la comprends pas. En parler sans savoir c'est appréciable. Demain il n'y a pas d'élection mais j'irai tout de même voter »... A bien la regarder, je découvre que c'est un art à part entière que de parvenir à parler plusieurs minutes sans fournir la moindre information utile à quiconque.

Un jour je lui ai dit :

– Ce qu'il y a de drôle à faire un blog sur rien, c'est qu'il n'est consulté par personne !

Elle m'a alors montré le nombre de connexions uniques par semaine.

Plus de cent cinquante mille.

Son blog est un des plus populaires de France.

Les gens sont captivés par le néant.

Peut-être que ça parle à leur cerveau.

J'ai une relation avec la grande prêtresse du vide.

Au début j'ai cru que c'était la France de *Joséphine ange gardien* qui la vénérait, cette France pleine de bons sentiments, mièvre à en crever, qui s'abrutit devant des programmes débiles, mais en fait non. Ce sont des jeunes essentiellement, des avides du rien, qui ne savent pas ce qu'ils viennent chercher sur son blog puisqu'il n'y a rien à y trouver, mais qui reviennent sans cesse perdre leur temps, pour crever plus cons encore qu'ils ne le sont déjà, avalés par l'écran, happés par les vertiges du vide, comme des moustiques qui viennent se griller contre une ampoule. Ils se caramélisent l'intelligence à force de cramer devant la lumière de leur ordi, et leur propre raison finit par sentir le brûlé. Le rien, le vide de ce blog, c'est la lumière au bout du tunnel de leur existence.

Et puis je comprends que tous ces gens sont comme moi.

Ils cherchent du sens.

A ce qu'ils sont. A ce qu'ils font.

A leur vie.

A la vie.

Nous sommes en quête de balises, d'explications. Comment s'assure-t-on de triompher à la fin ? De… *réussir* sa vie ?

Il n'y a pas d'objectif. Pas de sens final. C'est ça que je réalise au contact de Constance.

La vie n'est qu'un voyage sans destination. Car la finalité ne compte pas, elle n'est pas. Il n'y a que le néant tout au bout. Ce qui compte c'est ce qu'on voit, ce qu'on ressent maintenant, pendant le voyage.

La vie n'est qu'un flash de conscience dans l'éternité.

Constance, avec sa culture du rien, me révèle ces vérités de tout.

Et pendant plusieurs semaines, nous nous confrontons l'un à l'autre, nous nous faisons du bien, avant de nous embrasser. Des baisers d'adolescents, timides. Puis passionnés comme des amoureux. Mais nous ne franchissons pas le cap de la chair.

C'est imminent. Je sais que d'un instant à l'autre, nos corps vont s'entrechoquer, se télescoper jusqu'à la seule apothéose qui soit : l'extase.

Mais sur terre, c'est au mieux le purgatoire.

Car à peine j'envisage l'euphorie de ma jouissance que ma promesse de sérénité vole en éclats.

Elle est répandue sur les murs, à grands coups de gerbes de sang.

Constance est massacrée. Eviscérée.

Et c'est là que je comprends que l'accomplissement d'un homme est dans les entrailles de sa femme. Celles-là mêmes qui le font jouir, qui donnent la vie, et qui forment une présence à ses côtés, pour affronter la brève épreuve qu'est l'existence.

Je le sais car je suis un des rares à pouvoir dire que j'ai vu le paradis de mes propres yeux.

Il est là, un beau jour, étalé devant moi. Saignant de partout.

Mon paradis perdu.

6.

Je suis l'agonie même. La littérature du monde entier ne saurait résumer la souffrance de l'homme qui a contemplé une dernière fois son paradis perdu en sachant que c'est irrémédiable.

Mais ça, à cet instant, le flic qui me toise s'en contrefout complètement. Ce qu'il veut, lui, c'est la vérité. La sienne tant qu'à faire, parce qu'elle l'arrange plus que la mienne.

– Maintenant que tu m'as raconté ta vie, ton œuvre, tu vas le cracher le morceau ? me demande-t-il.

– J'aurais pu m'attarder un peu plus sur Constance, pour vous dire à quel point les quelques semaines que nous avons vécues ensemble étaient merveilleuses, mais je pense que vous avez compris l'essentiel.

– Je confirme. J'ai compris.

– De toute façon, parfois les mots ne suffisent pas pour partager ce qu'on a dans la tête. Et puis Constance et moi, on pourrait concentrer notre histoire en un mot : harmonie. C'est aussi mielleux que ça.

– Alors pourquoi tu l'as tuée ?

Je ferme les paupières. La seule personne que je veux

tuer, c'est lui. Je me vois bien me redresser, prendre sa tête entre mes mains et la tourner de toutes mes forces. Je crois qu'au moment où retentirait un crac sinistre, avec un subit relâchement musculaire, je pourrais presque jouir. Parce que cette ordure me parle de Constance comme d'un dossier, parce qu'il m'accuse, moi, de l'avoir abîmée, parce qu'il y a quelques heures encore je l'ai découverte, éparpillée, et que je suis à fleur de peau, sur les rebords de la folie, prêt à y tomber volontairement juste pour me reposer.

– Ce n'est pas moi, je lui répète tout simplement.

– Pierre, arrête de nous prendre pour des melons, c'est chez toi, pas d'effraction, les voisins vous ont entendus crier ! Et t'as personne autour de toi pour porter le chapeau à ta place ! Sans parler de ton alibi : inexistant !

– Je me promenais dans Paris.

– A moins que t'aies été filmé par toutes les caméras de la ville, tu pourras jamais le prouver.

– Je croyais qu'en France c'était le contraire, que c'était à vous de prouver ma culpabilité ? Moi je n'ai rien fait. Je n'ai rien à prouver.

– Alors si c'est pas toi, c'est qui ? Qui autour de toi pourrait l'avoir tuée ? Qui, puisque tu n'as personne ?

Je l'ignore. Je suis crucifié de douleur.

Il enfonce le clou :

– Pas d'effraction, Pierre, ça signifie soit que l'assassin avait la clé, comme toi, soit qu'elle lui a ouvert, donc qu'elle le connaissait.

– Ou qu'il a trouvé les bons arguments pour la mettre en confiance.

Tout ce que je touche, tous ceux que j'approche et que j'aime, à ma manière, meurent. Comme si j'étais venimeux.

Alors je me pose la question : suis-je un assassin ? Ai-je tué tous ces gens ? Pourquoi ?

Je ne suis pas fou. Je le sais. Je le saurais si j'avais tué. Ce serait inscrit au bout de mes doigts, sous mes ongles rougis par leur sang. Leurs visages de mort hanteraient mon âme. Les uns après les autres. Ils tapisseraient mon inconscient chaque nuit…

Mais Antoine avait raison. Une malédiction signifie que j'ai fait quelque chose de mal. Que quelqu'un ou quelque chose m'en veut. S'acharne contre moi ?

Quitter ma première vie était-il un crime assez important pour engendrer pareil châtiment ? Est-ce que Dieu pourrait m'en vouloir d'avoir renoncé à l'existence qu'il m'avait donnée pour m'en construire une autre moi-même ? Est-ce qu'il y a rivalité entre lui et moi ? Dans cette désespérance, j'en viens à envisager son hypothèse. Si j'aime à ponctuer mes pensées de références bibliques, par ironie ou provocation, j'ai toujours réfuté jusqu'à la moindre parcelle de son existence. Il n'était pour moi qu'une empreinte culturelle sur mon éducation. Mais, acculé, j'en viens à croire. En tout cas à chercher de son côté. N'est-ce pas ainsi que les hommes ont donné naissance aux religions, au tout début ? Par désespoir ? Pour inventer un sens à tout ça, pour que nos vies ne soient pas vaines, que nos malheurs deviennent plus tolérables sous le prétexte du divin, de la juste rétribution après la mort ?

Non, ça n'est pas moi ça, je refuse cette illusion lénifiante. Dieu est un bouc émissaire dans mon affaire. Mes morts ne méritent pas ce mensonge.

Pourquoi dois-je perdre toutes les personnes autour de moi ?

Pourquoi ma vie tue ?

Il y a forcément un coupable. Et je refuse de croire un instant que ça puisse être moi, à bien y réfléchir je refuse aussi la folie qui s'offre à moi comme une solution. Je refuse également d'incarner le souffre-douleur du hasard : je ne peux pas juste être un type qui n'a vraiment pas de bol.

Alors qui ? Forcément quelqu'un que je connais ou que j'ai connu. Assez pour m'en faire un ennemi. Ma mère aimante à sa manière ? Mon père absent ? Mon ex trompée, plaquée, dévastée, abusée, ravagée, désespérée ? Ophélie, reine du « Je vous fais croire que je suis morte mais je ne le suis pas » alors que j'ai pourtant vu et bien vu sa gueule détruite dans la boîte en bois au moment de la plonger dans le grand trou ?

A vrai dire, depuis le début de cette réflexion, il n'y a que deux options évidentes.

Hugo qui rôderait encore dans mes pas.

Ou cette crevure d'obsédé mental : mon psy.

Pourquoi ? Pourquoi me ferait-il ça ?

Il y a quelque chose de presque surnaturel en lui quand j'y pense. Sa façon de surgir au bon moment, au point de finir par m'obséder tellement que je l'imagine un soir sur le pont des Arts me faire la conversation…

Pendant tous ces mois j'ai fait comme si sa présence par-dessus mon épaule était inexistante, parce qu'au fond ça me rassurait de le savoir là, même lui, ce tordu : besoin d'être surveillé, assurance que je n'étais pas fou, mon ancien moi avait bien existé puisque le psy le prouvait.

Son omniscience résonne comme quelque chose d'impossible. Comme s'il était une forme de vie supérieure. Un ange gardien. Une conscience. Ou un parasite mental…

Pourtant il suffirait qu'il ait piraté mon iPhone – après tout je sais qu'il suffit d'une application pour ça – pour tout expliquer.

Improbable. D'autant que beaucoup de choses se sont produites dans l'intimité d'une conversation, dans une rue, dans un appartement, tous ces éléments du quotidien qui font nos vies. Personne n'y a accès, pas même mon psychopathe de psy. Pas même lui.

Alors ça ne tient pas la route.

Reste Hugo.

Pour ce que j'en sais, il doit être en cavale quelque part dans les Balkans. Pourquoi s'entêterait-il à me suivre ? A ruiner ma vie ? Qu'est-ce que j'aurais bien pu lui faire dans une vie antérieure ?

Je ne sais plus quoi penser.

Le flic en face de moi fait claquer ses mains sous mon nez :

– Tu t'endors ? Ta nana s'est fait trucider et toi tu t'endors ?

– Non, je contemplais mes paupières, c'est tout.

Je lui ai dit ça sans humour, juste parce qu'il commence à m'irriter.

– C'est ça, joue les marioles, quand tu vas te retrouver face au juge on va voir si t'as encore envie de plaisanter…

Mais je me retrouve surtout face à un mur sale, couvert de graffitis, pendant plusieurs heures.

Le flic vient me sortir de mon placard au petit matin, enfin je crois que c'est l'aube. Il me remonte dans son minuscule bureau, et il me cuisine à nouveau :

– Alors la Constance, elle faisait quoi dans la vie ?

– Elle n'aimait pas son boulot, ça l'aurait dérangée qu'on l'évoque.

– Sauf qu'elle est plus là pour s'en plaindre.

Nouveau coup de marteau sur les clous de ma crucifixion. Désir de violence.

– C'était purement alimentaire.

– Ne me dis pas qu'elle tapinait !

– Pas du tout. Elle écrivait.

– Quoi ? Ecrire comme un romancier ?

– Oui. Elle en avait un peu honte.

– Pourquoi ?

– Parce qu'elle disait que ça lui rapportait de l'argent facile. Alors que tout ce qu'elle faisait c'était raconter ce qui lui passait par la tête.

– Des trucs débiles comme son blog ?

– Non, au contraire, des trucs avec du sens dedans.

– Et alors, c'est pas honteux.

– Bah non. Mais elle, elle en avait pourtant honte. C'était comme de faire tapiner son cerveau. Au lieu de vendre son corps pour une heure avec plein d'hommes, elle, elle vendait son esprit pour quelques heures avec plein de gens. Elle posait par écrit tous les trucs dégueus qui lui parvenaient dans le crâne et en échange d'un peu de fric, elle voulait bien que d'autres personnes les prennent pour les mélanger à leur esprit à eux. Une sorte d'accouplement psychique avec des idées sales.

– Elle écrivait des romans érotiques ?

– Non, des romans policiers. Avec des meurtres, du sang et plein de pervers aux idées tordues.

– Je ne vois pas ce qu'il y a de sale là-dedans.

– Ben, pour vous c'est sûr, c'est votre quotidien. Mais pour elle, c'était un effort, il fallait mettre à nu ce qu'il y avait de plus moche en elle. Et c'est ça qu'elle exhibait ensuite en échange d'argent. C'est pour ça qu'elle a honte.

– Qu'elle *avait* honte. Elle est morte, petit, tu te rappelles ? Tu l'as tuée.

Je manque de bondir pour lui enfoncer le trombone qui traîne sous mes yeux dans les narines en espérant atteindre le cerveau et m'en servir comme d'un hameçon pour lui vider la boîte crânienne, mais la voix posée de Constance me raisonne instantanément en faisant sonner l'écho de notre passé. Si je n'avais pas fait toutes ces séances de sophrologie, je pense que là je serais mal pour clamer mon innocence auprès d'un juge, après avoir agressé un flic. Je me calme. Je m'apaise tout seul.

– Vous êtes une raclure, je lui dis. Mais je ne vous en veux pas, ça fait partie de votre boulot.

Nous nous affrontons ainsi du regard pendant un moment. Puis la joute des mots reprend, il fait tout pour me faire craquer, pour m'arracher une contradiction, une hésitation, un aveu. Je ne fais aucun effort pour me protéger, je sais que la vérité suffira à elle seule. Je réponds à toutes ses questions, sans un doute. Je sais qu'il ne peut en ressortir aucune faille. Je suis innocent. C'est devenu une certitude. J'aimais trop Constance, ce que nous étions en train de construire.

Et lorsque, après des heures de harcèlement, il me dit : « Donne-moi juste une bonne raison de te croire innocent et je te fous la paix », je lui réponds, épuisé :

– Une si belle fille, vous croyez vraiment que je l'aurais massacrée comme ça avant même de l'avoir baisée au moins une fois ?

Je sens qu'il vacille dans ses certitudes.

Moi, pendant toutes ces heures, je me suis contenté de répondre sagement et surtout de penser à celui qui avait pu faire ça. J'ai tout envisagé. Tout passé en revue.

Et surtout le moyen de remonter à lui.

Le téléphone portable de Constance, les empreintes digitales, l'ADN, les témoignages de tous les voisins jusqu'à Marseille, je sais que ça, les flics vont s'en charger.

Mais il y a une chose à laquelle je ne peux m'arrêter de songer depuis plusieurs heures. Hier midi, quand elle a été tuée, c'était mercredi. Et le mercredi midi, Constance enregistrait les vidéos de son blog. C'était un rituel. Parce que le mercredi après-midi son site était saturé de connexions. Les jeunes sont libres le mercredi après-midi.

S'il y a une chance pour que je sache qui a fait ça à ma belle Constance, c'est peut-être inscrit sur le disque dur de son Mac.

Alors j'attends patiemment que le flic en ait fini avec moi.

Et comme ils n'ont rien, au bout d'un moment ils me remettent dehors.

Je crois qu'il s'est passé deux jours depuis le début de mon interrogatoire. Je suis dans un état lamentable, je suis épuisé, j'ai perdu tous mes repères, je pue, mais je fonce à l'appartement.

Ils m'ont bien interdit d'y retourner tant qu'il y aurait encore les scellés, mais je m'en contrefous.

La vérité est peut-être là. Capturée par l'œilleton minuscule de l'ordinateur portable d'une romancière.

Peut-on réellement faire confiance à ce qui sort de l'ordinateur d'un romancier ?

5.

Le frère assimilé pendant ma gestation a souvent incarné, à mes yeux, mon intuition. Comme s'il était capable de me susurrer les bonnes réponses dans les moments difficiles. Je ne crois pas l'avoir entendu pendant ma garde à vue, et pourtant je me sens plus lucide que jamais en sortant du Quai des Orfèvres. Est-ce la conséquence d'une extrême fatigue psychique ?

C'est ce que je me demande en brisant les scellés pour pénétrer chez moi. Ai-je découvert ce qu'il fallait avant les flics ou est-ce juste un espoir vain ?

Le Mac trône sur la table du salon. Les flics n'ont pas encore procédé aux saisies. Je dois faire vite, qu'ils ne débarquent pas pendant que je suis là.

Je l'allume. Mon cœur se soulève une première fois en découvrant d'emblée l'écran d'enregistrement de la caméra. La dernière chose que le Mac a faite avant d'entrer en veille, c'est donc de filmer.

Je consulte le dernier fichier vidéo. C'est l'heure de sa mort : 12 h 13.

Je presse la touche « lecture » comme on décroche son

téléphone lorsque le médecin appelle pour donner des résultats d'analyses importants.

Mon cœur s'est accéléré.

Je la vois. Constance. Belle comme une étoile. Lumineuse, unique.

Lointaine à présent. Inaccessible.

Mes mâchoires se contractent. Les larmes montent.

Je ferme l'écluse en amont des émotions. Je me coupe de tout. De ma souffrance, de mes sentiments. De moi.

Elle s'adresse à la caméra :

« Ce matin, je voulais vous parler de l'inutilité d'avoir un savon sur le rebord de son évier quand on a du pousse-mousse. C'est idiot, car on ne se sert jamais du savon. »

Ce n'est pas sa meilleure intervention. Car celle-là pourrait presque faire sens. Je devine que si elle avait eu la possibilité de la revoir, elle l'aurait supprimée pour en refaire une autre. Constance ne prépare jamais rien, elle improvise.

Elle ouvre la bouche pour ajouter quelque chose mais il y a du bruit derrière elle. Elle se lève et là où je m'attends à la voir s'éloigner, elle se penche et coupe la vidéo.

Non ! Non, non, non ! Pas ça, pas maintenant !

Je tourne en rond tout l'après-midi. La vérité m'échappe.

Pourtant j'ai toujours la même intuition. Elle ne cesse de trotter dans mon esprit depuis deux jours. J'ignore si c'est le frère qui n'a jamais vraiment été qui me la souffle au creux de l'oreille, mais elle est insistante. Comme des mots vides portés par un murmure et auxquels il faudrait redonner un peu de matière pour les saisir enfin.

Alors je finis par faire un truc un peu fou.

Je retourne à mon ancienne rue. Là où je vivais avant de changer de vie. A l'époque où je m'appelais encore Simon. Car, non, je n'ai pas toujours été Pierre. Changement de vie, changement d'identité.

Dans mon ancienne rue, il y a mon ancien univers. Mon épicier. Mon bureau de poste. Même mon école primaire.

Et il y a le numéro 7 que je connais si bien.

Je grimpe au premier étage. Je sonne et j'entre, c'est la procédure. Je reconnais très bien l'entrée. L'entrée d'un appartement neutre. Lieu de vie mais aussi de travail.

La porte du cabinet, au fond à droite, s'ouvre et je retrouve son visage.

Nous nous affrontons du regard pendant une interminable minute.

– Je savais que tu viendrais, me dit-il.

– C'était une telle évidence, dis-je, depuis le tout début. Je l'ai refusée, mais c'était pourtant une telle évidence.

Il désigne son cabinet de la main.

– Tu viens pour une dernière consultation ?

Mon psy s'appelle André. Il me connaît depuis toujours. Il sait tout, ce qui en fait un intime de la famille en quelque sorte.

Je lui demande simplement :

– Pourquoi ?

– Entre, cette porte est celle de la vérité. Je suis ta conscience. Et je vais me révéler à toi.

– Arrêtez les conneries, André.

Mais je pénètre dans son cabinet qui ressemble plus à

un salon minimaliste et pas entretenu qu'à une salle de consultation. Ça sent le vieux, le renfermé. Il y a de la poussière partout.

Et quand il dit : « Tu es un assassin, Pierre », je sais que là, il a raison.

4.

Le bon en lui a totalement disparu. Son œil brille d'une malice maligne. Même les émotions peuvent devenir cancéreuses. Le mal n'est pas extérieur, il vient de nous, d'une mauvaise intention, d'un plantage de ressenti, d'une sensibilité éraillée, et il germe jusqu'à gangrener l'être tout entier. Mon psy a quelque chose d'inhumain dans le regard. La métastase de l'empathie, phase terminale de toute bienveillance.

Je sais qu'il dit la vérité en m'accusant d'être un assassin car à l'instant présent je sais ce qui va suivre. Je vais le tuer.

Et il le sait tout autant que moi.

Mais avant cela, je veux savoir. Je veux comprendre.

– Pourquoi ?

– Pour te protéger.

– Constance n'était pas un danger.

Tout un univers de rage contenue bouillonne en moi, me remue les tripes.

– Si. Elle l'était. Elle faisait de toi un homme apaisé peut-être, mais terne, éteint. Elle faisait taire les voix multiples qui animent un être humain, pour te transformer peu à peu en une sorte d'être sans feu intérieur. Elle allait se substituer à moi, mais elle allait le faire avec maladresse, en t'abîmant. En te privant de ton humanité.

– Toujours votre obsession de tout savoir de moi, de tout contrôler, n'est-ce pas ?

Depuis que je suis petit, André a toujours exigé de tout connaître, dans les moindres détails de mes pensées. Même les plus intimes. C'est lui qui m'a aidé à faire disparaître mon ami imaginaire. C'est lui qui m'a appris à accepter l'idée d'un frère assimilé. Il a toujours tout su. Tout. Jusqu'à mon pétage de plombs.

Il m'a retrouvé. Mais j'ai continué de me refuser à lui. Il a insisté. Comme le psychopathe qu'il est. Comme s'il avait une mission sacrée à mener à bien. Pour lui, je suis son patient témoin. Comme un promoteur immobilier a son appartement témoin, le fer de lance de son activité, sa plus belle réussite. Mon psy m'a *moi* pour cristalliser toute son existence professionnelle. Si je foire, c'est lui qui foire. Si je ne suis pas parfaitement stable, c'est sa santé mentale à lui qui vacille.

Tout ça je le comprends, je l'assimile, je l'intègre là, face à lui.

Il a œuvré dans mon ombre pour ce qui lui semblait être mon bien à moi. Pour que je m'épanouisse. Pour que j'existe pleinement. Parce que mon bonheur, c'est son triomphe. Que je disparaisse subitement un jour l'a rendu fou. Il est passé de l'autre côté.

Je ne dis pas qu'il était normal à la base, de toute manière quel être humain normal pourrait devenir psy ? Mais ma crise a été sa crise. Lorsque j'ai détruit ma personnalité précédente, c'est sa raison que j'ai déchirée.

Et je comprends tout.

Il a tué Michaud pour me protéger d'un licenciement probable. Il a tué Tess parce qu'il savait que n'étant qu'un homme, tôt ou tard, face à ses avances sans lendemain, je craquerais, et que ça mettrait mon couple avec Ophélie en péril, donc mon équilibre. Il a tué Ophélie parce qu'elle m'avait finalement quitté, pour me forcer à passer à autre chose. Hugo n'est en rien coupable. Mais Hugo est un excessif, quand les flics lui sont tombés dessus, il n'a pas supporté l'idée de la prison pour rien, il s'est vu condamné sur son passé psychiatrique, alors il a agi comme Hugo seul est capable d'agir : avec passion et excès. Son clin d'œil c'était ça : il savait que j'étais – indirectement – responsable de tout ça, il le savait, voulait me le faire comprendre. Il ne m'en voulait pas. Pas lui qui était prêt à assassiner le monde entier s'il n'y avait pas eu la menace de la prison.

Puis André a tué Antoine parce que ça me mettait à l'abri financièrement sans que j'aie à prendre une décision sur mon avenir de saint potentiel…

Il a tué tout le monde pour me protéger. Pour m'arranger l'existence.

Et Constance parce qu'elle allait m'apaiser.

Parce qu'elle était une rivale. Parce que Constance était un baume sur mon âme blessée. Au contraire d'Ophélie ou de tous les autres qui ne faisaient que m'entraîner à cultiver mes travers, mes passions les plus extrêmes…

Constance risquait de m'éloigner de lui, à jamais. Parce qu'avec elle, j'allais être en autosuffisance. Parce que pour la première fois depuis un an, je m'associais à un être humain presque normal. Qui allait me faire moi aussi accepter ma normalité, enfin. Vivre en paix avec moi-même.

Dans cet appartement que je connais par cœur, je ressens un sentiment étrange, comme celui qu'on éprouve quand on retourne chez ses parents après plusieurs années d'absence.

Je me sens presque chez moi. Mais ça n'est plus chez moi.

Reste une question en suspens. Celle, quasi surnaturelle, de son omniscience :

– Comment avez-vous su tout ça sur moi ? Mes déplacements, mes sentiments, mes fréquentations, comment ? J'ai pensé à mon iPhone piraté, mais ça ne suffirait pas à tout expliquer.

Il me regarde et c'est moi que je vois. C'est mon visage qui me contemple. Pas exactement le même, il y a quelques différences, minimes, comme s'il était l'autre aspect de moi dans le miroir, tacheté par les piqûres du temps. Il est un peu ma conscience. Mon reflet. Je l'entends me manipuler. Pour que lui et moi nous ne soyons plus qu'un.

Je sais que ce n'est pas *réellement* moi que je distingue, c'est une projection de mon inconscient. Une illusion mentale.

Car le vrai André a tué, pas moi.

Et donc je comprends. Tout s'assemble. Dans cette pièce, tout fait à nouveau sens. Parce que c'est ici que je me suis conditionné. Mon psy s'est servi de moi. Un mot survient.

Hypnose.

Il surgit en même temps que des souvenirs jaillissent.

Hypnose !

Nombreuses séances. André s'est joué de moi. S'est substitué à moi. Comme s'il était non pas ma propre conscience mais bien mon inconscient.

Une hypnose profonde, léthargique. Construite sur le long terme. Dont j'avais oublié jusqu'à l'existence. André l'a appliquée au fil des années. Et il l'a recouverte des replis de mon cortex. Habil(l)ement.

Il a posé une graine tout au fond de mes mécanismes primaires. Et il l'a fait germer tout ce temps.

Mes pêches téléphoniques.

C'est lui. C'est son idée. Dans sa mégalomanie de tout savoir de moi, de me suivre à la trace, c'est le meilleur moyen qu'il ait trouvé pour que je revienne toujours vers lui.

Ce n'était pas vraiment une image, une métaphore quand je disais que j'espérais un jour tomber sur moi en appelant dans le vide. J'appelais l'inconnu. Parfois je tombais sur de vrais inconnus mais ils n'étaient que du détail dans la démarche. Les chiffres étaient mon hypnose. Je composais encore et encore, et peu à peu je glissais vers un état second.

Autoconditionnement.

C'est pour ça que chaque séance durait longtemps, il fallait que le processus s'enclenche. André m'a préparé pour que je prenne régulièrement un combiné chez moi, et que je tape des chiffres jusqu'à saturation. Jusqu'à ce qu'ils se mélangent. Jusqu'à perdre tout repère. Jusqu'à épuisement des barrières. Comme une transe. Jusqu'à entrer en hypnose et l'appeler lui, tout lui raconter.

D'où le sentiment de black-out.

Je me cherchais. Je cherchais mon inconscient.

Et venait un moment où mon esprit perdait le contrôle. Mes doigts obéissaient à un commandement enfoui, et je composais le numéro d'André. Pour tout lui raconter. Je parlais à un ersatz de mon inconscient. Dans le vide de l'hypnose.

André a tout su. Depuis le début. Parce que me chercher dans le néant des numéros abandonnés, c'était le chercher *lui*, chercher le pansement de mon âme, répondre à une obligation indomptable.

– Vous n'êtes qu'une ordure, je lui dis. Vous vous êtes pris pour Dieu.

– Je suis Dieu. Je suis *ton* Dieu. Je suis toi, Pierre. Ou Simon, si tu n'as pas oublié qui tu étais avant.

– Alors Dieu est un pervers manipulateur.

Je l'ai regardé droit dans les yeux, et j'ai fait ce qu'aucun homme n'avait jamais osé. J'ai libéré mon monde de la tyrannie divine.

J'ai tué Dieu.

3.

Je ne suis plus que passions. Une boule d'énergie pure.

Faite de colère, de rage, de frustrations contenues, étouffées. Je libère les peines que j'ai emmagasinées si longtemps. Et Dieu meurt sous l'accumulation de tous les maux qu'il a engendrés.

Quand la pression retombe, quand je rouvre les yeux, la nuit a envahi la rue.

Je me suis affalé sur le canapé.

André est sur le sol. Sa gorge est anormalement violacée, son visage dans l'ombre si bien qu'il pourrait être un anonyme dans la foule des badauds du monde.

Je me redresse lentement.

J'ai tué un être humain.

J'ai tué un homme de chair et de sang. J'ai pris la vie.

J'ai joué, à mon tour, à Dieu.

Je n'en ressens aucune terreur. Aucun remords. Aucune détresse. Je suis même curieusement apaisé. A tel point que je sais tout de suite ce que je dois faire.

Hors de question que je paye pour la démence de ce type. Jamais je n'irai face à la justice inéquitable des hommes pour répondre de mon acte. Qui pourrait comprendre ? Au mieux on m'octroierait des circonstances atténuantes.

Ce n'est pas négociable. Je veux ma liberté. Toute ma liberté. Et ma pleine conscience. Ma bonne conscience. Je la mérite. Je ne suis pas une ordure. Je ne suis pas une âme mauvaise.

Je prends le corps d'André et je l'emballe dans deux duvets débusqués dans un placard. J'attends le milieu de la nuit pour le descendre. Je trouve les clés de sa voiture dans ses poches, c'est une vieille Golf toute poussiéreuse. Quand je m'installe au volant je trouve l'odeur presque familière. Souvenir d'enfance. Promenade avec ma mère. Je n'ai plus conduit depuis si longtemps… Je prends une grande lampée d'air pour chasser ces souvenirs, ces impressions. On dit qu'on voit défiler toute sa vie juste avant de la perdre. Il faut croire que c'est aussi le cas quand on vient de prendre celle de quelqu'un.

La première est un peu grippée, j'ai l'habitude, mon ancienne bagnole avait le même problème. Je fais les manœuvres sans souci, je m'extrais du parking sans me faire remarquer. Je suis une ombre.

Et nous partons pour le canal Saint-Martin. C'est là qu'il a abandonné Michaud et Ophélie. C'est là qu'il finira.

Tout le monde s'est déjà représenté mentalement ce que ce serait de tuer quelqu'un. Eh bien non seulement c'est beaucoup plus facile que ce que je croyais, mais se débarrasser du corps l'est aussi. Quand on a de la chance.

Je ne croise personne.

A trois heures du matin, André coule dans l'eau limoneuse du canal. Et avec lui s'enfonce dans les abysses ce qu'il y avait de plus noir dans mon inconscient. Tout ce qu'il y avait planté.

Je le regarde disparaître avec soulagement. C'est comme si j'avais tué une partie de moi. Comme si je venais de me purger de ma moitié la plus encombrante.

Antoine n'aurait pas aimé, il aurait parlé des équilibres internes et toutes ces merdes.

Quelques bulles remontent à la surface puis plus rien.

Un poids vient de me quitter. Je suis libéré. Comme si j'avais accompli ce pour quoi j'ai été fait. C'est toute mon existence qui prend un sens, tard cette nuit-là.

J'ai fini. J'ai trouvé ma voie, donné une cohérence à ce que je suis. Et j'ai vaincu ma Némésis.

Mais que devient un superhéros lorsqu'il a détruit son supervilain ennemi ? Il meurt. Car il n'a plus d'équilibre.

Merci, Antoine, tu avais raison, vieux bonhomme.

Maintenant il ne me reste donc plus qu'à préparer la suite.

Ma propre mort.

Je rentre à la raison.

Home sweet home.

2.

Littérature et cul.

Je n'emmène que ça dans la mort. Des livres et des capotes.

Et bien sûr mon petit pécule que j'ai retransféré illico derrière les portes d'un paradis fiscal inaccessible pour le commun des mortels.

J'applique à la lettre les consignes d'Ophélie. Elle m'aura beaucoup appris sur les morts maquillées, sur les changements d'identité.

Je meurs officiellement six jours après Constance. Un type qui me ressemble, retrouvé raide près de la gare de l'Est, sans identité. J'envoie une lettre anonyme où je raconte avoir assisté à une rixe, je dis connaître la victime, à laquelle je donne mon nom. Ça tiendra ce que ça tiendra, j'ai juste besoin d'une marge de manœuvre.

Après ça je disparais de l'autre côté du monde, je bascule sur la mappemonde. La tête à l'envers, pour m'assurer l'enivrement maximum : hémisphère Sud.

Je voyage comme passager sur des cargos, les contrôles sont nettement moins rigoureux qu'en avion. Je me suis fait faire de nouveaux papiers. Quand on a autant de fric, changer de nom devient un jeu d'enfant. Le pognon peut tout acheter, même des vies qui n'existent pas.

Pendant que je traverse les océans, il m'arrive souvent de venir m'accouder au bastingage. Je contemple la mer et je songe à Constance. J'essaye de la voir telle qu'elle était avant de mourir, mais souvent ce sont ses entrailles qui se superposent.

Elle me manque. Comme Ophélie. Comme Antoine. Même Tess et Michaud me manquent à leur manière. Même Hugo.

Je regarde l'horizon de plomb, ou de cyan, selon les latitudes et la météo, et je me plais à songer qu'ils sont tous là, dans la zone de flou du monde, à veiller sur les équilibres de nos existences. Parfois cette idée m'effraie, parfois elle me rassure.

Je navigue vers une nouvelle vie. Où je serai enfin moi-même. Totalement. C'est ma quête depuis si longtemps et j'y ai échoué tous ces longs mois parce qu'il me manquait l'essentiel : l'ablation de toute culpabilité. André aura au moins servi à cela. Le brouillon que j'ai été peut disparaître, cette fois je vais réussir. Débarrassé des scories de mon passé, je vais profiter. Je serai cynique, égoïste, jouisseur. Je serai épanoui. Moi.

Et tandis que le soleil se couche une nouvelle fois, dans la pénombre de ma cabine, je songe que les fantômes ne hantent pas des lieux.

Ils hantent des hommes et des moments.

Moi j'ai le mien, au crépuscule.

Je revois André en train de mourir. Et sa petite voix me revient en tête tandis que je rédige ce chapitre de mon histoire, pour vous la conter. Il est là. Au commencement de chaque chapitre, au moment de puiser l'inspiration, André est présent. Il est en moi, et revient, lancinant comme la houle contre la coque du cargo. Il hante aussi ce livre comme il me hante. Il le hante en italique. Parce que les italiques sont les fantômes des lettres normales. Et je ne peux rien y faire.

Les italiques de chaque début de chapitre, c'est lui. C'est moi.

C'est mon fantôme qui me hante.

Non, les fantômes ne hantent pas des lieux, ils hantent des personnes, à des moments particuliers. Le mien me tyrannise dans l'inspiration, pour commencer chaque chapitre. Le mien n'a plus sa place dans le réel. Il n'est plus que verbe. Il est même probablement ce qui m'a poussé à rédiger ce récit.

Car au commencement était le verbe…

Il est encore, d'une certaine manière, un fragment de mon inconscient.

Et on ne peut étouffer en permanence son inconscient.

1.

Comme la vérité l'exige, voici le début.

Tout commence ici.

Le début de mon histoire. De ma nouvelle vie. De la vie.

Peut-être le début de *notre* nouvelle vie. Le commencement d'une ère.

Sur mon île j'achève ces pages, pour que la vérité soit écrite. Ma vérité. Pas celle des italiques, pas celle des fantômes, des morts.

Ceci est mon parcours, mon illumination.

J'ai été nourri de contradictions, mais n'est-ce pas là ce qui nous différencie de toutes les autres espèces ? L'humanité aspire à vouloir faire le bien alors que c'est le mal qui l'attire naturellement. Nous croyons en nous et dans les progrès de la science pour nous sauver de tous les maux, et dans le même temps nous souffrons d'une crise spirituelle majeure. Nous engendrons en ce moment même une épidémie colossale d'obésité et de terribles famines. Les exemples pullulent. Notre existence est une lutte interminable entre nos contradictions.

J'ai appris des miennes. Je m'en suis nourri.

Avec moi j'ai embarqué quelques livres, dont une bible.

Je me suis longtemps défini comme quelqu'un d'athée. Peut-être par peur. J'étais plus probablement un agnostique qui s'ignorait. Aujourd'hui les choses font sens. Je comprends mieux, je tolère, j'envisage, je joue avec les concepts car je commence à m'y inclure, à concevoir que je suis moi-même, peut-être, une partie de ce grand tout. Et puis qu'ai-je à y perdre ? Un peu comme Sun Tzu dirait : « Connais tes ennemis. »

J'ai trouvé amusant le Nouveau Testament lorsqu'il relate les aventures de Pierre. Son premier prénom était Simon. Et son frère André. Je me suis senti presque concerné.

Mon premier nom était Simon. Puis je suis devenu Pierre. Mon frère s'appelait André, mais il n'a jamais existé. Je l'ai assimilé. Trois saints vivent en moi. Pas étonnant qu'il m'ait fallu si longtemps pour trouver qui je suis vraiment…

Alors je me suis mis à songer à ce que serait devenu le monde si tous ceux qui avaient été des saints s'étaient peu à peu laissé griser par l'espoir, par le succès de leur pensée, par leur statut exceptionnel… Que serait devenu le monde si tous les saints d'autrefois étaient progressivement tombés dans l'anonymat des plaisirs terrestres, nous privant de leur aura et de leur modèle ?

A peu de chose près, je pense qu'on pourrait dire qu'il serait ce qu'il est aujourd'hui. Est-ce que cela signifie qu'ils n'ont jamais existé ou qu'ils ont totalement disparu ?

Pourquoi n'y a-t-il plus de saints maintenant ? Pas ces culs bénis qui se font canoniser au nom de deux miracles bidon, mais des saints à l'ancienne, qui vous retrouvent vos objets perdus pour de vrai, qui survivent deux jours crucifiés avant de mourir dans une vive lumière, qui provoquent des guérisons impossibles. Il faut croire qu'à mesure que la science des hommes progressait, celle des miracles s'effondrait.

J'adorerais savoir ce qu'ils seraient aujourd'hui, tous ces apôtres, ces saints, s'ils avaient survécu, un peu comme des immortels. Leur âme se transférant d'un corps à l'autre au gré des siècles. Ils seraient devenus fous, à n'en pas douter. Personne ne peut supporter de vivre si longtemps sans perdre la boule. Personne. Pas même des saints. Ophélie avait raison sur ce point : être soi pour toujours, c'est une promesse de démence. Cinq ou six vies à la rigueur, mais pas des milliers d'années. Nul ne peut se supporter si longtemps. C'est pour ça que je ne crois pas à la vie éternelle en tant que telle. Ni au paradis pour l'infini. Foutaises.

Antoine était un peu comme ça… Gentiment cinglé, comme si le temps avait fini par l'emporter sur lui. Nul ne triomphe face à l'immortalité.

Saint Antoine de Padoue qui est invoqué depuis le XVIIe siècle pour retrouver les objets perdus. *Mon* Antoine. Qui habitait rue de Padoue. Dans le 17e. Son âme s'est-elle transférée ailleurs, dans un autre corps, pour qu'il se révèle peu à peu à lui-même au cours d'un long processus de quête d'identité ?

Et si j'étais moi-même saint Pierre ?

Moi, saint Pierre ?

J'aime à croire que je détiens les clés du vrai paradis.

C'est le message de ce récit. Le paradis est terrestre, il est fugace, il est volatil, il est éphémère pour chacun. Milton avait raison, il est perdu pour l'éternité, mais pas pour le temps d'une existence. N'est-ce pas ça, au fond, la malédiction des hommes ? Goûter un bref instant à ce qu'est l'Eden dont ils sont ensuite chassés par la mort ?

La clé de notre bonheur terrestre, c'est moi, mon comportement. Celui d'un être qui comprend qu'il n'a qu'un bref moment de jouissance concrète et qu'il faut en profiter. Le paradis c'est la conscience. C'est votre vie. C'est maintenant.

Transgressez les codes. Affranchissez-vous de vos trajectoires balisées et sagement formatées. Soyez vous, vraiment. Si tout le monde le fait ce sera alors le chaos, c'est vrai, mais putain ce que ce sera bon. Personne n'a jamais dit que le paradis c'était l'ordre. L'ordre, les lois impérieuses, les contraintes morales, idéologiques, les obligations de comportement, les frustrations, les souffrances, tout ça c'est l'enfer. Vous n'avez donc pas compris ?

Vous vivez en enfer.

On vous a lu le bouquin à l'envers, on a érigé des principes à ne pas dépasser, on a appelé ça la civilisation, mais c'est un autre mot pour l'enfer. Vous vous êtes fait arnaquer. Les gens au tout départ se sont plantés dans la compréhension du truc ! Ils nous ont entraînés dans la mauvaise direction ! A moins que ce ne soit ceux qui bâtirent l'Eglise et son institution qui se sont arrangés pour nous mentir et conserver le pouvoir…

Redevenez tous des êtres affranchis. Ecoutez un peu

plus votre animalité, vos instincts. Soyez plus naturels. C'est bon ça, le naturel. C'est acceptable, c'est légitime, bien plus que des ordres et des codes stupides.

Baisez. Bouffez. Buvez. Jouissez.

Au regard de la « morale » vous serez des salauds égoïstes et abjects, mais au moins, vous, vous goûterez à ce petit moment d'exquisité qu'est la vie libre. Vous entrerez au paradis.

Soyez sereins. Avec l'éternité de la mort, tout devient pardonnable.

Moi je savoure ce bonheur à chaque seconde désormais.

Vous pouvez me détester pour ce que j'ai fait. Ou pour ce que je fais. C'est légitime, je suis un être heureux, et vous, probablement assez peu. Statistiquement du moins, une bonne partie ne l'est pas. Trop de pression à gérer, trop d'ambitions insatisfaites, trop de désir d'être parfait, de répondre à la norme, d'obéir au moule.

Moi je suis un connard cynique, égoïste et profiteur. Mais je suis heureux.

Antoine avait raison sur les équilibres du cosmos. Il y a des forces en opposition permanente. Elles ne sont pas bonnes ou mauvaises, elles s'opposent, c'est tout. J'ai su écouter ma nature. Je sais ce que je suis, j'ai trouvé mon apaisement, j'ai trouvé mon équilibre. Vous pourriez dire que c'est parce que j'ai basculé du côté le plus excessif de moi-même, à cause de ces putains d'italiques. Mais je vous emmerde.

Ici, sur mon île, je savoure des cocktails qui caressent mes neurones, je me réchauffe chaque jour au soleil, chaque nouvelle fournée de touristes m'offre des baises toutes plus extatiques les unes que les autres. Je cultive mes satisfactions. Ma vie est enfin celle que je voulais, celle dont je rêvais. J'ai lâché prise. Je suis affranchi du système dans ce qu'il a de plus bêtifiant, d'avilissant. Et si ma vie ne me plaît plus demain, je la jette et je m'en choisis une nouvelle.

Je suis heureux.

Je suis moi. Qui je veux.

Libre.

Et vous, vous n'êtes rien que les figurants de mon monde. Passifs, vous n'êtes que l'inertie de la civilisation. Je suis votre superhéros. Vos individualités ne servent que la masse. Elles n'existent plus vraiment en tant que telles.

Ouvrez les yeux, contemplez-moi. Contemplez vos existences.

Qui est l'esclave ? Qui est libre ?

Qui suis-je ?

Votre rêve. Votre cauchemar.

Je suis l'homme libre.

Je suis celui qui rédige, qui décide.

Vous, vous ne faites que suivre.

Que lire.

Prisonniers de ma pensée, de mes mots qui s'immiscent dans vos certitudes.

Je viens d'entrer en vous. De semer le doute. Je suis *en* vous pour toujours. Mes mots, ma pensée. Je vous ai pénétrés.

Et à présent, vous êtes à moi.

Alors, on le sème ce chaos ?

DU MÊME AUTEUR

Aux Éditions Albin Michel

Le cycle de l'homme :

LES ARCANES DU CHAOS
PRÉDATEURS
LA THÉORIE GAÏA

Autre-Monde :

T. 1 L'ALLIANCE DES TROIS
T. 2 MALRONCE
T. 3 LE CŒUR DE LA TERRE
T. 4 ENTROPIA
T. 5 OZ
T. 6 NEVERLAND

Le diptyque du temps :

T. 1 LÉVIATEMPS
T. 2 LE REQUIEM DES ABYSSES

LA PROMESSE DES TÉNÈBRES
LA CONJURATION PRIMITIVE
LA PATIENCE DU DIABLE
QUE TA VOLONTÉ SOIT FAITE

Chez d'autres éditeurs

LE CINQUIÈME RÈGNE, Pocket

LE SANG DU TEMPS, Michel Lafon

La trilogie du Mal :

L'ÂME DU MAL, Michel Lafon

IN TENEBRIS, Michel Lafon

MALÉFICES, Michel Lafon

Composition : IGS-CP
Impression : CPI Bussière en juin 2016
Éditions Albin Michel
22, rue Huyghens, 75014 Paris
www.albin-michel.fr
ISBN : 978-2-226-32078-0
N° d'édition : 19098/03 – N° d'impression : 2023878
Dépôt légal : juin 2016
Imprimé en France

